外国惊悚悬疑小说译丛　王逢振·主编

The Surgeon

外科医生

[美] 苔丝·格里森　/著
谢青芸　/译

漓江出版社
·桂林·

桂图登字：20-2019-221 号

图书在版编目（CIP）数据

外科医生 /（美）苔丝·格里森著；王逢振主编；谢青芸译 . —桂林：漓江出版社，2023.8
（外国惊悚悬疑小说译丛）
ISBN 978-7-5407-9413-2

Ⅰ .①外… Ⅱ .①苔… ②王… ③谢… Ⅲ .①推理小说—美国—现代 Ⅳ .① I712.45

中国国家版本馆 CIP 数据核字（2023）第 069749 号

WAIKE YISHENG
外科医生

【美】苔丝·格里森 著
谢青芸 译

出 版 人 刘迪才
丛书策划 沈东子 辛丽芳
责任编辑 张睿智
装帧设计 周泽云
责任监印 黄菲菲

出版发行 漓江出版社有限公司
社 址 广西桂林市南环路 22 号 邮编：541002
发行电话 010-85891290 0773-2582200
邮购热线 0773-2582200
网 址 www.lijiangbooks.com
微信公众号 lijiangpress

印 制 香河县闻泰印刷包装有限公司
开 本 880mm × 1230mm 1/32
印 张 13.25
字 数 270 千字
版 次 2023 年 8 月第 1 版
印 次 2023 年 8 月第 1 次印刷
书 号 ISBN 978-7-5407-9413-2
定 价 60.00 元

目 录 Contents

译 序

谢青芸

认识苔丝·格里森是在某次香港书展上。展台上摆着几本幽蓝色的书，封面是一只戴有橡胶手套的手，握着血淋淋的手术刀，顶部打着“亚马逊书店‘一生必读百大推理小说’选书”等推荐语，一目了然——这是一个与医学有关的悬疑推理故事。

“医学悬疑”是美国华裔悬疑惊悚小说家苔丝·格里森的风格标签。她 1953 年出生在加利福尼亚州圣迭戈，毕业于斯坦福大学，后又取得加利福尼亚大学旧金山分校医学博士学位，成为一位内科医生，在夏威夷檀香山行医多年。走入婚姻后，为照顾家人，她减少了工作量，闲暇之余，开始踏上写作之旅。苔丝·格里森最初写的是浪漫类型的爱情小说，而后才转向悬疑惊悚。由于其深厚的医学背景、丰富的临床经验，她的小说字里行间呈现出的真实、冷静极具说服力，让人有身临其境之感。

1996 年，她凭借《宰割》（*Harvest*）一举成名，登上了《纽约时报》畅销书排行榜。此后一发不可收，出版了十余本医学悬疑小说，本本畅销，由此奠定了她在悬疑小说界的地位。《出版人周刊》给她冠以“医学悬疑女王”的称号；连写出《肖申克的救赎》的斯蒂芬·金也对她的小说赞不绝口，列为自己推荐的作家。苔丝·格里森的作品已在四十个国家和地区出版，总销量高达四千多万册；《漂离的伊甸》（*Vanish*）曾经提名西方最具权威的侦探文学奖——爱伦坡奖，还斩获了尼洛奖年度最佳推理小说的殊荣。

《外科医生》出版于 2001 年，曾获美国瑞塔文学奖。它属于传统意义上的本格推理小说，叙事结构保持着“罪犯作案—侦探调查—真相大白”的框架。故事发生在美国大都市波士顿。炎热夏季，该地区发生了一起骇人听闻的凶杀案，作案手法、现场布置甚至是犯罪侧写都与几年前佐治亚州的一系列连环袭击杀人案高度相似，然而这个连环案已了结，凶手被枪杀，暴毙在犯罪现场。与此同时，巧合的是，警方查到，这起陈年旧案的唯一幸存者凯瑟琳·科德尔搬来了波士顿；当年警方并未向大众公布案情细节，除了办案人员，能对罪案细枝末节掌握得如此清楚的只有她了。警探托马斯·摩尔和简·里佐利带着疑问找到了凯瑟琳。不久后，波士顿市又出现了受害者……通过精密的下刀手法、被摘除的女性器官以及对犯罪分子的心理侧写，警方推断罪犯冷血又理性、自负又自卑，是个难对付的危险人物；因他具有医学背景，媒体给他起了个“外科医生”的代号。

《外科医生》出版至今已经有二十二年，但该小说无论在情节设计还是在人物描写上仍然不过时。尤其在塑造人物方面，苔丝·格里森匠心独运，注重构建人物的立体度，除了展示外在特征，还注意向内挖掘隐秘的人性。一是用对话勾勒人物轮廓。她在讲述故事时采用双线模式，分别以第三人称和第一人称展开，在推进情节时不时插入“外科医生”等各色人物的内心独白，使场景演绎生动化，更具在场感，尝试把读者带入她构筑的悬疑世界。二是用专业术语丰满人物形象。她充分利用自己的医学背景，在字里行间堆进大量的医学术语，使书中人物身份具有说服力和可信度。三是加入神秘元素探讨人心灵的异化。在部分章节中犯罪分子内心独白开始之前，不时加入一些神话传说故事，如会唱歌的海妖、阿伽门农弑女献祭、阿兹特克祭祀仪式，等等，试图建立起古代和现代的某种联系，传达出某些人之所以会犯罪是因为骨子里天生携带着某些野蛮基因，是因为动物本能觉醒的观点。苔丝·格里森将此概念的内涵扩大延伸，在文本中借犯罪者之口表达：“有很多人会否认我们内心的那部分。我从来不会否认它。相反，我承认我的本性，我会张开双臂拥抱它。”她没有在书中描写“外科医生”被社会集体打压、生活悲惨的情节，相反她竭尽所能给他塑造了一个完美的成长环境——家境优渥，从小接受良好的教育，考上了美国排名靠前的医学院；然而这种环境却助长了他残忍的本性，他利用学习到的医学知识，像对待动物一般对待受害人。这种冷酷并非外界带来，而是从内心生长的，谁都不知道邪恶种子是何时埋进去的，或许是与生俱来，一代代流传，在某一时刻爆发。

苔丝·格里森对书中女性角色的塑造也极具特色。她在小说中埋进了双重矛盾——女性受害人与男性施暴者的矛盾、女性侦探与男权环境的矛盾。这个巧妙的设计提升了文本的格调，它不再仅仅是一本探案悬疑小说，还是一部女性职业成长故事。《外科医生》中的女警探简·里佐利，是一个有着黑色卷发、不拘小节、冒失莽撞的倔强女孩，从小在被家人忽视的环境中长大，她的父母关注点永远只在哥哥身上。成人后，她怀揣着一颗警察梦走入职场，却发现工作环境跟自己的原生家庭一样，对待她如同对待边缘人。双重打压之下，里佐利并没有一蹶不振，相反她成了对抗不平等的“反叛者”。在办案过程中，她巧妙利用自己心思细腻的特质，发现了某些被其他警探忽视的线索，对破案作出不少贡献。后来里佐利因为用枪不当而被停职，她没有就此停止，而是抓住最后的机会，从已有的材料中梳理出线索，追查到了嫌犯的踪迹。她通过个人行动，摆脱了他者对她的偏见，赢得了尊重和认可。

简·里佐利这个角色性格极为鲜明，她坚毅不屈，不轻易被困难击退，而是越挫越勇，不达目的不罢休。这是美国文艺作品里常见的女性角色配置，而这种现象与美国发生的第三次女性主义浪潮息息相关。第三次女性主义浪潮滥觞于 20 世纪 90 年代初，持续至今。最初由美国黑人女作家丽贝卡·沃克在其于 1991 年发表的《成为第三次浪潮》(Becoming the Third Wave) 一文中提出。第三次女性主义浪潮带有鲜明的后结构主义特点，其主张之一是打破原有女性主义思维框架，呼吁消除社会性别角色和偏见。在此浪潮席卷之下，美国的书籍、连续剧、电影等文艺作品中越来越多地出现了“强势女性”的主要角色。创作者们为了强化情节的戏剧冲突效果，将看点放在易于产生男女矛盾的情景，某些以男性为主的传统职业尤甚。除此之外，角色的“去差异化”也是其特点之一，比如在这本小说中，简·里佐利除了性格不像传统女性形象般温柔听话，外形上也呈现假小子状，其穿着是一成不变的裤子、箱型西装，这种设置的目的在于解构固有女性形象特点，以及阐明对人融入社会化大生产而被环境改变“外在”的诠释——此种类型的穿衣打扮是为了职业需要，人只要投入了这份工作，身处工作场景，就不应将关注点落在性别差异上，而要注重人本身的能力。

《外科医生》是一部精彩绝伦的悬疑小说，其文本内涵仍有值得挖掘之处。斯蒂芬·金说过：“所有的文学，尤其是怪奇文学和奇幻文学，是读者和作家用来逃避生活的洞穴。”真心希望阅读此故事、在这个洞穴待过的人能从中有所收获。

“书卷多情似故人，晨昏忧乐每相亲。”看书是一件愉悦轻松的事情，但翻译不是。作为一个文学编辑，当自己开始翻译小说，开始以译者身份去思考问题，才明白字字斟酌的不易。感谢我出版生涯的引路人张谦老师、沈东子老师，以及本书编辑张睿智老师，感谢我的家人，感谢在此旅程上所有帮助过我的人。

2023 年 6 月 10 日于南宁

外科医生

序　曲

他们今天就能发现她的尸体。

我知道那将会怎么发生。接下来的一系列事件都会指向这个发现，我可以相当生动地进行描述。早上9点，那些在肯达尔与洛德旅行社上班的傲慢女孩会坐在她们的桌子前，用她们精心护理过的手指敲击键盘，给史密斯太太预订一次地中海游船度假，给琼斯先生预订一场瑞士克洛斯特斯滑雪之旅。还有布朗夫妇，不同于往年，今年要来点异国情调，路途又不能太崎岖，可能会去清迈或者马达加斯加；噢不，最重要的是，游历必须是舒适的。这是肯达尔与洛德旅行社的格言："舒适的游历。"这是家繁忙的旅行社，电话铃经常会响起。

过不了多久，女孩们就会注意到，黛安娜不在她的工位上。

她们中的谁，会致电黛安娜在后湾区的住处，但电话铃会一直响，无人应答。可能是黛安娜在洗澡，所以她没听到，又或者是她已经出门上班但迟到了。无数种美好的想法可能会闪过打电话小妞的脑海。然而，随着时间的缓慢流逝，加上一而再再而三拨打的电话仍是无人接听，她将会想到别的更令人不安的可能。

我期待大厦管理员让黛安娜的同事进她的公寓。我看见管理员一边紧张地把钥匙弄得叮叮作响，一边说："你是她的朋友吗？你确定她不会介意？因为我等一下就要告诉她我让你进去了。"

他们走进公寓，同事大声叫唤："黛安娜，你在家吗？"他们走过玄关，那里挂着一幅漂亮的镶了框的旅游海报，管理员跟在同事身后，防止她顺走什么。

随后管理员透过卧室的门往里看，然后看到已经僵硬了的黛安娜·斯特林，不用再担心盗窃这类无关紧要的问题。他现在只想在呕吐之前快点走出公寓。

当警察来的时候我很愿意待在那儿，可是我又不蠢。我清楚，他们会调查街上每一辆过路汽车和每一个围观者。他们知道，我是如此强烈地想要回去。即便是现在，坐在星巴克里，看着窗外天色渐明，也能感受到那个房间正召唤我回去。然而我却像英雄尤利西斯①那样，把自己牢牢地绑在桅杆上，去抵抗塞壬女妖②诱人的歌声。我不会让自己撞到礁石上的。不会出这种差错。

当我正坐着喝咖啡时，外面的世界——这座名叫波士顿的城市

① 尤利西斯，荷马史诗《奥德赛》主人公奥德修斯的拉丁语名字。《奥德赛》讲述了特洛伊之战结束后，英雄们纷纷归家，而奥德修斯则因为迷路在海上漂泊了十年之久的历险故事。（本书注释均为译者注。）

② 塞壬女妖，别名阿刻罗伊得斯。她们居住在一个小岛上，以美妙的歌声迷惑航海的人，并将其杀死。塞壬女妖也是奥德修斯遇到的其中一个危险。著名的星巴克标志——双尾人鱼形象就来自塞壬女妖。

即将苏醒。往杯子里放了三匙糖，我喜欢甜甜的咖啡。我喜欢所有事物都是如此。归于完美。

一个女妖在远处高声呐喊，呼唤着我。我感觉到自己像尤利西斯一样正承受着绳索的压力，它们已经绑得够紧的了。

他们今天就能发现她的尸体。

他们今天就会知道我们回来了。

第一章

一年后。

托马斯·摩尔警探极厌恶乳胶的味道，在他拍开一团滑石粉，啪嗒一下戴上手套时，他立即有了一阵如往常般预期而至的恶心。这味道与他工作中最令人讨厌的那部分紧密相连，像一只巴甫洛夫特意训练过的实验狗会在特定时刻流口水，他会把乳胶味与必然伴随而来的血液和体液联系起来。嗅觉上的警告令他整个人紧紧绷着。

于是，他在尸检房的门外停住。他从炎热中径直走进来，发冷的汗水紧紧地贴着皮肤。这天是 7 月 12 日，一个雾气朦胧、闷热潮湿的周五下午。从波士顿的这头到那头，整座城市的空调都在嗡嗡运转、滴水不断，人人脾气火暴。在托宾大桥，车堵得不成样子，都是逃往北边凉爽的缅因州森林的。但摩尔不在其中。他被从假期中叫了回来，去面对一个他不想去面对的惨状。

他已经穿上了防护服，这是从停尸间一个放亚麻制品的推车里翻出来的。他往头上扣了顶一次性手术帽，试图兜住凌乱飞起的头发，然后又把纸鞋套牢牢套到了自己的鞋上，因为他先前就瞄到屋子里面有什么东西时不时从台子流溅到地板上。是血，还有一块块的人体组织。他没有洁癖，但也不想穿着沾上尸检房里任何痕迹的鞋子回家。他在门外停顿几秒钟，做了个长长的呼吸。随后，准备好接受煎熬，他推开房门走进去。

被布蒙住的尸体平躺在台上，轮廓看着像个女人。摩尔为免长时间盯着受害人，把关注点转向了房间里活着的人。阿什福德·蒂尔尼医生和助手正在组装一个托盘上的工具。在摩尔正对面，隔着台子站着的是简·里佐利，她也是波士顿凶案专办小组的。里佐利是一个小个子方腮女人，33 岁。她倔强的卷发隐藏在纸质手术帽里，没有了黑色头发来柔和容貌，她的脸看上去似乎全是棱角，黑色眼睛深不可测又十分锐利。六个月前她才从扫黄缉毒组转到凶案专办小组。她是小组唯一的女性，已经和组里的另一个探员产生了许多矛盾，她控诉他性骚扰，他反诉她连珠炮似的毒舌。摩尔不太确定自己与里佐利是不是能互相对付。到目前为止，他们俩一直严格保持着一种公事公办、不越边界的合作关系，他觉得她更喜欢这样。

站在里佐利旁边的是她的搭档巴里·弗罗斯特，一个整天乐呵呵的警察，平和且无胡须的脸使他看上去比 30 岁的实际年龄要年轻得多。弗罗斯特已经毫无怨言地和里佐利搭档两个月了，他是组里唯一一个能沉着自如地忍受她负面情绪的人。

摩尔走到台子边，里佐利开口说：“我们都在想你什么时候会出现。”

“你用寻呼机找我时，我正在缅因州收费高速公路上。”

“我们 5 点钟就在这儿等了。”

“我刚要开始进行内部检查，”蒂尔尼医生说，“所以我说摩尔探员到得很准时。”

一个男人帮另一个男人解了围。他猛地关上陈列柜的门，柜门反弹又引起了一阵乒乓响。这是医生被激怒的表现，很少见。蒂尔尼医生是土生土长的佐治亚州人，一个彬彬有礼的绅士，认为女人就应该有女人的样子。他不喜欢和带刺的简·里佐利一起工作。

助手用推车把装在托盘里的工具推到台子边，抬起眼短暂地与摩尔对视一番：*你能信任这个泼妇吗？*

“对你的垂钓之旅未能成行表示遗憾，”蒂尔尼对摩尔说，“看起来假期已经没有了。”

“你能确定又是那个家伙吗？”

作为回应，蒂尔尼伸手去够那块盖尸布，把它掀起，尸体露了出来。“她叫埃琳娜·欧提兹。”

虽然摩尔已经做好了准备，但第一眼看到受害人的身体遭受如此严重的外力伤害，还是感到很震惊。女人裹满污血的黑色头发，像豪猪身上的刺一样，从已硬化成如青蓝色纹路大理石般的脸庞里突出来。她嘴巴张开，似乎说话时突然被冻住。尸体上的血已经冲洗干净了，伤口略微泛紫，像灰色皮肤画布上新撕裂的豁口。有两处显见伤。一道极深的切口贯穿颈脖，从左耳下方开始延伸，横断了左颈动脉，使喉软骨平翻出来。这处是致命伤。另一处在腹部靠下位置。这处切口并不致死，显然是有其他目的。摩尔费力地咽了咽口水。“我现在明白，你为什么把休假的我叫回来了。”

“这次我来指挥。”里佐利说。

他听出了话里的警告意味，她在维护她的权力。他清楚这个行为背后的原因，面对持续的讥讽和怀疑，女警察会马上动怒。实际上摩尔并不想跟她叫板。他们还得携手合作，一起破案，现在争夺比赛主导权为时尚早。

他继续使用一种礼貌恭敬的语气，小心翼翼。“你能跟我说说案情吗？”

里佐利微微点了点头。“被害人今早 9 点在南角区伍斯特街她自己的公寓里被发现。她一般早晨 6 点左右去上班。上班地点在一家名叫花匠庆典的店，与她的住处只隔了几个街区。这家店是家族生意，属于她父母所有。到点了她还没露面，让人担心。于是她的哥哥上门去确认消息。是在卧室里找到的她。蒂尔尼医生判断其死亡时间是在凌晨 0 点到 4 点之间。她家人说，她目前还没有男朋友，也没人看到她的公寓有任何男性访客出入。她只是一个努力工作的天主教姑娘。”

摩尔盯着被害人的手腕，说：“她被绑起来过。”

“对。她的手腕和脚腕都被强力胶布捆过。被发现时赤身裸体。只有几件珠宝还挂在身上。”

“什么样式的珠宝？”

“一条项链，一枚戒指，一副耳钉。卧室里的首饰盒没有被翻过的痕迹。抢劫不是凶手的作案动机。”

摩尔看到被害人臀部有一条横向的带状伤痕。“她的躯干也被固定住了。”

“她的腰、大腿上部，还有她的嘴，都被强力胶布粘住了。”

“上帝啊！”摩尔深吸一口冷气，目不转睛地看着埃琳娜·欧提兹，脑海中却闪现另一个年轻女人的形象，他疑惑了。另一具尸体——一个金发女人，肉红色的切口横贯了她的喉咙和腹部。

“黛安娜·斯特林。”他喃喃自语。

“我已经调出了斯特林的尸检报告，”蒂尔尼说，“你需要时可以翻阅。”

但摩尔没有打开。他是斯特林案的主要经办人，这个案子从来就没有离开过他的脑海。

一年前，30 岁的肯达尔与洛德旅行社员工黛安娜·斯特林，被发现时赤裸着，强力胶布把她紧紧地绑在床上。她的喉咙和下腹部都被割开了。案子至今未破，凶手在逃。

蒂尔尼医生把检查灯对准了被害人的腹部。血不久前已经被冲掉了，切口边缘的肉露出淡淡的粉色。

“微量物证呢？”摩尔问。

“在冲洗尸体之前，我们提取到了几根纤维。还有一缕头发，粘在了切口边缘。”

摩尔突然来了兴致，抬起头。“被害人的？”

“比她的短得多。是浅棕色的。”

埃琳娜·欧提兹的发色是黑的。

里佐利说：“我们已经要求采集所有接触过这具尸体的人的头发样本了。”

蒂尔尼把他们的注意力引向了尸体伤口。“这儿有一道横向切痕。外科医生通常称之为梅拉德切口。腹壁被逐层切开。首先是皮肤，接着是浅筋膜，然后是肌肉层，最后是骨盆腹膜。”

“像斯特林那样。”摩尔说。

“对，类似。但又有很多不同。”

“不同在哪里？”

“在黛安娜·斯特林的尸体上，伤口边缘有些是锯齿形的。表明凶手在犹豫，或者是不确定。而这具尸体上，你看不到。注意到这些皮肤切口有多齐整了吗？一点锯齿都没有。说明他操作时自信满满。”蒂尔尼与摩尔对视着，“这个凶手在学习，他的手法变得更好了。”

“如果嫌疑人是同一个人的话。”里佐利说。

“还有别的相似之处。看看伤口这一端的方形边缘。这暗示凶器切割路径是由右至左的。跟斯特林的伤口很像。造成这个切口的刀片是单刃的，无锯齿。这与用在斯特林身上的刀也很相似。”

“是把手术刀？”

“形状吻合。平整的切口说明刀刃一切到底，没有转向。被害人要么失去了意识，要么被牢牢地缚住，因而动弹不得，挣扎不脱。她没法使刀偏离它的直线路径。”

巴里·弗罗斯特看起来要吐了。“噢，天啊！请告诉我凶手动刀时她已经死了，拜托！”

“恐怕这不是被害人死后才出现的伤口。”蒂尔尼的脸被医用外科口罩包裹着，只露出上半部分的绿色眼睛来，它们很愤怒。

“被害人死前流血了吗？”摩尔问道。

“盆腔里充满积血。这意味着当时她的心脏还在跳动。在这个……程序完成之前，她都还活着。”

摩尔看着尸体的手腕，上面有一圈瘀伤。两只脚踝也有类似的瘀伤，臀部则有一片横向带状瘀斑——皮下出血点。埃琳娜·欧提兹曾试过挣脱胶带。

“还有别的证据证明她在被切割时仍是个活人。”蒂尔尼补充，“把你的手放进伤口里，托马斯。我想你清楚你会发现什么。”

摩尔不情不愿地把戴着手套的手伸进伤口。尸体经过了数小时的冷藏，摸起来很冷。这让他回忆起了把手伸进火鸡肚子里，扒拉裹成一团的内脏的感觉。摩尔把整只手都伸了进去，手指在伤口边缘试探。这是一次亲密的侵犯，这次探索触到了一具女性身体最私密的部分。他避开埃琳娜·欧提兹的脸，只有这样他才能冷静地对待她的遗体，只有这样他才能专注地完成这个冷酷的行动。

“子宫不见了。”摩尔盯着蒂尔尼。

医生点点头。“已经被摘掉了。”

摩尔把手抽离尸体，凝视着伤口。其敞开的形状像一个大张着的嘴巴。现在轮到里佐利戴上手套伸手进去，她的短手指紧张地探着盆腔。

“还有别的器官被拿走吗？”她问。

“只有子宫，”蒂尔尼说，“凶手原封不动地留下了膀胱和肠子。”

“我现在摸到的是什么东西？一个小硬结，在左边。”里佐利又问道。

“是缝合线。他用来扎住血管。”

里佐利一惊，抬起头。“这是个外科手术结？”

“2-0 白肠线。”摩尔试探着说道，并望向蒂尔尼以求确认。

蒂尔尼点头。“我们在黛安娜·斯特林身上也找到了同一款缝合线。”

“2-0 白肠线？”弗罗斯特用微弱的声音发问，他已经远离解剖台，退到房间角落，准备把自己挂在水槽上了，“听起来像、像个品牌名字或者别的东西。”

“不是品牌名，”蒂尔尼解释，“肠线是一种由牛或羊的肠子制成的外科缝合线。”

“所以，为什么叫肠线？”里佐利问道。

“这要追溯到中世纪，当时肠线被用作乐器的弦，音乐家把乐器称为工具（kit），弦就是工具的肠（kitgut）。久而久之，这线最终就被叫作肠线（catgut）了。在外科手术中，这种线被用于缝合深层结缔组织。人体最后能分解、吸收它。”

“那凶手能从哪得到这种肠线？”里佐利转向摩尔，“你追查到源头了吗？——通过缝在斯特林身上的。”

“找到明确来源，几乎不可能，”摩尔回复，“肠线制造商有十几家，它们大多数在亚洲。很多外国医院仍然在用。”

“只有外国医院吗？”

蒂尔尼说：“现在有更好的选择。肠线没有合成缝合线那么牢靠和耐磨。我估计现下美国很多外科医生都不用肠线了。”

“嫌犯究竟为何要用它？”

“为了保持视野清晰。长时间地止住出血，以便能看清自己的操作。我们的嫌犯是个整洁的人。”

里佐利把手从伤口里收回来。她戴着手套的手托着一小团血块，宛如一颗鲜艳的红珠。“他有多熟练？我们正在和一个医生或者屠夫较量？”

“可以确定的是，他有解剖学知识，”蒂尔尼说，“无疑，他之前做过这个。”

摩尔从台前往后退了一步，他想到了埃琳娜·欧提兹遭遇过的痛苦，欲驱走脑海中的影像却徒劳。

不幸的结果就躺在他面前，张着双眼凝视他。

工具与金属托盘碰撞发出的哗啦响声吓得摩尔侧了一下身子。助手已经把托盘推到了蒂尔尼医生旁边，为Y字形切开术做准备。助手身子前倾，正观察那个腹部伤口。

“所以它会怎么样？”助手问，“一旦取出子宫，他会用来干什么？”

“不知道，”蒂尔尼回答，“那些器官至今下落不明。”

第二章

摩尔正站在南角区的人行道上，那是埃琳娜·欧提兹生前住的地方。这条街上曾经一度有许多老旧斑驳的分租屋，一条条铁轨把这儿与波士顿北半部的灯红酒绿分隔开来，这里逐渐破败，成了一潭死水。但扩张中的城市是一只贪婪的猛兽，总在寻找新的土地，铁轨也阻挡不了地产商饥饿的目光。新一代波士顿人发现了南角区的存在，于是那些老旧分租屋慢慢被新公寓大楼取代了。

埃琳娜·欧提兹就住在这样的一栋公寓楼里。虽然从她位于二层的公寓看出去的景色平平无奇——她的窗户正对着街对面的一家自助洗衣店——这栋建筑却提供了波士顿市内罕见难得的便利条件：租户停车场——挤在毗邻的小巷里。

摩尔现在沿着这条小巷走，浏览公寓上的窗户，琢磨此时谁正往下看他。在窗户呆滞的目光背后没有东西移动。面朝巷子的租客已经被一一询问过，没有人能提供任何有用信息。

他停在埃琳娜·欧提兹公寓浴室窗户的下方，盯着通到窗户的逃生梯。伸缩型的梯子已经被收起并锁在固定位置。在埃琳娜·欧提兹死亡那晚，一个租客的车刚好停在梯子下方。后来他们在车顶上采集到8码半大的鞋印。嫌犯把车当成垫脚石，够到了逃生梯。

摩尔看到浴室窗现在已经关起来了。但埃琳娜·欧提兹遇见凶手当晚窗是开着的。

他离开巷子，绕回前门，走进了公寓楼。

警用封条无力地垂挂在埃琳娜·欧提兹公寓的门上。摩尔打开门，然后像擦烟灰一样擦去手上的指纹显现粉。在他踏进公寓门时，松垮的封条胶带像蛇一样滑过肩膀。

客厅没有变化，跟前一天他和里佐利来勘查时一样。那是一次令人不太愉悦的到访，竞争的暗流时时涌动。欧提兹案已经在里佐利的主导下开始侦办，她没有足够的安全感，认为任何一个质疑她权力的人都是威胁，尤其是面对一个比她年长的警察时。虽然他们现在属于一个团队，并且队伍已经扩充至五名探员，但摩尔还是觉得自己像个闯进她领地的入侵者，一直以最官方的“外交”形式小心地表达意见。他不想参与什么自尊心之战，战斗却已实实在在地打响。昨天他试图将注意力集中在犯罪现场，但里佐利的不满情绪一直在打扰他的专心。

只有现在，只有他独自一人时，才能完完全全地把精力放在犯罪现场。他看到客厅里有一些不大相衬的家具散落在柳编咖啡桌四周。角落里有一台式电脑。米色地毯上印着阔叶藤蔓和粉色花朵。据里佐利说，自谋杀案发生以来，这里的所有东西都没被动过，一切如旧。白日的最后一丝光亮已从窗户上消失，但摩尔没有开灯。他在厅里站了很长时间，甚至连头都不动一下，等待无边寂静占据这个房间。这是他第一次有机会独自检查这个现场，第一次在这个房间没有被会呼吸的声音、面孔所吸引。他幻想着，空气中的分子先前被他的闯入短暂地搅动，现在平静下来，在缓慢地飘移。他想要房间和他说说话。

感受不到任一物体。邪恶，恐惧颤动的残存，都没有。

凶手不是从大门进来的。也没有在这个他所宣称的新的死亡国度里逗留徘徊。他把全部时间、全部注意力都放在了卧室。

摩尔慢慢地走过小厨房，进入走廊。他觉得后颈上的寒毛都竖了起来。遇见第一个门口，他停住了，是浴室，他往里看了看。摩尔把灯打开了。

这是一个温暖的星期四夜晚。太温暖了，以至于这座城市的所有窗户都大开着，为了能捕捉到每一丝零散的微风、每一缕凉爽的空气。你蹲缩在逃生梯上，死盯着这间浴室，深色衣服在渗着汗。万籁俱寂，这个女人在卧室里沉睡。花店的工作让她必须早起，此时她的睡眠周期已经逐渐进入最深沉、最难苏醒的阶段。

她没听见腻子刀撬开窗门发出的刮擦声。

摩尔看着墙纸，上面饰有小小的红色玫瑰蓓蕾图案。是女款，男士可不会选这个。从方方面面来看，这是一间女人用的浴室——从草莓味的洗发水，到放在洗手台下方的丹碧丝卫生棉条，再到塞满化妆品的壁柜。她是个偏好浅绿色眼影的女孩。

你爬上窗台，海蓝色衬衫的纤维附在了窗框上。材质是涤纶。8码半的胶底运动鞋，在白色油地毡上留下了印迹。上面有点沙子，掺了石膏晶体。通常在波士顿市区步行，就会沾上这样的东西。

可能你还停住了，在黑暗中聆听了一会儿。吸了几口女性领地的甜美异域气息。或者，可能你没有浪费时间，直抵目标。

到卧室了。

当摩尔跟随着入侵者的步伐时，空气仿佛也变得肮脏、黏稠。远非幻觉里的邪恶，这是一种嗅得到的气味。

来到卧室门口。至此，他后颈上的毛发都齐刷刷地直立起来。已经知道将会在卧室里看到些什么，他以为自己做好准备了。然而开灯后，他还是被恐怖一幕袭击了，正如他第一次看见这个房间时所经历的那样。

血污在此存留超过了两天。清洁服务人员还没来。但即使有他们的洗涤剂、蒸汽清洁器和罐装白漆，也无法完全抹去之前发生的一切，因为空气本身已经永远留下了恐怖的烙印。

你跨过门口，走进来。窗帘很单薄，只是一片无衬里的印花棉布，街灯发出的光穿透这张织物，照到床上。熟睡中的女人，你当然要消磨片刻，研究她，同时想着这令人欢愉的任务即将到来。因为这对你来说是件快活事，不是吗？你越来越兴奋。颤抖像药物一样在你血液里移动，唤醒每一根神经，连你的指尖也带着期望跳动。

埃琳娜·欧提兹来不及呼叫，或者，即使她叫了，也没人能听到。隔壁那户人家，楼下那对夫妇，都没听到。

入侵者带来了他的工具。胶布，一块在氯仿中浸过的布，一些外科手术器械。他来时做了充分准备。

折磨应该持续了一个多小时。埃琳娜·欧提兹至少有一段时间是清醒的。手腕和脚踝上的擦伤证明她挣扎过。在恐慌和痛苦中，她排空了膀胱，尿液渗透床垫，里面还混有她的血。这是一次精细的手术，他花时间做成功了，只取走了想要的东西，仅此而已。

他没侵犯她。也许是没有性能力这样做。

在凶手完成可怕的切除手术时，她还活着。骨盆上的伤口仍在流血，心脏还在跳动。持续了多长时间？蒂尔尼医生猜测至少持续了半个小时。30 分钟，对埃琳娜·欧提兹似乎已经是永恒了。

你在这段时间做了什么呢？收拾工具？把你的“战利品”放进罐子里？还是你就静静站在这里，享受眼前的场景？

最后的表演迅疾而井然有序。折磨埃琳娜·欧提兹的人已经拿到了自己想要的，现在是时候结束一切了。他移动至床头，左手抓起一小把她的头发，向后猛地一扯，用力过度以至于扯掉了二十多根。这些头发后来才被发现，四散在枕头和地板上。惨剧以血污四溅作结。她的头被固定住，脖子完全暴露，凶手在上面划出了一道极深的伤口，从左下颌开始，往右移动，横穿喉咙。他割断了左颈动脉和气管。鲜血喷涌。床左边的墙壁上，有密密麻麻的小血珠往下淌，特征与喷射状动脉出血和从气管喷出的血液一样。枕头和床单已经被滴落的血珠浸透了。还有几滴血，在凶手来回甩刀子时，被荡到了窗台上。

埃琳娜·欧提兹活得够久，久到能看见自己的血喷溅出来，像机关枪一样喷出大片红色到墙上。她活得够久，久到把血吸进自己被切开的气管中，听着肺里的咯咯声，激烈地咳出一些突如其来的暗红色血痰。

她活得够久，以至于知道自己正在死去。

当一切都结束，当她濒死的痛苦挣扎偃旗息鼓，你给我们留下了“一张名片”。你把受害人的睡衣整齐地叠好，然后放在梳妆台上。为什么？是对你刚刚杀害的女人的扭曲的尊重表示，还是你嘲笑我们的一种方式？你想要告诉我们一切尽在你的掌控之中？

摩尔回到客厅，深陷在一张扶手椅上。房间闷热，他却在发抖。他不知道这次发抖是身体上还是精神上的。大腿和肩膀都非常疼，或许是染上病毒了。夏季流感，最严重的那种。他在脑子里过了一遍当下最想去的地方。在缅因州的湖上漫无目的地漂流，甩出的钓鱼线划过半空，或者在海滨闲站，看雾气蒸腾。除了这个死亡之地，其他任何地方都行。

寻呼机的嗡嗡声吓了他一跳。关掉声音才意识到自己的心脏在扑通直跳。他先让自己平静下来，然后再拿出手机，回拨了号码。

“里佐利。”她在铃响第一声时就回答了，招呼像子弹一样直接。

“你刚找我？”

“为什么不告诉我你在 VICAP 上有所发现？”她说。

“什么发现？”

“黛安娜·斯特林那个案子。我正在查看她的案件卷宗。”

VICAP，即暴力罪犯逮捕计划（Violent Criminals Apprehension Program），是一个从全国各地发生的暴力和侵害案中收集信息的国家级数据库。凶手经常重复同一种作案模式，通过这些数据，调查人员可以将犯罪者犯下的同一模式罪行联系起来。作为惯例，摩尔和他当时的搭档拉斯蒂·史迪维克在 VICAP 上进行了搜索。

“我们在新英格兰地区没找到相匹配的，”摩尔说，“我们浏览了每一起与肢解、夜间闯入、胶带捆绑有关的凶杀案，没有一起符合斯特林案的模式。”

“那佐治亚州呢？在三年前，有四名受害人。一个在亚特兰大，三个在萨凡纳。上面的案例在数据库里都查得到。”

“我翻过那些卷宗。那个犯人不是我们要找的凶手。”

“摩尔，听听这个。多拉·西科恩，22 岁，埃默里大学的研究生。受害人开始是被安眠药洛喜普诺放倒，然后被用尼龙绳捆在床上——”

“我们的嫌犯在这用了氯仿和强力胶带。”

“他切开她的小腹，摘掉了她的子宫，给受害人来个致命一击—— 她脖子上的那刀。最后，注意下这个，他叠好她的睡衣，留在床边的一把椅子上。我跟你说，这真是太相似了！”

“佐治亚州的案子已经结了，”摩尔回答，“已经结案两年了。犯人也已经死了。”

“假如是萨凡纳的警察搞错了，假如他没有杀这些姑娘呢？”

“警方有凶手的DNA作为证据。纤维、毛发。加上一个目击证人。一个万幸存活下来的受害人。”

“哦哦。幸存者。第五号受害人。”里佐利的语调夹杂着一股奇怪的嘲讽。

“她确认了罪犯的身份。”摩尔说。

“也顺便开枪打死了他。”

“所以呢？你要把他的鬼魂抓回来吗？”

“你和那个幸存者谈过吗？”里佐利问。

“没有。”

“为什么不谈谈？”

“意义在哪里？”

“意义在于，你或许能从中知道一些有意思的事情。比如在遇袭后不久她就离开了萨凡纳。猜猜她现在住在哪儿？”

通过手机的嘶嘶声，他能听见自己的脉搏在飞快跳动。“住在波士顿？”他试探性地轻声问。

“还有，你肯定不会相信她是做什么工作的。”

第三章

凯瑟琳·科德尔医生在医院走廊上狂奔，运动鞋的鞋底摩擦着油毡地板，发出吱吱吱的声音，随后她一把推开双扇门，跑进急诊大厅。

一个护士大声喊道："科德尔医生，他们在第二创伤处理室。"

"我去那里。"凯瑟琳回答，移动得像一支导弹，直直射向第二创伤处理室。

当科德尔医生迈进房间，里面的六七个人松了一口气，如释重担。她扫了一眼现场，看到一堆凌乱的工具散落在托盘上，闪着冷光；一袋袋乳酸林格氏液挂在静脉输液架上，像硕大的果实悬于钢棍树；血迹斑斑的纱布和撕开的包装袋丢了一地。心电监护仪显示窦性心动过速的曲线——一种死亡前心脏剧烈跳动的电活动图形。

"现在是什么情况？"她问。同事给她让出了一条过道。

高级外科住院医生罗恩·利特曼向她快速汇报："无名氏路人，车主肇事逃逸。被送来急救。昏迷无意识。两边瞳孔大小一样，对光有反应。肺音清晰，但腹部肿胀。无肠鸣音。血压降至60/0。我做了一次穿刺。他的腹部有积血。我们接了中心静脉导管，全速输入乳酸林格氏液，但还是不能提升他的血压。”

“阴性O型血和新鲜冰冻血浆到了吗？”

“应该马上就到了。”

手术台上的男子被脱去衣服，浑身赤裸，每一处私密部位都残忍地暴露在她的视线之中。男子看上去60多岁，已经插着管子，用上了呼吸机。枯瘦的四肢乏力地垂着，突出的肋骨如拱形刀片。她觉得，他原来就有慢性疾病，癌症是她的第一个猜测。右臂和右臀因为路面剐蹭而擦伤流血。右胸低处的瘀伤在他羊皮纸般的白色皮肤上连成一大片紫色。没有穿透伤。

科德尔戴上听诊器，去核实刚刚住院医生告诉她的情况。她在腹部没有听到声音。没有咆哮声，也没有叮当声——受伤肠子的沉默。将听诊器的听诊头移至胸腔，倾听呼吸声，确认气管内导管已放置合适，双肺已通气。心脏像拳头一般撞击胸壁。她的检查只花了短短几秒钟，然而她却感觉自己像在做慢动作，满屋子围着她的人像被冻住了，等候她下一步指示。

一个护士大声喊：“血压高压几乎连50都没有了。”

时间正以惊人的速度流逝。

“给我手术服和手套，”凯瑟琳说，“打开开腹手术包。”

“带他去手术室怎么样？”利特曼说。

“所有房间都有人用。我们等不了了。”有人给她扔了个纸帽。

她快速把红色齐肩长发塞进帽里，戴上口罩。助理护士已经展开了一件无菌手术服。凯瑟琳将手臂滑进袖子中，把手推进手套里。没时间洗手，没时间犹豫。她来掌控全局，无名氏现在正在她面前死去。

无菌手术巾迅速罩住了病人的胸部和骨盆。她从托盘上抓起止血钳，快速夹住铺好的手术巾，捏紧钳上的钢齿，随之而来的是一阵令人满意的咔嗒声。

“血浆在哪？”她高声问。

“我正在和实验室确认。”一个护士回答。

“罗恩，你来当第一助手。”凯瑟琳对利特曼说。随后她环视了一遍房间，目光落到一个站在门边、脸色苍白的年轻男孩身上。他的胸牌写着:“杰里米·巴罗斯，医学院学生”。“你，”凯瑟琳说，“你是第二助手。”

慌张闪现在年轻人的眼睛里。“但——我才念二年级。我来这只是——”

“我们这里还能再找出一个外科住院医生吗？”

利特曼摇了摇头。“每个人都应接不暇。有个头部受伤的病人在第一创伤处理室，还有一个在大厅里抢救。”

“好吧，”她又看向那个学生，“巴罗斯。就是你了。护士，给他穿手术服戴手套。”

“我要做什么？我真的什么都不知道——”

“听着，你不是想当医生吗？那就戴上手套！”

他的脸涨得通红，转身穿上手术服。这个男孩很害怕，但在很多方面来说，相较于遇见一个傲慢的助手，凯瑟琳更喜欢巴罗斯这样的紧张的学生。她已经见过太多因为医生的过度自信而丧命的病人。

一个声音从对讲机传来：“你好，第二创伤处理室吗？这里是实验室。无名氏的红细胞比容出来了，数值是 15。”

他正在流血，凯瑟琳想。“我们现在需要阴性 O 型血！”

“马上就到。”

凯瑟琳伸手去拿手术刀。手柄的重量，钢器的轮廓，让她握得很舒适。这就像是她自己手的延伸，她身体的一部分。她快速吸了一口气，吸进了酒精和滑石粉的味道。接着，她把刀刃按在病人皮肤上，沿着腹部中线切开。

手术刀在白色皮肤上划出了一道鲜红色的血痕。

“准备好抽吸和止血垫，”她说，“迎接我们的是满肚子的血。”

“血压勉强有 50。”

“阴性 O 型血和新鲜冰冻血浆到了！我现在马上挂到架上。”

“来个人盯着心率。让我知道它现在怎么样。”凯瑟琳说。

“窦性心动过速。心率最高达到了每分钟 150 次。”

她切开皮肤和皮下脂肪，不管腹壁上的出血。她没有把时间浪费在轻微出血上；最严重的出血在腹腔内，必须立刻止血。最有可能的原因是脾脏或肝脏破裂。

腹膜鼓起来了，被血撑得紧紧的。

“这会很棘手。”她警告道，刀已经做好充分准备刺进去了。虽然她对喷涌做好了心理准备，但第一下穿刺释放出的爆发式液柱还是让她感到了一阵惊慌。血溅到手术单上，流到了地板上。鲜血洒了她手术服一身，它温暖得就像渗进袖子里带铜腥味的洗澡水。血还在往外流，像一条绸质的流淌的河。

她推入牵开器，扩大切口的宽度，让术野显露出来。利特曼插进抽吸导管。血液源源不断地流到管子里。一股亮红色液体溅入了玻璃贮血罐。

“要更多的止血垫！”凯瑟琳的喊声盖过了抽吸的尖声。她塞了六个吸收棉垫到切口，看着它们像变魔术似的变红。短短几秒钟，吸收棉垫就吸满了。她拉出来，又换上新的，塞满腹腔的每个角落。

一个护士说：“我在监视器上看到了室性期前收缩！”

“见鬼，我已经吸了两公升的血到罐子里了。”利特曼说。

凯瑟琳抬头看了一眼，发现那几袋阴性O型血和新鲜冰冻血浆正快速地滴入静脉注射器。就像把血液倒进了筛子里，通过静脉进去，通过伤口出来。它们补不了这个流血窟窿。凯瑟琳没法夹住沉浸在血泊之中的血管，她不能盲目操作。

她拉出又重又滴着血的棉垫，然后塞了更多的进去。她花了一些宝贵的时间找到了关键位置。血液正从肝脏渗出，但是没发现明显的损伤点。看起来血是从器官的整个表面冒出来的。

“他的血压快要没了。”一个护士大声喊道。

“止血钳！”凯瑟琳说，工具立刻被递到了她手上，“我要试着做入肝血流阻断，巴罗斯，塞更多的棉垫进去！”

医学院学生吓了一跳，伸手去够托盘，结果打翻了一堆止血垫。他很慌张地看着它们掉到地上。

护士立刻撕开一包新的。“这可是给病人用的，不是给地板。”她厉声说。她的目光与凯瑟琳的相遇，同样的想法像镜子一般折射在两个女人的眼里。

那个人以后是要当医生吗？

“我要把它们放在哪儿？”巴罗斯问。

“清理一下术野就行。里面都是血，我看不清楚！”

她给了巴罗斯一点时间去擦拭伤口上的血，然后伸手进去，剪开了小网膜。从左边操作止血钳，她辨认出了肝蒂——肝动脉和门静脉经此处流通。这只是个暂时性的措施，但如果她能在那个点上切断血液的流通，就有可能控制大出血。这能够为稳定血压、泵送更多的血液血浆进入他身体的循环系统赢得宝贵的时间。

她紧紧地捏住止血钳，暂时隔断了肝蒂上的血管。

令她沮丧的是，鲜血还在汩汩往外渗，没有放缓的意思。

“你确定你已经找到肝蒂了？”利特曼问。

“我肯定找到它了。我还知道血不是从腹膜后腔流出来的。”

“或许是肝静脉？”

她又从托盘上抓起两张止血垫。下一个措施是最后的办法了。把止血垫平放在肝脏的表面，然后用戴着手套的手去挤压器官。

“她在做什么？”巴罗斯问道。

“压紧肝脏，”利特曼说，“有时候这个办法会封闭那些看不见的隐秘伤口，减少出血量。”

她肩膀和手臂上的每一块肌肉都绷得紧紧的，得使巧劲儿才能保持合适的压力，把汹涌的血流挤回去。

“血还是流得像瀑布，”利特曼说，“不管用。”

凯瑟琳直直地盯着伤口，看到血正在不断地涌出。见鬼，他到底哪里在出血？她想。忽然间，注意到其他地方也有血在不停地渗出来。不只是肝脏，还有腹壁、肠系膜，以及切口的皮肤边缘。

她扫了一眼病人的左臂，它在无菌手术巾下垂着。静脉注射位置上的纱布被血浸透了。

“马上准备六单位的血小板和新鲜冰冻血浆，”她发出命令，“开始肝素注射。一万单元的静脉推注量，每小时注射一千。”

“肝素？”巴罗斯困惑不解，“可他还在出血……”

“这是DIC，”凯瑟琳说，“他需要抗凝疗法。”

利特曼盯着她。“我们还没有检验，你怎么能确定这就是DIC？”

“等我们拿到血凝试验的结果，就为时已晚了。我们得马上开始。”她朝护士点点头，“注射吧。”

护士将针头推入静脉注射口。用肝素是孤注一掷的做法。如果凯瑟琳诊断无误，如果病人确实是DIC——弥散性血管内凝血——那么在他整个血液循环系统里，不可计数的血栓正如微型雹暴般形成着，吞噬他所有珍贵的凝血因子和血小板。严重的外伤，或是暗藏的肿瘤、感染，都会引发数量难以控制如瀑布般的血栓形成。因为 DIC 耗尽了凝血因子和血小板——二者都有凝血功能，病人则又会开始大出血。为了让弥散性血管内凝血不再继续，他们必须使用肝素，它是一种抗凝剂。这是一种奇特的看似矛盾的疗法。这也是一场赌博。假如凯瑟琳诊断错误，肝素就会造成更加严重的出血。

*但事情还能更糟一点吗？*为了保持对肝脏的压力，她后背酸痛，胳膊颤抖。一滴汗从她的脸颊滑落，又被脸上的口罩吸收了。

实验室的回复又从对讲机传出来："第二创伤处理室，我刚拿到了无名氏的急诊检验结果。"

"请继续说。"护士说。

"血小板计数降至一千。凝血酶原时间上升到 30，并且他的血液里有纤维蛋白降解的物质。看起来你的病人体内的 DIC 正在急剧发作。"

凯瑟琳捕捉到了巴罗斯诧异的眼神。*医学生很轻易就被吓坏了。*

"室速！他正在室速！"

凯瑟琳把目光射向了监视器。在屏幕上一条弯曲的线勾画出锯齿的形状。"有血压吗？"

"没有。我测不到了。"

"准备心肺复苏，利特曼，你来负责。"

周围的混乱像一阵风暴，以更强的力度在她身边盘旋。新鲜冰冻血浆和血小板送到了。凯瑟琳听到利特曼喊出要强心剂的要求，看到一个护士把手放在病人胸骨上，开始按压，脑袋上下摇晃，像一只喝水的鸟在机械地来来回回。随着每一次心脏按压，血液就会被灌回到大脑里，以维持大脑运作。同时它们也在补偿失血。

凯瑟琳低头注视病人的腹腔。她还在捏紧肝脏，制止血液的涌流。正如她想象的那样，从指间滴落光滑如缎带般的鲜血，似乎流速放缓了？

“上电击，”利特曼说，“一百焦耳——”

“不，等等。他的心跳回来了！”

凯瑟琳盯着监视器。窦性心动过速！心脏重新跳动，也把血液推进了动脉。

“还在输血吗？”她喊道，“血压是多少？”

“血压是……高压 90，低压 40。太棒了！”

“心律稳定。维持窦性心动过速。”

凯瑟琳观察被切开的腹部。血流已经慢得几乎看不到有渗出了。她站在那儿，用手捧着肝脏，倾听监测器发出的稳定哔哔声。对她而言这声音像音乐。

“各位，”她说，“我想我们成功了。”

凯瑟琳脱下沾满血污的手术服和手套，然后跟着载有无名氏的轮床走出第二创伤处理室。她肩膀上的肌肉因疲惫而不停地颤抖，但这是一种良好的疲惫感。可称其为精疲力竭的胜利。护士把轮床推进电梯，将病人带到外科重症监护室去。当凯瑟琳也打算进电梯时，她听见有人在喊她的名字。

她转身，看见一个男人和一个女人正向她走来。女人身材矮小，表情凶狠，头发是黑色的，煤黑色的眼睛带着激光一样的锐利。她穿着一件古板的蓝色西装，这让她看起来几乎就像是个军人。与高大的同伴比起来，她就像个侏儒。男人大概 45 岁，一缕缕银丝散布在他的深色头发里。岁月已经将那些深刻而严肃的皱纹画到这张依旧帅气十足的成熟脸庞上。凯瑟琳的注意力集中在他的眼睛上。是柔和的灰色，难以领会。

“是科德尔医生吗？”他问。

“是的。”

“我是托马斯·摩尔探员。这是里佐利探员。我们来自凶案专办小组。”他举起了他的徽章，但那也可能是十元店的塑料品。她基本上没看徽章。她的关注点在摩尔身上。

“我们可以私下和你聊聊吗？”摩尔问。

她看到护士和无名氏正在电梯里等着。“去吧，”她招呼护士，“利特曼医生会写医嘱的。”

等到电梯门完全关闭之后，她才开口和摩尔探员说话。“与刚刚入院的那位遇到交通肇事逃逸的病人有关？因为看起来他能活下来，或许能提供线索。”

“我们来与这个病人无关。”

“你刚说你们来自凶案专办组？”

“是。”他平静的语调让她心慌。一个温柔的警告，让她准备好聆听坏消息。

“那是——噢，天啊，我希望与我认识的人无关。”

“是关于安德鲁·卡普拉的。还有，你在萨凡纳发生了什么？”

有一会儿凯瑟琳连话都说不出来。腿突然就麻了，于是她把手向身后的墙伸过去，扶住以防摔倒。

“科德尔医生？”摩尔开口，带着突如其来的关心，“你还好吗？”

“我想……我想我们应该到我的办公室去谈。”她轻声说。又忽然转身，走出了急诊室。她没有回头看一眼探员是否跟着她，她只是一直走着，逃向在隔壁门诊大楼的、她安全的办公室。当她穿过朝圣者医疗中心庞大复杂的建筑体时，她听见了他们的脚步声，正紧随她。

你在萨凡纳发生了什么？

她不想去谈起这些。她曾经希望永远也不再和别人谈起在萨凡纳发生的一切。但这两人是警察，他们的问题无法回避。

最后他们到了一个挂有名牌的套间。

彼得·法尔科　医学博士

凯瑟琳·科德尔　医学博士

普外血管外科

她走到办公室前台，接待员带着自动式的接待笑容抬起头。当她看到凯瑟琳死灰般的脸和跟在她身后的两位陌生人时，半成品的微笑在嘴上冻住了。

“科德尔医生，出什么事了吗？”

“我们会在我的办公室谈事情，海伦。请不要让电话打进来。”

“你的第一个病人 10 点就到。是曾先生，脾脏切除手术的后续诊疗……”

“取消。”

“但他从纽伯里一路开车过来。可能现在正在路上。”

“好吧，让他等一会儿吧。但请中途不要接任何电话进来。”

无视海伦疑惑的表情，凯瑟琳径直走向她的办公室，摩尔和里佐利紧随其后。一进门她就去拿她的白大褂。没有在门钩上，以往总是挂在那里。这是个微不足道的挫折，但加重了她先前就已经感到的不安，几乎让她无法承受。她环视房间，寻找白大褂，好像她的生命取决于这件衣服。终于，她发现它就搭在档案柜上。当她抓起白大褂，退到办公桌前时，内心感到一阵说不清道不明的放松。她觉得那里更安心，把自己关在闪闪发光的红木家具表象之下，安全些，且可控。

房间被精心布置过，她生活中的每一件事也经过她的精心布置。对于凌乱，她的容忍度是零。文件在桌上整齐有序地码成两堆。书籍按作者姓名的首字母顺序在架上排成列。电脑轻柔地嗡嗡响，显示器上的屏保图案是几何形。她套上白大褂，盖住她满是血污的刷手服。新增的一层制服就像另一层保护盾、另一道屏障，能抵抗生活各色棘手和危险的变化。

她坐在办公桌后观察着，摩尔和里佐利正环视房间，无疑是在摸清房间主人的脾性。快速展开视觉上的调查，对被观察人的性格做出评价——这是警察自然而然的动作吗？这让凯瑟琳感觉自己暴露又脆弱。

“我知道对你来说这是一个痛苦的话题。”摩尔边说边坐下来。

“你根本不知道这有多痛苦。已经过去整整两年了。为什么又卷土重来了呢？”

“这关系到两桩在波士顿发生的悬而未解的案子。”

凯瑟琳眉头一皱。“但我是在萨凡纳遇袭的。”

“对，我们知道。有一个全国性的犯罪数据库，叫 VICAP。当我们在数据库进行搜索，寻找这两桩凶杀案的类似犯罪情况时，安德鲁·卡普拉的名字出现了。”

凯瑟琳一阵沉默，吸收着这个信息。她正鼓起勇气去问出下一个合乎逻辑的问题。她试图平静地开口：“我们所说的案件相似之处是什么？”

“女性被固定和控制的方式，使用的切割工具的类型，还有……”摩尔顿了顿，努力地选择最合适的词语来表达他的话，“毁损尸体的手段。”他平静地说完了。

凯瑟琳用双手紧紧地抓住桌子，奋力抑制突如其来的恶心。目光落到齐整地堆放在面前的文件上。她发现自己的白大褂袖子蹭上了一摊蓝色墨水。*无论你做多少尝试去维持生活秩序，无论你多小*

心去避免犯错误、不完美，总会有一些污点、瑕疵潜伏在你的视线之外，等待着给你“惊喜”。

“跟我说说她们吧，”她开口，“那两个女人。”

“我们没有权利透露太多。”

“你们能告诉我什么？”

“跟周日的《环球报》说的差不多。”

她花了几秒钟去梳理摩尔刚才的回答。难以置信，她定住了。“这些波士顿凶案——是最近发生的吗？”

“最近那起在周五早些时候。”

“所以这与安德鲁·卡普拉无关！与我无关。”

“它们之间有着显著的相似性。”

“那么它们纯属巧合。肯定是巧合。我以为你刚说的是旧案。但卡普拉犯案是好几年前。不是上周。”忽然她把椅子往后一推，“我不知道我能帮你们什么？”

“科德尔医生，这个杀手清楚地知道那些从未公之于众的细节。他掌握了卡普拉袭击的信息——这些除了萨凡纳的调查人员，没有别人知道。”

“那么你应该去调查这些人。这些知道内情的人。”

“你是其中之一，科德尔医生。”

“怕是你忘了，我是受害人。”

“你之前和别人详谈过案子的细节吗？”

“只和萨凡纳的警察说过。”

“你和朋友详细讲过吗？”

“没有。”

“家人呢？”

“没有。”

“肯定有个你可以向他倾诉秘密的人。”

“我不说这个。我从来都不说这个。”

摩尔用一种怀疑的眼神盯着她。“从来都没有？”

她看向别处。“从来没有。”她轻声道。

漫长的寂静。然后摩尔开口了，温柔地轻问：“你听过埃琳娜·欧提兹这个名字吗？”

“没有。”

“黛安娜·斯特林呢？”

“没有。是那两个女人吗……”

“是的。她们是受害者。”

她艰难地咽了咽口水。“我不知道她们的名字。”

“你不知道这两起凶杀案吗？”

“我很注意去避免阅读任何内容悲惨的文章。这是我无法应付的事情。”她呼出了一声疲惫的叹息，“你得明白，我在急诊室遇见如此多可怕的事情。当我回到家，在一天结束之时，我需要的是平静。我想要有安全感。发生在这个世界上的所有暴力，我不必都了解。”

摩尔把手伸进夹克衫，拿出两张照片，在桌面上滑给了她。“你认识她们中的谁吗？”

凯瑟琳盯着那两张脸。左边那个有着深色眼眸，笑容挂在唇上，发丝随风飞扬。另一个是气质超凡的金发女郎，她的目光如梦如幻、飘渺悠远。

“深发色这个是埃琳娜·欧提兹，”摩尔说，“另一个是黛安娜·斯特林。黛安娜一年前被害。这些脸看起来熟悉吗？”

她摇头。

“黛安娜·斯特林住在后湾区，距离你的住所只有半英里。埃琳娜·欧提兹的公寓在这个医院南边，只隔了两个街区。你或许见过她们。你确定你不认识她们中的某一个吗？”

“我以前从来没见过她们。”她把照片递给摩尔，突然发现自己的手在颤抖。他肯定也注意到了，摩尔拿回照片时，手指与她的碰到了。她觉得摩尔一定注意到了很多细节，这是警察的本能。她是如此专注于自己的焦虑以至几乎没怎么留意过这个男人。他之前安静又温柔，她确实也没感觉到任何威胁。但现在她觉察到这个人正在仔细地研究她，等待着一瞥隐藏于内在的真实的凯瑟琳·科德尔。不是技术高超的外科医生，也不是冷静优雅的红发女郎，是那个藏在表面之下真正的她。

现在里佐利探员开口了，不像摩尔，她并不打算软化尖锐的问题。她只想要答案，于是她没有浪费一点时间在之前的问题上。“科德尔医生，你是什么时候搬来这的？”

“在我遇袭后一个月，我就离开了萨凡纳。”凯瑟琳回答，对上了里佐利公事公办的语调。

“你为什么会选择波士顿？”

“为什么不？”

“这里离南边很远。”

“我母亲在马萨诸塞州长大。每个夏天她都会带我们去新英格兰。这感觉就像……我要回家了。”

“所以你到这儿已经有两年了。”

“对。”

“做什么工作？”

凯瑟琳皱起眉头，对这个问题感到费解。“和法尔科医生一起，在朝圣者医疗中心工作。提供创伤救治服务。”

“那我猜是《环球报》弄错了。”

“什么？”

“几个星期前，我读了关于你的文章。关于女外科医生的那篇。顺道提一句，照片拍得不错。上面说你在朝圣者这儿工作才一年。”

凯瑟琳停顿了一下，随后平静地说道：“文章没错。离开萨凡纳之后，我花了一些时间去……”她清了清嗓子。“我是去年七月才加入法尔科医生的科室的。”

“那你第一年在波士顿干吗了？”

“我没去工作。”

“那你做了什么？”

“什么都没做。”这就是她全部的回答，话说得如此平静又果断。她绝不会告诉别人第一年里自己那些丢脸的真相。那时候，长达数周，她都害怕离开自己的公寓。哪怕是最微弱的声响也会让她惊慌得发抖的夜晚。重返人世的旅程漫长而痛苦，无论是搭电梯，还是在黑夜步行到她的车前，都需要无比巨大的勇气。她羞于自己的脆弱；还让她觉得羞耻的是，她的骄傲永远不允许自己将此表露出来。

她看了看手表。“我等下有病人要来，我实在没有什么别的要补充了。”

“那我再确认一下一些事实。”里佐利打开一个小线圈笔记本，“约两年前，在6月15日深夜，你在家里被安德鲁·卡普拉袭击。这个人你认识。他是你之前工作的那家医院的实习生。”里佐利说完抬头看着凯瑟琳。

“你已经知道答案了。”

“他给你下药，把你剥个精光。把你绑在你的床上。威胁你。”

“我不明白你说这些有何意义——”

“强暴了你。”这些话虽然说得轻声细语，但效果比一记耳光还残酷。

凯瑟琳沉默不语。

“这还不是他的全部计划。”里佐利继续。

上帝啊，让她闭嘴。

“他打算用最残忍的方式伤害你。就像他残害佐治亚州其他四个姑娘一样。他把她们切开，恰好摧毁那个使她们成为女性的器官。”

“够了。”摩尔开口。

但里佐利仍然毫不留情。“科德尔医生，这可能也会发生在你身上。”

凯瑟琳摇头。“你为什么要这样做？”

“科德尔医生，我最渴望的事是抓住这个人，我觉得你会愿意帮助我们。你也想阻止恶行发生在其他女性身上吧。”

“这跟我没有关系！安德鲁·卡普拉已经死了。他死了已经有两年了。”

“对，我看过他的尸检报告了。”

“好吧，我可以保证他已经死了，”凯瑟琳回击道，“因为开枪轰死这个狗娘养的人就是我。”

第四章

摩尔和里佐利坐在车里，大汗淋漓，热风从空调口呼呼吹出。他们已经在路上堵了十分钟，车里一点也没变凉。

“纳税人付多少钱就得怎么样的车，”里佐利说，“这车就是一块垃圾。”

摩尔关了空调，摇下车窗。热烘烘的人行道气味和汽车的尾气吹进了车里。他整个人都被汗水泡着。摩尔不知道为什么里佐利还能受得了一如既往地穿她那件西装；在他们走出朝圣者医疗中心，被一团浓重的湿气笼罩着时，他已经把外套脱掉了。他知道她肯定也感觉热了，因为他看见她的上嘴唇闪着汗珠——这嘴巴可能不怎么和口红相识。里佐利不难看，但其他女性大概会为了更优雅化个妆或戴上耳环，而里佐利却似乎决心要掩盖自己的魅力。她穿着与自己小骨架身材不相称的老气深色西装，顶着一团乱蓬蓬的黑色卷发。她就是她，要不接受，要不见鬼去吧。他理解她为何会表现出这种“去你的”态度；作为一名女警察，她可能必须以此为生。最重要的是，里佐利在弱肉强食的警察丛林里活下来了，她是组里唯一一名女警。

她就像凯瑟琳·科德尔一样是幸存者。但科德尔医生已经逐渐摸索出一种不同的策略：后撤，远离。在对话期间，他感觉看她时中间像隔着一层毛玻璃，她是如此有距离感。

正是这种淡漠让里佐利烦恼。“她好像哪里不对劲，”她说，“在情感部分，有什么东西缺失了。”

“她是一名外科医生，受过训练，可以保持冷静。”

“冷静和冷漠可不一样。两年前她被绑、被强奸，几乎就被毁了。然而她现在面对这件事是如此平静。这令我感到惊讶。”

摩尔在一个红灯前刹了车，坐着凝视十字路口堵塞的交通。汗珠顺着他的背往下流。在高温下他不能很好地进行思考；炎热让他感到呆滞、混沌。他渴望夏天的结束，渴望冬季第一场雪的纯洁……

“嘿，”里佐利说，“在听吗？”

“她在极力控制自己。”他承认。但这不是冷冰冰，他记得凯瑟琳把那两个女人的照片递回来时手抖得有多厉害。

回到办公桌前，他抿了一口微温的可乐，重新读起《波士顿环球报》几周前的文章：《握手术刀的女性》。文章讲述了波士顿的三位女外科医生——她们的成就与困难，她们在专业领域所遇到的特有难题。在这三张照片中，科德尔的最引人注意。这不仅仅因为她有吸引力；是她的注视，如此骄傲和直接，看起来就像在挑衅相机。

照片就和文章一样，让人加深了她对自己生活把控十足的印象。

他把文章放到一边，思考着初印象错误得有多离谱。痛苦太容易被一个微笑、一个朝上撇斜的下巴给伪装了。

现在他打开了另一个文件。做了个深呼吸，重新阅读萨凡纳警方对安德鲁·卡普拉医生做出的报告。

报告指出，卡普拉第一次杀人发生于他在亚特兰大埃默里大学医学院读大四那年。受害人是多拉·西科恩，一个22岁的埃默里大学研究生，尸体被发现绑在她校外公寓的床上。尸检时发现她体内有约会强暴药洛喜普诺。所住公寓没显示有强力闯入的痕迹。

受害人邀请凶手进入了她的家。

药物一生效，多拉·西科恩就被凶手用尼龙绳子绑在她的床上，她的尖叫声被胶布封住了。凶手先是强暴了她，然后又对她进行了切割。

整个操作期间，受害人都处于活着的状态。

当凶手完成切割，拿到了他的纪念品时，他对受害人发起了致命一击：从左到右，一刀割喉。虽然警察已经采集到凶手精液的DNA，但还是没有头绪。调查之路非常曲折，原因是多拉是个众所周知的派对女孩，喜欢在当地酒吧流连，常常把只见过一面的男人带回家。

她死的那晚，她带回家的那个男人是医学院的学生安德鲁·卡普拉。但卡普拉的名字还没有引起警方的注意，直到两百英里以外的萨凡纳又有三名女性被杀。

最后，在六月一个潮热的夜晚，杀戮结束了。

31 岁的凯瑟琳·科德尔，萨凡纳河地医院的外科住院总医师，被门外的敲门声吓着了。当她打开门，看见她的一个外科实习生安德鲁·卡普拉，正站在门廊下。当天早些时候，她就他犯的一个错误训斥了他，现在他不顾一切地想找到挽回自己的办法。他问：可以进屋谈谈吗？

几杯啤酒过后，他们回顾了卡普拉作为实习生的表现，以及他犯下的所有错误，病人很有可能因为他的不在意而受伤。她没有粉饰事实：卡普拉不合格，他不能继续参与外科培训了。到了晚上某个时候，凯瑟琳离开房间去上厕所，接着回来继续这场对话，并把自己的酒一饮而尽。

当她清醒过来，恢复意识时，发现自己赤身裸体，被尼龙绳绑在床上。

警方报告描述了令人胆战的细节，噩梦已在身后等着。

在医院拍的照片显示，她的眼神像看到鬼，脸颊有瘀青，肿得吓人。从这些照片中，他所看到的全部信息汇成一个词就是：受害者。

但他今天遇见的那个镇定得出奇的女人和这个词一点儿也搭不上边。

现在，重读科德尔的陈述，他能从脑海里听见她的声音。这些词不再属于一个未曾谋面的受害者，而是属于一位他认识的女性。

我不知道要怎样才能把我的手解开。现在手腕都刮伤了，所以我一定是把手从绳结里拽出来了。对不起，有些事我记不太清。我唯一记得的就是去找手术刀。知道自己必须要把手术刀从托盘上拿下来。在安德鲁回来之前，我一定得把绳结割断……

我记得朝床的边缘滚过去了。半掉到地上，撞到了头。然后我试着找枪。那是我父亲的枪。在萨凡纳有第三个女人遇害后，他坚持让我备着。

我记得我伸手进床底。抓起那把枪。我记得脚步声，走进房间里了。然后——不确定。当时我肯定开枪打他了。是的，跟我想的那样。他们告诉我，我向他开了两枪。我觉得这一定是真的。

摩尔停住，仔细斟酌这份陈述。弹道测试已经证实，那两颗子弹，都是从床边那把以凯瑟琳父亲名义登记的武器里射出来的。医院的血液检测确认她的血液里存在洛喜普诺——一种致人失忆的药，所以她的记忆可能会出现空白点。科德尔被带到急诊室，医生诊断她的混乱迷惑，要么是因为药物，要么是因为可能出现的脑震荡。头部遭到了一记猛烈的重击，才造成脸如此瘀伤和肿胀。但她记不清是在什么情况下、在什么时候受到这记重击了。

摩尔翻出犯罪现场的照片。在卧室的地板上，安德鲁·卡普拉的死状是面朝天平躺着。他被射了两枪，一枪在腹部，一枪在眼睛，两枪都是近距离射击。

他研究这些照片许久，留意卡普拉尸体的位置、血迹的类型。

摩尔翻开尸检报告，从头至尾读了两遍。

然后又看了一次犯罪现场的照片。

他想，这儿一定出错了。科德尔的陈述不合逻辑。

一份报告突然从天而降，摔到了他的桌上。他惊讶地抬眼，瞥见里佐利。

“你看过这个了吗？”她问。

“这是什么？”

“在埃琳娜·欧提兹尸体伤口边缘发现的那缕头发的报告。”

摩尔浏览到最后一句。然后说：“我不知道这意味着什么。”

1997年，波士顿警察局下属各部门搬到了同一个屋檐下，崭新的综合大楼位于杂乱无章的罗克斯伯里社区，坐落在施罗德广场1号。警察把他们的新办公点叫作“大理石宫”，因为大厅里铺满了锃光瓦亮的花岗岩。有个玩笑说：“给我们好几年时间把这个地方弄得像垃圾站，感觉才会像家。”新大楼和电视剧里那些破烂的警察局相比可是天壤之别。这是一幢光鲜时髦的建筑，巨大的窗户和天窗让室内明亮。凶案专办部门，铺有地毯，设有配电脑的办公桌，可以直接拿来做商业公司的办公室。不过他们最喜欢新大楼的一点是现在波士顿警察局所有的部门都集中在这里了。

对于凶杀案警探来说，这意味着只需沿着走廊走到大楼的南翼，就可到达罪证化验室。

在毛发与纤维检验室，摩尔和里佐利看到法医艾琳·沃曲科在翻找她收集的证据袋。“我能做的，只是和那一根头发打交道，”艾琳说，“但一根头发可以告诉你的事情可令人惊讶了。找到了，就是这个。”她凭埃琳娜·欧提兹案的编号找到这个袋子，现在她取出了一块显微镜载玻片。“我只是给你们展示头发在显微镜下是什么样的，数值评分写在报告里了。”

“这些数字？”里佐利说，低头看页面上一长串评分代码。

“没错。每一个代码描述头发不同的特点，从颜色、卷曲度到微观特征。这一根是A01——暗金色。卷曲度是B01。弯曲的，弯曲直径小于80。几乎是直发，但不全是。发干长度4厘米。遗憾的是，这一根处在休止期，所以上面没有上皮组织附着。”

“这表示头发上没有DNA。”

“对。休止期是发根生长的末期。这根是自然掉落，是头发脱落进程的一部分。换句话说，这根不是被拽下来的。如果发根有上皮细胞，我们就可以用它的细胞核做DNA分析。但这根没有这样的细胞。”

里佐利和摩尔失望地对看了一眼。

“但是，”艾琳接着说，“这根头发倒是有些很不错的东西。没有DNA那么好，但是你一旦抓住了嫌疑人，这可以在法庭上用得到。真是太可惜了，在斯特林案中没有采集到毛发让我们去对比一下。”她把显微镜头聚焦，然后闪到一边。“看一看。”

显微镜有个教学用目镜，所以里佐利和摩尔能同时观察载玻片。透过镜头，摩尔看到的，是一根上面像串珠子般有很多小结节的头发。

“上面的小凸块是什么？”里佐利说，“那不常见。”

“不只是不常见，简直是稀有，”艾琳说，“这种情况叫作套叠性脆发，又称为‘竹节状毛发’。你可以看到它的别称是怎么来的。那些小结节让它看上去像一根竹子，不是吗？”

“这些结节是什么？”摩尔问道。

“它们是头发纤维的局灶性缺陷。这些脆弱点会让头发的毛干自行折叠，呈球窝状。那些小凸块就是弱点，那儿的发干叠缩起来了，形成一个凸起。”

“怎么样才会有这种情况？”

“有时候是头发烫染过多引起的。染发膏、定型液，诸如此类的东西。但因为我们最有可能面对的是一个男性嫌犯，并且我没发现有人工漂染的痕迹，所以我倾向于说不是人为加工造成的，而是由于某种基因异常。”

“比如说？”

“比如，竹节状毛发综合征[1]。这是一种影响角蛋白生长的常染色体隐性遗传病。角蛋白是一种存在于毛发和指甲中，坚硬、纤维

① 又称为内瑟顿综合征，是一种罕见的遗传性疾病。1958年美国皮肤病学家厄尔·W. 内瑟顿（Earl W. Netherton）首次将这种杵臼样的毛干异常命名为“竹节状毛发”。

状的蛋白。它也是我们皮肤的表层。”

“如果这是一种基因缺陷，角蛋白没能正常生长，那么这些毛发是很脆弱的？”

艾琳点点头。“不只是毛发受影响。患有竹节状毛发综合征的人也可能会有皮肤问题。起皮疹和掉皮屑。”

“我们要找一个头皮屑很多的嫌犯？”里佐利问。

“可能比这还要明显。有些病人症状严重，叫作鱼鳞病。他们的皮肤非常干燥，以至于看起来就像鳄鱼皮。”

里佐利笑了。“所以我们正在找爬行动物！那应该可以缩小搜查范围。”

“不一定。现在是夏天。”

“这和夏天有什么关系？”

“热度和湿度都可以改善皮肤的干燥状况。每年这个时候，他看上去可能完全和正常人无异。”

里佐利和摩尔看着彼此，同时被相同的想法触动了。

两名受害人都在夏天被杀。

“只要天气还是那么热，”艾琳说，“他就能混迹在人群中，与其他常人无异。”

“这才七月份。”里佐利说。

摩尔点头。“他的狩猎季才刚刚拉开序幕。”

无名氏现在有名字了。急诊室护士发现了一个系在他钥匙圈上的身份标签。他叫赫尔曼·格瓦多夫斯基，现年 69 岁。

凯瑟琳站在她病人所在的外科重症监护病房的小隔间里，有条不紊地查看环绕在他床边的监控设备。正常的心电图节律在示波器上闪动。动脉血压值是 110/70，显示他中心静脉压读数的曲线就像被风吹起的海浪，起起伏伏。从这些数据来看，格瓦多夫斯基的手术是成功的。

但是他还没醒，凯瑟琳心想着，拿笔形电筒照了照他的左瞳孔，然后是右瞳孔。距手术结束已经过去将近八个小时了，他仍然处在深度昏迷中。

她站直，观察他的胸口随呼吸机的循环上下起伏。她阻止了他因流血过多而死去。然而她真正救下来的是什么？一具有心跳而大脑不运转的肉体。

她听到敲玻璃声。透过隔间的窗户，她看到她的手术搭档彼得·法尔科医生正向她招手，在他通常愉悦的脸上露出了忧心忡忡的神情。

有的外科医生以在手术室里大发脾气著名。有的是傲慢地走进手术室，像穿皇家礼服一样穿上他们的外科手术服。有的是冷漠高效率的技术员，面对病人仿佛面对一捆待修理的机器零件。

还有彼得这样的。有趣好笑、生机勃勃的彼得，他会在手术室里走音地大声唱猫王的歌，会在办公室里举办纸飞机比赛，会兴奋地趴在地板上和他的儿科病人堆乐高积木。她习惯于在彼得脸上看到笑容。当她透过窗户看到彼得皱着眉头看自己，她立刻走出了病人的小隔间。

“一切都好吧？”彼得问。

“刚刚结束查房。”

彼得盯着交错林立在格瓦多夫斯基四周的管子和机器。“听说你做了一次漂亮的抢救。他可是用了十二袋血浆呢。”

“我不知道这是否能叫作一次抢救，”她的目光回到了病人身上，“所有器官都在工作，除了大脑。”

他们沉默了一会儿，两人都看着格瓦多夫斯基的胸脯上下起伏。

“海伦告诉我今天有两个警察来找你，”彼得说，“怎么了？”

“无关紧要。”

“忘记付停车罚单了？”

她挤出一个笑容。“是啊，我指望着你来帮我摆脱困境呢。”

他们离开外科重症监护病房，步入走廊，瘦长的彼得迈着轻松的大步子走在她身边。在他们搭乘电梯时，彼得问道：

“凯瑟琳，你还好吗？”

“为什么不好？难道我看起来不好吗？”

“真心话吗？”他端详着她的脸，蓝色眼睛直冲横撞，让她觉得被冒犯了，“你看起来需要一杯酒和一顿美妙的晚餐。和我一起怎么样？”

“诱人的邀请。”

“但是？”

“但是今天我想在家待一晚。”

彼得抓着他的胸口，仿佛受了致命的伤。“又被拒绝了！告诉我，什么办法对你奏效？”

她微微一笑。“还得靠你找出来呀。”

“这个如何？有只小鸟告诉我周六是你的生日。让我带你上我的私人飞机去兜风。”

“不行。那天我要值班。”

“你可以跟艾姆斯调班。我去和他说。”

“彼得，你知道我不喜欢坐飞机的。”

“别告诉我你有飞行恐惧症。”

“我只是不擅长交出控制权。”

他严肃地点点头。“典型的外科医生性格。”

“这是个说明我焦虑不安的好方法。”

“所以飞行约会不通过了？我不能改变你的主意吗？”

“我觉得不能。”

他长叹一声。“好吧，这就是我全部的台词了。整出戏都演完了，实在是没辙儿了。”

“我知道。你又用那些老套路了。”

“海伦也这么说。”

她用惊讶的目光看着他。“海伦给你支招儿如何约我出去？”

“她说她忍受不了男人将头撞向一堵坚不可摧的顽墙的悲剧场面。”

他们边仰头大笑，边跨出电梯，走向各自的办公间。这是两个同事之间的舒心大笑，他们都知道这个玩笑不能当真。保持这种程度意味着不会有感情黯然神伤，不会有情感立于危墙之下。一个安全的小调情能让他们与真实的纠葛隔绝开来。他会调皮地邀请她外出约会，同样她也会调皮地拒绝他，整个办公室都处在一种轻松、玩笑的氛围。

现在是下午 5 点半，工作人员已经下班了。彼得回到他的办公室，凯瑟琳也回到她的，挂好她的白大褂，同时拿上钱包。当她把白大褂挂在门背的钩子上时，一个念头突然出现了。

她穿过走廊，把头探进彼得的办公室。他正在查看病历，用于阅读的眼镜正架在鼻梁上。彼得的办公室不像她的，这里仿佛宇宙混乱中心。纸飞机堆满垃圾桶。书籍和外科杂志随便摞在椅子上。有一面墙几乎被疯狂生长的喜林芋占满。茂密枝叶下藏着彼得的文凭：麻省理工学院航空工程专业学士，哈佛医学院医学博士。

“彼得？我有一个非常蠢的问题……”

他透过眼镜投去一记眼风。“那你就找对人了。”

“你去过我办公室吗？”

“在回答这个问题之前我得先咨询一下我的律师吗？”

“拜托。我是认真的。”

他坐直，目光凝视着她。“没有，我没去过。怎么了？”

“没事了。也不是什么大问题。”她转身离开，听到彼得起身弄出的椅子嘎吱声。他跟凯瑟琳进了她的办公室。

“什么不是大问题？”他问。

“我有强迫症。就是这样。当东西不在它们应该在的地方，我就会很恼火。”

“比如说？”

“我的白大褂。我通常会挂在门背后，但是有时却莫名其妙会堆在档案柜上或者搭在椅子上。不是海伦，也不是其他秘书动的，我问过他们。”

“可能是清洁女工动的。”

“然后让我崩溃的是，我找不到我的听诊器了。”

“现在还找不到吗？”

“害得我不得不借护士长的来用。”

彼得皱着眉头环视了一遍房间。“好吧，在那里。在书架上。”他走到架子前，她的听诊器就缠在书立旁。

她默默地从彼得那里接过来，像盯着一个外星生物一样盯着听诊器。一条黑色的蛇，正无力地搭着她的手。

“嘿，到底怎么了？”

凯瑟琳深吸一口气。“我想我只是累了。”她把听诊器放进白大褂左边的口袋——平时总是放在那里。

“你确定只有这些了吗？还有别的事情吗？”

“我要回家了。”凯瑟琳走出她的办公室。彼得跟着她到了大厅。

“跟那些警察有关？嘿，如果你遇上了什么麻烦，可以来找我的，如果我能帮得上你——”

“我不需要。谢谢你。”她的回答来得比预想的还要冷漠一些。凯瑟琳立即就后悔了。彼得不应该被她这样对待。

“你知道吗，我不介意你偶尔来找我帮忙的。”他轻声说，“作为搭档，这是共同工作的一部分。你难道不是这样想的吗？”

她没出声。

彼得转身回办公室。“明早见。”

“彼得？”

“嗯？”

“关于那两个警察，以及他们来找我的原因——”

“你不必告诉我的。”

“不，我应该告诉你。如果我不说，你会更好奇的。他们来找我是为了一桩凶杀案。有个女人在星期四晚上被杀了。他们觉得我可能会认识她。”

“你认识吗？”

“不认识。是个误会。仅此而已。”她叹了口气，“他们只是弄错了。”

凯瑟琳扭动门栓，直至感觉到它带着一记令人满意的重击声，落在了原来的位置，她才滑下保险链，一切到位。又一条用来对抗潜伏在房间墙外的无名恐怖的防护线。在公寓里被安全包围后，她脱掉鞋子，将钱包和车钥匙放在樱桃木茶几上，然后穿着袜子踩过铺在客厅的白色厚实地毯。多亏了中央空调，她的公寓相当舒适凉快。现在室外是 30 摄氏度，但公寓里的温度，夏天不会高过 22 摄氏度，冬天不会低于 20 摄氏度。一个人的一生几乎没有什么事情是可以预先设置、预先确定的，她在努力维持自己生活圈子里力所能及的秩序。她之所以选择这幢坐落在联邦大道、有十二个单元公寓的建筑，是因为这里是全新的，有安全系数高的停车库。虽然不如后湾区历史悠久的红墙建筑那么别致，却也没有老建筑那些管道或电力系统突发状况的困扰。凯瑟琳无法忍受不确定的事情。她的公寓保持着一尘不染，除了少数几抹鲜亮的色彩，她基本选择用白色家具布置，白沙发、白地毯、白瓷砖。色调纯净。一切都未经染指，干净无瑕。

她在卧室脱掉衣服，挂好裙子，把即将要送去干洗店的衬衫放到一边，换上了一条宽松长裤和一件无袖丝质上衣。当她光脚走进厨房时，内心感觉到了平静，所有事情在可控范围内。

今天稍早时她没有这种感觉。两位警察的到访让她战战兢兢，如履薄冰。整个下午她都发现自己在犯粗心大意的错误。拿错了化验单，在病历上写错日期。只是微不足道的错误，但它们像水面上的阵阵波纹，预示着水下深处的不安。在过去两年她试图去压制每一个对萨凡纳所发生之事的想法。常常毫无预兆，记忆中的画面就会重现，鲜活得如同刀割一般，但她会从中跳开，敏捷地将自己的意识转向别的想法。今天，她无法避开那些记忆，已经不能再假装萨凡纳事件从未发生过了。

赤脚踩在厨房地砖上，冰凉凉的。她给自己调了一杯螺丝刀鸡尾酒，加了一点伏特加，然后边抿着酒边磨碎一些帕尔马干酪，切一些西红柿、洋葱和香草。打早餐后，她就没进食过，酒精正在她的血液里横冲直撞。伏特加带来的快感令人愉悦且迷醉。刀敲击案板发出的稳定节奏声、新鲜的罗勒叶与大蒜散发出的香气让她感到舒适。做饭就像在接受治疗。

在她厨房窗户的外面，波士顿城是一口过热的大锅，“炖”着无数排着长队的汽车和沸腾的怒火；但在这儿，凯瑟琳被密封在玻璃之后，她平静地用橄榄油炒着土豆，倒了一杯基安蒂干红葡萄酒，接着加热一锅水煮新鲜的意大利天使面。凉爽的空气从中央空调通风口嘶嘶地吹出来。

她坐下，开始吃喝她的意大利面、沙拉和酒，就着 CD 机播放的德彪西背景音乐。虽然很饿，在准备饭菜时也很用心，但一切吃起来都索然无味。她强迫自己吃，却觉得喉咙里堵得很，仿佛吞了一些黏稠又厚实的东西。即使喝第二杯酒也不能消散她喉咙里的肿胀。放下叉子，她凝视着吃到一半的晚餐。音乐声逐渐高涨，像奔涌而来的海浪裹挟着她。

她把脸埋进手里。一开始寂静无声，似乎悲伤被困得太久，封印被永远地冻结了。随后，一声尖利的呜咽从她喉咙里逃脱，极细如丝。她喘了口气，一阵哭喊突然响起，两年来累积的痛苦一下子随之喷薄而出。情感之激烈让自己都害怕，因为她无法抑制住它们，无法知道伤痛到底有多深，伤痛何处是尽头。她哭到嗓子沙哑，肺部因痉挛而阵阵抽搐，而她的哭泣声陷在了这密不透风的公寓里。

最后，所有的泪水都流干了，她躺倒在沙发上，很快就进入了疲惫不堪的沉睡。

凯瑟琳猛地醒来，发现自己被黑暗包围。心脏在怦怦直跳，上衣被汗水浸湿了。有什么声响吗？玻璃的碎裂声，脚步声？这就是让她从沉睡中惊醒过来的原因吗？她一点儿都不敢动，害怕错过侵入者的丝毫声响。

移动的灯光亮起，是一辆过路汽车的车头灯透过窗口照了进来。客厅有了短暂的光明，随即复归黑暗。她听见冷气从通风口吹出的嘶嘶声，厨房里冰箱的嗡嗡声。没有什么外来者。这种扑面而来令人窒息的恐惧感，来得毫无缘由。

她坐起来，鼓足勇气打开灯。想象中的恐怖在温暖的光亮中消失殆尽。从沙发上站起身，缓慢而谨慎地从一个房间走到另一个房间，开灯，观察壁橱。从理性的层面看，她知道家里没有闯入者，她的家装有精密复杂的报警系统、安全的门栓和紧闭的窗户，这个家被保护得再严密不过了。但她要等到这些例行公事结束，每个黑暗角落都检查了一遍，才肯停下来。只有确定所有的防护都完好无损后，她才终于松了口气。

已经10点半了。一个星期三。*我需要和某人聊聊。今晚我不能独自一人处理这个问题。*

凯瑟琳坐在桌前，打开电脑，然后看着屏幕亮起。这堆电子零件、电线和塑料是她的救生索、她的治疗师，是她能倾泻伤痛的唯一安全之地。

她输入自己的网名“CCORD”，然后登入互联网，点了几下鼠标，在键盘上敲了几个词，进入了一个非公开聊天室，群名简称为：女性救助。

已经有六个熟悉的名字在线了。不露脸、不道姓名的女性，她们全都被吸引到这个安全且匿名的网络避难所。她坐了一会儿，看消息在屏幕上不停地滚动。倾听，她在心里倾听这些女人受伤的声音，除了会聚在这个虚拟的空间，她们之间从未碰过面。

劳拉45：所以你是怎么做的？

奉献：我告诉他我还没准备好。我仍然心有余悸。我跟他说如果他真的关心我，他就会等。

伤心人：你真棒。

闪闪98：别让他逼你。

劳拉45：他什么反应？

奉献：他说我应该把那事翻篇儿。说得我是个懦夫似的。

闪闪98：男人才应该被强暴！！！

伤心人：我花了两年时间才准备好。

劳拉45：我花了一年多。

闪闪98：这些家伙脑子想着的全是他们的老二。全都是。他们只想着怎样让他们那东西得到满足。

劳拉 45：哎哟。你今晚很生气呀，闪闪。

闪闪 98：或许是吧。有时候我真觉得洛伦娜·博比特[1]的主意是对的。

伤心人：闪闪要把她的切肉刀拿出来了！

奉献：我觉得他不会等我。我觉得他已经放弃我了。

闪闪 98：你值得等待。你值得！

几十秒过去了，聊天框没动静了。然后……

劳拉 45：你好，CCord。很高兴看到你回来。

凯瑟琳打字。

CCORD：我看到我们又在谈论男人。

劳拉 45：是啊！我们怎么就摆脱不了这个让人疲惫的话题？

奉献：因为他们就是那些伤害我们的人。

接着是另一阵漫长的停顿。凯瑟琳深深地呼了一口气，然后继续打字。

① 1993 年，不堪忍受家暴的洛伦娜·博比特，趁丈夫沉睡之时，用菜刀阉割了他。此案在美国轰动一时。洛伦娜被指控涉嫌故意伤害，而后又被无罪释放。

CCORD：我今天过得很糟糕。

劳拉45：CC，告诉我们，发生什么了？

凯瑟琳几乎听到了女性的低语声，透过网络传来的，温柔、舒缓的窃窃私语。

CCORD：我今晚被焦虑袭击了。我在屋子里，锁着门，没人能碰到我，但这还是发生了。

闪闪98：别让他打败你。别让他把你变成一个囚犯。

CCORD：太迟了。我已经是个囚犯了。因为今晚我觉察到了一件很糟糕的事。

闪闪98：那是什么？

CCORD：恶魔没有死。从来都没有死。它只是换了张新面孔，改了个新名字。我们曾经被沾上过一次，并不意味着我们能对二次受伤免疫。闪电可以击中一个地方两次。

无人打字，无人回应。

她想，无论我们如何小心翼翼，恶魔总知道我们住在哪儿。它知道该如何找到我们。

一滴汗水从她的背滑落。

现在我感觉到它了。它渐渐临近。

霓娜·佩顿哪也不去，谁也不见。她已经有数周不去上班了。今天我打电话到她位于布鲁克莱恩的办公室，她在那儿担任销售代表，她的同事告诉我，他不知道她何时才会回来上班。她像一头受伤的野兽，蛰居在自己的巢穴，甚至恐惧在夜里迈出的每一步。她知道暗夜准备了什么给她，因为她已经被恶魔触碰过，甚至当下，她还能感觉它就如水汽一般从家中的墙壁渗进来。窗帘紧闭，但材质很薄，我可以看见她在里面移动。她的剪影缩成一团，胳膊环抱在胸口，好像她的躯体已经向内折起来了。她来回走动时，动作急促又机械。

她正在检查门上的锁、窗上的插销，试图把黑暗拒之门外。

那小屋子一定让人喘不过气。夜晚如同蒸汽，而且她的窗上没有空调。她必须整晚都待在里面，虽然外面仍是高温，但窗户密闭。我能想象她大汗淋漓的模样，从漫长炎日熬到了夜晚，迫切地想让新鲜空气进来，但又惧怕会放别的什么东西进来。

她再次从窗边走过。停住。在此徘徊，被矩形的灯光框着。忽然窗帘被拉开了，她伸手去打开插销，把窗户滑上去。站在窗前，如饥似渴地吸入一口又一口新鲜空气。最终她还是向炎热投降了。

没有什么比受伤猎物的气味更能让一个猎人兴奋了。我几乎能闻到它飘散出来了，那流血野兽的味道，那脏污肉体的味道。正如她在呼吸这夜的空气一样，我也在呼吸她的气味，还有，她的恐惧。

我的心脏跳得更快了。我把手伸进我的包，去摩挲那些工具。连钢制品摸起来都很温暖。

她砰的一声关上窗户。她允许自己做的只是呼吸几大口新鲜空气，现在又撤回到闷热小屋子的痛苦中了。

过了一会儿，我接受失望，于是离开，让她在那个卧室烤箱里流一整夜的汗。

他们说，明天，会更热。

第五章

“这个嫌犯是个典型的刺穿癖,”劳伦斯·朱克博士说,“有些人用刀去得到间接的性宣泄。表现形式为刺入或切割,用锋利的物品反复插入皮肤。刀就是阳具的象征——替代男性性器官。我们的嫌犯不是进行正常的性交,而是通过让他的受害人遭受痛苦和恐惧来获得他的宣泄。这股力量让他战栗。那是凌驾于生死之上的终极力量。”

简·里佐利探员不是那么容易受惊吓的人,但朱克博士的话让她寒毛直竖。他看起来像苍白又大个儿的约翰·马尔科维奇[①],他的嗓音很轻柔,近似女性。当他讲述时,他的手指如蛇形优雅地移动。他不是警察,而是东北大学的犯罪心理学专家、波士顿警察局的顾问。里佐利之前在一起凶杀案里与他共事过,当时他也让她起鸡皮疙瘩了。这不仅是因为他的外在表现,还因为他如此彻底地洞悉嫌犯的想法,以及他明显乐于游走在那个邪恶的境界。他享受这

① 约翰·马尔科维奇,美国男演员,作品有《火线狙击》《惊天秘密》等。

个过程。她能听见他声音里那几乎是下意识透露出的兴奋。

她扫了一眼会议室里其他的四个探员，想知道还有没有人被这个怪人吓住了，但她看到的只有疲倦的神情和5点钟形状各异的影子。

他们都很疲惫。自己昨晚只睡了四个小时。今早她在漆黑的黎明前醒来，当她在处理千头万绪的图像和声音时，思考能力直冲到了第四个档位。她把埃琳娜·欧提兹的案子深深地吸收进了潜意识里，以至于她在梦中和受害人进行了一次对谈，尽管这个梦很荒谬。既没有超自然的启示，也没有来自坟茔以外的线索，只有产生于脑细胞活动的影像。尽管如此，里佐利仍然觉得梦有重要意义。它点明了这个案子对她而言分量有多重。在一个引人瞩目的案件中成为首席警探就像走没有防护网的高空钢丝。抓住罪犯，所有人欢呼鼓掌。搞砸了，整个世界看着你摔倒。

现下，这就是一个备受瞩目的案子。两天前，这个标题登上了当地小报的头版——"'外科医生'再次杀人"。多亏了《波士顿先驱报》，他们的嫌犯有了个属于自己的绰号，甚至连警察也这样称呼——"外科医生"。

老天爷，她已经准备好走高空钢丝，孤注一掷了，要么成功，享受掌声，要么失败，收获白眼。一星期前，作为首席调查员走进埃琳娜·欧提兹的公寓时，她马上就知道，这个案子有助于她事业的发展，她迫不及待地想要证明自己。

事物瞬息万变。

一天之内，她的案子就发展成一个牵涉范围广得多的调查，由凶案专办小组的马凯特警督指挥。埃琳娜·欧提兹案与黛安娜·斯特林案合并，团队扩充至五名探员，即除了马凯特，还有里佐利和她的搭档巴里·弗罗斯特，摩尔和他体格魁梧的搭档杰里·斯利珀，以及第五位探员达伦·克罗。里佐利是团队里仅有的女性；其实，她还是整个凶案专办小组里唯一的那名女性，有些男的从来都不会让她忘记这点。嗯，她和巴里·弗罗斯特相处得很愉快，尽管他过分热情的性格让人恼火。杰里·斯利珀太平和，他既不会惹怒别人，也不会被别人惹怒。至于摩尔，虽然最初她有所保留，但实际上她开始喜欢他了，并对他默默有条不紊地进行工作表示由衷的敬意。最重要的是，他似乎尊重她。每当她讲话时，她知道摩尔都在听。

没错，与她有矛盾的是组里的第五位警察，达伦·克罗。有比较大的矛盾。现在他正隔着桌子坐在她对面，他黝黑的脸上挂着惯常的假笑。里佐利曾经与像他那样的男孩一起长大。这些男孩有数不清的肌肉，数不清的女朋友。极其自负。

她和克罗两人相互瞧不起对方。

一沓纸顺着桌子向四周传递着。里佐利拿起一份，发现是朱克博士刚完成的一个犯罪侧写报告。

“我知道你们有些人觉得我的工作是骗人的花招，”朱克说，“所以让我解释一下我的推理。我们知道以下事情与我们的不明嫌疑人有关。他通过一扇打开的窗户进入受害人的住所。他进行犯罪行动时是凌晨，午夜到凌晨 2 点的某一时间。他吓醒了躺在床上的受害人，并立即使用氯仿迷晕她，脱去受害人的衣服。他用强力胶布捆绑住受害人的手腕、脚腕，将她固定在床上，控制住她。他还在受害人大腿上端和躯干中间位置绑了一圈，以便加强固定。最后，他用胶布封住了受害人的嘴。他得到了完全掌控权。不久之后，当受害人惊醒过来，她不能动，也不能叫。就好像她瘫痪了，然而意识是清醒的，能感受到接下来要发生的一切。”

“接下来发生的，毫无疑问，对任何人而言都是最糟糕的噩梦。”朱克的声音逐渐变得单调。细节越怪异，他讲得越柔和，他们专心地听着他的话，都端起身体向前倾。

“嫌犯开始切割了，”朱克说，“通过尸检报告来看，他做这件事时不慢不紧的。一丝不苟。他逐层剖开下腹。第一层是表皮层，接着是皮下层、筋膜、肌肉。他用缝合线控制出血量。然后辨认并取走唯一想要的器官。没有别的了。他想要的只是子宫。”

朱克环视了桌子一番，留意他们的反应。他的目光落在里佐利身上，她是这个房间里唯一那个拥有他们所谈论的器官的警察。她回瞪了他，气愤于自己的性别引起了他的关注。

“这个行为告诉了我们关于嫌犯的什么，里佐利探员？”他发问。

“他厌恶女性，”她回答，“他切走了一个让她们成为女人的东西。”

朱克点头，他的微笑让她抖了一下。“这是开膛手杰克对安妮·查普曼做的事。通过摘掉子宫，使受害人失去了女性特征。他窃取了她的能力。他无视她们的珠宝、她们的金钱。他要的只有一样东西，一旦收获了他的纪念品，就可以进到大结局了。但在这之前，在终极兴奋到来之前还有个暂停。两位受害人的尸检报告表明他在此刻停住了。可能过去了有一个小时，而受害人持续缓慢出血。她们的伤口上积了一大摊血。这个期间他正在做什么？”

“自慰。”摩尔轻声说。

“你意思是，比如‘打飞机’？”达伦·克罗说，以他平常粗鲁的方式抛出了问题。

“两个犯罪现场都没有留下精液。”里佐利指出。

克罗给她扔了个“你不太聪明”的表情。“没、有、精、液，”他说，满带讽刺地强调每个字，“并不能排除‘打飞机’的可能。”

“我不相信他在自慰，”朱克说，“在一个不熟悉的环境，这个嫌犯不会那么松懈。我想，他在等待，等到待在一个安全的地方才释放性欲。犯罪现场的每一样事物都在尖声高喊着：掌控。当进行到最后一幕时，他对做这件事充满了信心和权威。他给受害人的喉咙割开一道极深的伤痕。然后执行最终的仪式。”

朱克伸手进他的公事包，拿出两张犯罪现场的照片，放在桌上。一张是黛安娜·斯特林的卧室，另一张是埃琳娜·欧提兹的。

“他精心细致地叠好她们的睡衣，并放置在她们尸体附近。我们了解到这个动作发生在杀人之后，因为血液喷溅的痕迹是在衣服向内折叠的部分发现的。”

“他为何要这样做？”弗罗斯特问，“那象征了什么？”

“又是掌控。”里佐利说。

朱克颔首。“这当然是其中一部分。通过这种仪式，他表明自己已经控制了现场。但与此同时，这个仪式也在控制他。这或许是他无法抵挡的冲动。”

“如果他被阻止这样做，会怎么样？”弗罗斯特问，“意思是他被打断，没能完成仪式呢？”

“会让他感到挫败又愤怒。他可能被迫直接开始猎捕下一个受害人，但到目前为止，他总能成功地完成仪式。每一次杀戮带来的满足感能够让他挺过很长一段时间。”朱克环顾四周，“这是我们会碰到的最难缠的罪犯了。他的两次袭击之间间隔了一整年——极其罕见。这意味着他可以持续好几个月不作案。可能我们不眠不休、没日没夜地找他，他却在耐心满满地等着下一次的猎杀。他慎重、有条不紊。几乎不会留下一丁点儿线索。”他瞥着摩尔，寻求认同。

“在两个犯罪现场，我们都没采集到任何指纹、DNA，”摩尔说，“我们有的只是一根头发，从欧提兹尸体的伤口上采集来的。还有一些从窗框上得到的深色聚酯纤维。”

“我想你们也没找着目击者吧。”

“我们在斯特林案上进行了1300次询问。到目前为止，在欧提兹案上进行了180次。没有谁看见了入侵者。也没有谁知道有跟踪者。”

“倒是有三个自首的，”克罗说，“都是自己从街上跑来说案子是他们干的。我们给他们录完口供后，就打发他们走了。”他哈哈大笑。“疯子。”

“嫌犯不是精神病，”朱克说，“我猜他看起来相当正常。相信他是个 20 多岁或者 30 岁出头的白人男性。装扮齐整，智力高于平均线。几乎能肯定他是个高中毕业生，或许还受过大学甚至层次更高的教育。两个犯罪现场相距一英里多，凶案发生在一天中公共交通基本停运的时候。所以他开车。车子干净且保养得好。他或许没有精神病史，但可能有少年时期入室盗窃或偷窥的犯罪记录。如果他有工作，那这份工作可能有智力和细致的双重要求。我们知道他是个事先计划者，如他随身携带着手术刀、缝合线、胶带、氯仿等作案工具这一事实所表明的那样。还有某种他把‘战利品’带回家所用到的容器。这有可能像个密封塑料袋那样简单。他工作的领域需要注意细节。他显然有解剖学知识和手术技能，所以我们有可能正在和医学专业人士打交道。”

里佐利碰上了摩尔的目光，两人看法一致：波士顿市的人均医生数量可能比世界上任何地方都多。

“因为他很聪明，”朱克说，“他知道我们正在监视犯罪现场。他可能会抵制重返现场的诱惑。但是诱惑就在那里，所以欧提兹的住所值得继续监视，至少最近这段时间还是老样子。

“同时，以他的聪明劲儿，下手时会避开自己周围的邻居。他就是我们所说的‘通勤型’，而不是‘掠夺型’。他走出自己的居住区域去狩猎。除非我们有更多的数据点可以用，不然我没法真正做一个地理侧写。我不能确切指出城里哪些区域是你们应该要关注的。”

“你需要多少数据点？”里佐利问。

“至少五个。”

“意思是，要有五起谋杀案？”

“我使用的罪犯地理定位程序至少需要五个数据点才能见效果。我曾尝试用四个数据点来运行程序，有时候可以得到罪犯的藏身之处，但是不准确。我们需要知道他的运动轨迹多一些。活动空间是什么，固定点在哪里。每个杀手都会在一个有把握的舒适地带活动。他们如食肉动物一样狩猎。有自己的领地，有自己的钓鱼洞，在那儿能找到自己的猎物。”朱克看着围坐在桌子四周的探员毫无表情的脸，“以我们目前对这个嫌犯的了解，还不足以做出预测。所以我们需要把关注点放在受害人那儿。她们是谁，以及为何选择了她们。”

朱克把手伸进公事包，掏出两个文件夹，一个标着“斯特林”，一个标着“欧提兹”。他取出了一打照片，平铺在桌子上。这是两个女人活着的时候的影像，有些还能追溯到她们的童年。

“你们还没看过其中一些照片。我要求她们的家人提供这些照片，为了对这些女性的过往有所了解。看看她们的脸。研究她们是什么样的人。为何嫌犯选择了她们？他是在哪里看到她们的？她们身上的什么特质引起了嫌犯的注意？大笑？微笑？她们走在街上的方式？”

他开始念一张有字的打印纸。

“黛安娜·斯特林，30岁。金发，蓝眼。5英尺7英寸，125磅。职业：旅行社职员。工作地点：纽伯里街。居住地点：后湾区的马尔堡大街。毕业于史密斯学院。双亲都是律师，住在康涅狄格州一个价值两百万美金的房子里。男朋友：去世时没有。”

他把这张纸放下，拿起另一张。

“埃琳娜·欧提兹，22岁。西班牙裔。黑发，棕色眼。5英尺2英寸，104磅。职业：南角区自家经营花店的店员。居住地址：南角区的一间公寓。受教育程度：高中毕业。一直住在波士顿。男朋友：去世时没有。”

他抬起头。“两个女人居住在一座相同的城市，却活动在不同的空间。她们在不同的商店购物，在不同的餐馆吃饭，也没有共同的朋友。嫌犯是怎样盯上她们的？在哪儿找到她们的？她们不但彼此天差地别，而且还异于通常认知中的性犯罪受害者。大多数罪犯会选择对社会弱势群体下手。比如妓女或搭便车的人。就像任何肉食动物捕猎时，会偷偷接近那些在兽群边缘的动物一样。所以为什么选择了这两个人？”朱克摇了摇头，“我不知道。”

里佐利看着桌子上的照片，其中斯特林的一张抓住了她的眼球。它显示的是一个笑容满面的年轻女孩，穿着学士服，戴着学士帽，正参加史密斯学院的毕业典礼。天之骄子。成为这种天之骄子是什么感觉？里佐利想知道。可是她没有概念。她从小和两个魁梧英俊的哥哥一起长大，受尽鄙视和白眼，这个绝望的野丫头只想加入帮派，找到一个靠山。黛安娜·斯特林有着贵族般的颧骨和天鹅般的颈脖，她当然从不知道被拒之门外是什么滋味。也从来不会知晓被忽视是什么感觉。

里佐利的目光停在了悬于黛安娜脖子前的金色吊坠上。她拿起照片，凑近细细看了看。脉搏怦怦加速，她环顾了一遍房间，看看有没有其他的警察留意到她刚才所注意到的东西，但没一个人在盯着她或盯着照片；他们把目光锁在了朱克博士身上。

他展开了一张波士顿市的地图。在城市街道网格上覆盖着两个阴影区，一个包含后湾区，一个仅限于南角区。

“这是我们两名受害人的已知活动区域。也就是她们生活和工作过的街区。我们所有人都更愿意在熟悉的地方进行日常活动。在地理侧写师中有个说法：*你的认知决定你的活动范围，而你的活动范围又反过来左右你的认知*。这对受害人和罪犯都适用。从这张地图上你们可以看到，这两个女人生活的区域是两个独立且没有重叠的世界。她们的生活无任何共同的固定点或交集点。这是让我最为困惑之处，也是调查的关键。斯特林和欧提兹之间到底有何联系？”

里佐利的目光重又回到那张照片上。回到挂在黛安娜脖子前的金色吊坠上。*我可能弄错了。除非确定了，否则我什么都不能说。不然又会变成一件达伦·克罗用于诟病我的事情*。

“你知道这件案子还有个变数吗？”摩尔说，“凯瑟琳·科德尔医生。”

朱克点点头。“来自萨凡纳的幸存者。”

“安德鲁·卡普拉残忍杀人的细节从未被公之于众。比如用肠线缝合、折叠受害人的睡衣。然而我们案子中的罪犯却重现了这些细节。”

“杀手之间会相互交流。这是一种变相的兄弟情，勉强算吧。”

“卡普拉已经死亡两年了。他没法和别人联系。”

“但他活着的时候，可能就已经和嫌犯分享了所有可怖的细节。这是我所希望的解释。因为二者选其一，另一种可能更令人不安。”

“即我们的嫌犯可以查看萨凡纳警方的报告。”摩尔说。

朱克点头同意。“这意味着他是执法部门的人。”

房间陷入沉寂。里佐利按捺不住自己，四周观察她的同事——都是男性。她在思索着那些被警察职业所吸引的男人。那类男人醉心于力量和权威、枪和徽章。掌控他人的机会。这正是嫌犯所渴望的。

会议结束时，里佐利等其他所有探员都离开会议室之后才走近朱克。

“我可以留着这张照片吗？”她问。

“可以问下原因吗？”

“一个预感。”

朱克给了她一个令人发毛的约翰·马尔科维奇式的微笑。“能与我分享吗？”

“我不分享我的预感。”

“会倒霉吗？”

“是为了保卫自己的权益。”

“这是一个团队合作的案子。”

“团队合作真有意思。每当我分享我的预感，功劳总是归给别人。”她手里拿着照片，离开房间，马上就为自己刚说的最后那番指责后悔了。但是她一整天都被自己的男同事激怒，被他们的细碎言论和冷嘲热讽加在一起形成的某种轻视激怒。压垮骆驼的最后一根稻草是她和达伦·克罗对欧提兹隔壁邻居进行的询问。克罗为了问自己的问题，不停地打断里佐利的话。她把克罗拉出房间，抗议他的所作所为时，克罗立即回击一记经典的男式的羞辱。

“我猜你是不是又到每月一次的时候了。”

不，她的预感绝不能告诉别人。如果这些预感不准，那没人能嘲讽她。如果它们带来硕果，那她应正大光明地分一杯羹。

她回到自己的工位坐下，更加仔细地观察黛安娜·斯特林的毕业照。她伸手去拿放大镜，突然把目光集中到自己经常置于桌子上的瓶装矿泉水，当看清瓶子里堆积的东西时，她怒火中烧。

她想，别发作，别让他们如愿以偿。

无视那瓶矿泉水以及里面令人作呕的东西，她把放大镜对准黛安娜·斯特林的喉咙。房间里异常寂静。她几乎能感觉到达伦·克罗在等待她大发雷霆时投来的目光。

不会发生的，混蛋。这次我要保持冷静。

她专注于黛安娜的项链，差一点就错过了这个细节，因为她的注意力最初被这张脸吸引——那漂亮的颧骨，那精致的眉毛。现在她研究着这条精美项链上的两个吊坠。一个是锁的形状，另一个是小钥匙。这钥匙能打开我的心，里佐利想。

她快速翻找摊在办公桌上的档案，找到一些摄于埃琳娜·欧提兹案现场的照片。通过放大镜，她仔细研究了受害人的躯体特写。通过脖子上一层凝固干涸的血印，她能够勉强分辨出金链子细微的线形轮廓，那两个吊坠则模糊不清。

她拿起电话，打给法医的办公室。

“蒂尔尼医生下午出去了，有什么可以帮你？”他的秘书说。

“事关他上周五的尸检。关于埃琳娜·欧提兹。”

“嗯？”

“受害人被抬进停尸间时佩戴了一件珠宝。你们还保存着吗？”

“让我查一查。”

里佐利等待着，在桌面轻敲起铅笔来。那瓶水此时正在她的面前，但她不为所动。激动已经盖过了怒火，为振奋人心的狩猎喝彩。

“里佐利探员？”

“我还在。”

“个人财物已经通知亲属领回了。有一副金耳钉、一条项链和一枚戒指。”

“签字的是谁？”

“安娜·加西亚。受害人的姐姐。”

“谢谢。”里佐利挂断电话，扫了一眼手表。安娜·加西亚一直住在丹佛市。这意味着开车过去正碰上车流高峰期，至少要在路上堵好几个小时……

“你知道弗罗斯特在哪儿吗？”摩尔问。

里佐利一惊，抬眼一瞄，看见他正站在自己的办公桌前。“我不知道。”

“他没露过面？”

“我可没有拿皮带拴着这个家伙。”

一阵沉默后，摩尔再发问：“这是什么？”

“欧提兹凶案现场的照片。”

“不是说这个。我问的是瓶子里的东西。”

她再次抬头看他，看到他的眉头皱起来了。“这看起来像什么？这是该死的卫生棉条。这儿的某人有实实在在、富于经验的幽默感。”她尖锐地瞥了达伦·克罗一眼，他正憋着一个窃笑，把脸转到了一边。

“我会解决。”摩尔边说话边抓起瓶子。

“嘿，嘿！”她厉声说，“摩尔，天杀的。算了吧！”

他走进马凯特警督的办公室。透过玻璃隔板，她看见摩尔把装有卫生棉条的瓶子放在马凯特的桌上。马凯特转头，盯着里佐利的方向。

又来了。这次他们会说婊子连玩笑都不能开。

她匆忙抓起手提包，收好照片，然后走出办公室。

当摩尔喊住了她时，她已经在电梯前了："里佐利？"

"别为我该死的抗争出面了好吗？！"她愤怒地说。

"你没有抗争。你只是坐在那儿，就让那……东西放在你桌上。"

"卫生棉条。你能把这个词大声说出来吗？"

"你为什么对我发脾气？我在尽可能地维护你。"

"听着，'圣人托马斯'，这就是现实世界对待女性的方式。我发起投诉，我就会是那个受到指责的人。我的人事档案就会被加进一条记录。'和小伙子们相处得不融洽。'假如再度抱怨，这些说法就会牢牢地封印在我身上。'里佐利是个怨妇''里佐利是个胆小鬼'。"

"如果你不抱怨，就让他们大获全胜了。"

"我试过你的办法。不奏效。所以别乱帮忙好吗？"她把提包挎在肩上，走进电梯。

他们之间的门关上时，她想收回刚才的话了。摩尔不应该被这样对待。他总是彬彬有礼，有君子风度，怒火中烧时，她对他粗暴地喊出了小组成员私下里给他起的外号——"圣人托马斯"。这个警察从不逾矩，从不爆粗口，泰山崩于前而色不改。

然而他的个人生活却境况惨淡。两年前，他的妻子玛丽因为脑溢血倒下了。她在病床上昏迷了六个月，直到她去世的那一天，摩尔仍然拒绝放弃她还能恢复如初的希望。即便是现在，玛丽过世一年半了，他似乎还没能接受事实。依旧戴着婚戒，把玛丽的照片放在办公桌上。里佐利见过太多警察的婚姻分崩离析，见过她的同事们办公桌上走马灯似的更换着女性的照片。摩尔的桌上，记录着玛丽音容笑貌的照片还留在那儿，成了一个永久的固定物品。

“圣人托马斯”？里佐利怀疑地摇摇头。如果世界上真的有圣人，那他们肯定不会是警察。

一个人想让他活着，另一个想让他死掉，而两个人都宣称自己爱他更多一点。赫尔曼·格瓦多夫斯基的儿子、女儿隔着他们父亲的床面对面地站着，谁也不肯让步。

“你不是那个必须照顾爸爸的人，”玛丽莲说，“我给他做一日三餐。我打扫他的房子。我每个月带他去看医生。你什么时候来看过他？你总是有更重要的事情要做。”

“老天爷啊，我住在洛杉矶啊，”伊凡高声说，“我有自己的生意。”

“你可以一年搭飞机来探望一次。这有多难？”

“好，那我现在在这了。”

“噢，对。大人物火速救场，稳住了局面。你来之前撒手不管，但现在想要指挥一切。”

“我不敢相信你居然想让他走。”

“我不想他再遭罪。”

“或许你只是不想再让他花账户里的钱。”

玛丽莲脸上的每一块肌肉突然绷得死死的。“你混蛋！”

凯瑟琳听不下去了，她上前阻止：“这儿可不是吵架的地方。行行好，你们可以出去吗？”

一时间，哥哥和妹妹以一种敌对的沉默瞪着对方，好像谁先离开就表示谁妥协。随后，伊凡愤怒地大步迈出房间，穿着定制西装的躯体让人望而生畏。他的妹妹玛丽莲，看起来像个疲惫不堪的郊区家庭主妇，握了握她父亲的手，而后紧跟着哥哥也出去了。

在医院走廊上，凯瑟琳把病人严峻的病情摊开在他们面前。

“自从事故以来，你们的父亲就一直处于昏迷状态。他的肾器官正在衰竭。肾脏因为长期的糖尿病，已经损坏，而外伤让情况变得更加糟糕。”

“其中有多少是手术造成的？”伊凡问，“是你们给他打的麻药造成的？”

凯瑟琳压住心里正在升腾的怒气，平缓地说：“他在被送来时就已经失去意识。麻药不是导致他身体变坏的因素。但组织损伤会给肾器官带来压力，他的肾快要罢工了。另外，刚查出他得了前列腺癌，已经蔓延到骨骼。即使病人能够苏醒，这些问题依然存在。”

“你想要我们放弃治疗，是吗？”伊凡说。

“我只是想让你重新考虑一下他的身体状况。如果他的心跳停了，我们不必再抢救他。可以让他平静安详地离开这个世界。”

“你意思是，就这样让他死了？”

“是的。”

伊凡冷哼了一声。“让我来告诉你一些关于我爸爸的事情。他不是个半途而废的人。我也不是。”

“看在上帝的分上，伊凡。这不是输或赢的事，”玛丽莲说，“而是什么时候放手的事。”

“而你放手得很快，不是吗？”他说，转身面向她，“小玛丽莲总是一遇到困难就想着放弃，让爸爸把她从泥潭里解救出来。好吧，他从来没帮过我。”

泪水在玛丽莲的眼眶里打转。“这与爸爸无关，对吧？是你自己想要赢。”

“不，是给他一个生存下去的机会。”伊凡看着凯瑟琳，“我要为我的父亲竭尽所能。说得够清楚了吧。”

玛丽莲看着伊凡转身离开，擦去淌在脸上的泪水。“伊凡从来就没来看过爸爸，怎么能说爱他呢？”她望着凯瑟琳，“我不想把父亲救醒，你能把这句话写进病历里吗？”

这是每个医生都惧怕面对的道德困境。虽然凯瑟琳站在玛丽莲这一边，但是她哥哥最后的那些话很明显带着威胁。

她说：“要你和哥哥达成一致的意见，我才能改医嘱。”

“他永远也不会同意的。你听到他的话了。”

“那么就再和他多聊聊。说服他。”

“害怕被他告，是吗？这就是你不愿意改医嘱的原因。”

“我知道他很生气。”

玛丽莲难过地点了点头。“这就是他赢的方法，他总是靠这样赢的。”

凯瑟琳想，我可以把分离的身体再缝合到一起，却无法修补这个支离破碎的家庭。

凯瑟琳半小时之后走出医院大楼，这次会面透露的伤痛和敌意仍然萦绕她左右。现在是周五的下午，一个轻松自在的周末正触手可及，然而她开车离开医疗中心的停车场时，一点也感觉不到自由。今天甚至比昨天还闷热，气温得有30多摄氏度。她期待着公寓里的清凉，期盼着端一杯冰茶坐下来，然后把电视调到探索频道。

她在第一个十字路口等红灯变绿时，目光无意间瞟到了这条街道的街名：伍斯特街。

埃琳娜·欧提兹之前住在这条街上。《波士顿环球报》的报道曾提及过受害人的住址——最终凯瑟琳觉得自己一定要读一读那篇文章。

绿灯亮起。她一时冲动拐向了伍斯特街。她之前从未走过这条路，此刻却好像被什么吸引着。凯瑟琳心里生出一种病态需求，想去看看凶徒袭击受害人的地点，去看看自己的噩梦成真、应验在另一个女人身上的那栋事发建筑。她的手心全是汗，当看见街边建筑的门牌号不断增加时，自己的脉搏也越来越快。

终于到了埃琳娜·欧提兹的楼下，她把车靠边停住。

这幢大楼并无与众不同之处，也没有什么恐怖和死亡的东西对她大喊。她看到的不过是又一栋三层高的小楼。

凯瑟琳从车里走出来，盯着楼上的窗户看。究竟哪一间是埃琳娜的？是带条纹窗帘的那间，还是悬垂着茂密植物的那间？她靠近前门，想看看上面的住户名字。这里有六套单元房，2A 公寓的住户名字是空的。埃琳娜的名字已经擦去，受害人被从活人的行列剔除了。没有谁会愿意时时想起死亡。

通过《环球报》知道，凶手是借助消防逃生梯进入室内的。凯瑟琳退到人行道上，发现一些沿着大楼边暗巷的墙壁向上延伸的钢制网格。她朝着昏黑的小巷走了几步，突然停下来，感觉颈脖后面一阵刺痛。她转身看着大街，看见一辆卡车呼啸而过，一个女人正在慢跑。一对夫妻上了他们的小汽车。按理说，没有能让她惶恐不安的东西，然而自己还是无法忽视沉默的惊慌。

凯瑟琳回到自己的车上，锁住车门，双手紧紧抓住方向盘，不断重复地告诉自己："一切正常，一切正常。"随着冷风从汽车空调口吹出来，她感觉自己的脉搏逐渐慢下来了。最后，她叹了口气，将身子往后靠在椅背上。

再一次，她的目光回到了埃琳娜·欧提兹的公寓大楼那儿。

直到这时，她才把注意力集中到停在暗巷的汽车上。安在后保险杠位置的车牌上写着：

"POSEY5"。

霎时，她在钱包里摸索，寻找那张警察的名片。接着，她颤抖的手在车载电话上按下了号码。

他的开场白很利落："摩尔探员。"

"我是凯瑟琳·科德尔，"她说，"你几天前来找过我。"

"科德尔医生，请说。"

“埃琳娜·欧提兹的车是一辆绿色的本田吗？”

“不好意思？”

“我需要知道她的车牌号。”

“恐怕我不清楚你的意思……”

“快告诉我！”她严厉的语气让他有些吃惊。电话那头是一阵长时间的沉默。

“我查一下。”他说。在电话背景音里，凯瑟琳听到了男人的说话声、电话铃声。他回来了。

“是个自选号码，”他说，“我想它指的是家里的花店生意。”

“POSEY5。”她低声说。

一阵停顿。他说：“是的。”声音出奇地平静，满是警惕。

“那天你来找我，问我认不认识埃琳娜·欧提兹。”

“你说不认识。”

凯瑟琳呼出了一口战战兢兢的气。“我错了。”

第六章

她正在急诊大厅里来回不停地踱步，脸色既苍白又紧张，浓密凌乱的红棕色长发披散在肩膀上。她看着摩尔走进病人等候区。

“我是对的吗？”她说。

他点头。“‘Posey5’就是她的网名。我们检查过她的电脑。现在你要告诉我你是怎么知道的。”

她看了一圈人声鼎沸、熙熙攘攘的急诊大厅，然后说：“我们到值班室去。”

凯瑟琳带摩尔去的房间像个又小又黑的洞穴，屋里没有窗，只摆了一张床、一把椅子和一个桌子。对于一个精疲力竭、一心只想休息的医生来说，这个空间完全够用了。但是当门关上，摩尔才强烈地意识到这空间极其小，他心里想这种不得已的亲密是否令她感到不适，就像他所感受到的一样。他们俩都在搜索着房间，寻找可以坐的地方。最后她坐到了床上，摩尔坐在椅子上。

“实际上，我从来没真正见过埃琳娜，”凯瑟琳说，“甚至不知道这是她的名字。我们只是属于同一个网上聊天室。你知道什么是聊天室吧？”

“这是一种通过电脑进行的即时聊天方式。”

“是的。一组人同一时间在线就可以依靠网络‘碰面’。这是个私密的聊天室，仅限女性加入。只有知道全部正确的关键词才能够进去。你在电脑屏幕上看到的全都是网名。没有真实姓名，也不会露脸，如此所有人都可以保持匿名。这给了我们足够的安全感去分享我们的秘密。”她稍稍停顿，“你从来没用过？”

“恐怕对我而言，与素未谋面的陌生人聊天没有多大的吸引力。”

“有时候，”她轻声细语地说，“素未谋面的陌生人是唯一一个你能和他聊心事的人。”

他听出了她话里含着极深的痛苦，实在想不到该说些什么。

片刻之后，凯瑟琳深吸一口气，把注意力从摩尔那儿转到了自己的双手，手掌交叠放于膝盖上。“我们每周碰头一次，星期三晚9点。我联机上线，点击聊天室的图标，首先输入‘PTSD’，然后是‘womanhelp（女性救助）’。接着就进入聊天室了。我通过互联网输入信息与这些女人沟通交流。我们的对话会出现在公屏上，我们都能看到。”

“PTSD？我猜它意味着……”

“创伤后应激障碍。就那个聊天室里的女性所遭受的痛苦而言，这个临床医学术语恰如其分。”

“指的是什么类型的创伤？”

她抬起头，直勾勾地看着他。“强奸。”

这个词似乎在他们中间悬挂了好一会儿，声音在空气中回荡。听到这个残忍的词，就像实实在在挨了一拳。

“所以你去那里是因为安德鲁·卡普拉，”他温柔地说，“是因为他对你做的事。”

她投来的目光犹犹豫豫，然后退缩了。“是的。”她轻声吐出这个词。再一次低头看自己的双手。摩尔望着她，对所有发生在她身上的一切感到愤怒。卡普拉究竟从她的灵魂中夺走了什么？他想象凯瑟琳在遭受暴力之前会是什么样子。更温暖，更友善？或者她总是如此与人保持距离，就像一朵被冰霜封印住的花？

她挺直了一点身子，继续说：“所以我是在那里遇见埃琳娜·欧提兹的。当然，之前我不知道她的真实姓名。我只见过她的网名，‘Posey5’。”

“这个聊天室里有多少人？”

“每一周情况都会变化。有一些退出了，又有一些新名字出现。在任何一夜，都会有三到十二个人在线。”

“你是怎么知道这个聊天室的？”

“从一本专门为强奸受害人制作的手册上。它面向全市的妇科诊所和医院发放。”

“所以这些在聊天室的女人，她们全都是来自波士顿地区的？”

“是的。”

“还有‘Posey5’，她经常来吗？”

“过去的两个月，她断断续续在线。话说得不多，但我会在公屏上看见她的名字，知道她在那里。”

“她提过自己被强奸的遭遇吗？”

“没有。她只是倾听。我们和她打招呼，她会回应你的问候。但是她不会谈论自己。好像她害怕，又或者是她感到太羞耻了，不愿说。”

“所以你并不知道她被强奸了。”

“我知道。”

“怎么知道的？”

“因为埃琳娜·欧提兹是在这儿的急诊室接受的治疗。”

摩尔注视着她。“你找到了她的就诊记录？”

她点点头。“我突然想到她被侵犯之后可能会需要治疗。这里是离她住所最近的医院。我查阅了我们医院的电脑。急诊室收的每个病人的名字都能在里面查到。她的名字也在。”凯瑟琳站起来，“我带你去看她的诊疗记录。”

他跟着她走出值班室，回到急诊大厅。那是周五晚上，伤者纷纷从门外涌入。一个欢度周五的人，喝得昏天黑地，正抓着冰袋往自己被打肿的脸上敷。一个心浮气躁的年轻人，因抢黄灯出了车祸。在周五晚派对上狂欢得鼻青脸肿、皮破血流的大军，正跌跌撞撞从夜色中走来。朝圣者医疗中心是整个波士顿市最忙碌的医院之一，摩尔避让着护士和轮床，又跨过一大摊新鲜的血迹的同时，他觉得自己像被卷入了混沌漩涡的中心。

凯瑟琳领着他来到急诊室的档案室，一个壁橱般大小的空间，整面墙的架子上摆满了三孔活页文件夹。

“这里是他们临时存放诊疗表的地方。”凯瑟琳说。她拉下一个活页夹，上面标记着：“5 月 7 日至 5 月 14 日”。“急诊室每接待一个病人，就会生成一份表格。通常只有一页纸，内容包括医生的记录，以及治疗说明。”

“没有给每个人建病历吗？”

“如果只是一次急诊、没有回诊的话，是不会有病历的。唯一的记录就是诊疗表。而这些最终也会转移到医院的医疗档案室去，在那被扫描、存储进磁盘里。”她翻开 5 月 7 日至 5 月 14 日的活页夹，“在这里。”

摩尔站在她身后，从她肩膀上看过去。头发上的清香瞬间就分散了他的注意力，摩尔不得不打起精神来，把注意力集中到那张纸上。诊病时间是 5 月 9 日凌晨 1 点。病人的名字、住址以及账单信息全都打印在了表头；表格剩余部分是用墨水笔手写的。他想，这是医学速记，努力去辨认这些句子，却只能弄懂第一段护士写的文字。

22 岁，西班牙裔女性，两小时前被性侵。没有过敏史，没有服用药物。血压 105/70，脉搏 100，体温 37.2。

表格剩下的文字就像天书。

“你要给我翻译。”他说。

她越过自己的肩膀去看他，他们的脸忽然间凑得很近，摩尔感到自己的呼吸都静止了。

“你看不懂吗？”她问。

“我看得懂轮胎印痕和血溅形态。这个我可看不懂。”

“这是肯·金博尔的笔迹。我认出了他的签名。”

“我甚至都看不出这是英文。”

“对别的医生来说，这是小菜一碟。你只要了解这些代码。”

“在医学院的时候他们就教了你这个？”

“还有秘密握手的方法和密码戒指的使用方法。”

拿如此严肃的事情开玩笑让人感到奇怪，更奇怪的是听到这些俏皮话从科德尔医生的嘴里说出来。这是他第一次看到这个女人在外壳之下的样子——她被安德鲁·卡普拉施加伤害前的模样。

“第一段是身体检查，”她解释说，“他用了医学速记。‘HEENT’代表头、耳朵、眼睛、鼻子和喉咙。她的左侧脸颊有瘀伤。双肺呼吸音清，心脏没有杂音或奔马律。”

“意思是？”

“正常。”

“医生写‘心脏正常’不就行了吗？”

“为什么警察要写‘机动车辆’而不是简单地写‘汽车’呢？”

他点头认可。“明白了。”

“腹部平坦、柔软，脏器无肿大。换句话说——”

“正常。”

“你上道了。下一个他描述的是……骨盆检查。那里不正常。”她暂停不念了。当话音再度响起时，声音变得更柔和，一点幽默感都没了。她深深地吸了口气，好像要鼓起勇气才能继续。“阴道口有出血。两条大腿均有抓伤和瘀青。阴道在四点钟位置有撕裂伤，表明这不是自愿的性行为。在那时，金博尔医生说他停止了检查。”

摩尔把目光聚焦到最后一段。这个他能读懂。里面没有任何医学速记。

> 病人变得十分激动。拒用强奸取证套盒收集证据。拒绝配合任何进一步的干预措施。在进行艾滋病病毒筛查和性病研究实验室试验的抽血后，不等我们报警，她就穿好衣服离开医院了。

“怪不得这桩强奸案一直没被报导，”他说，“因为没有阴道拭子，也没有采集 DNA。”

凯瑟琳沉默不语。她低头站着，双手紧紧抓着活页夹。

“科德尔医生？”摩尔边问，边伸手触碰她的肩膀。她吓了一大跳，好像他烫着她了，摩尔赶紧把手拿开。她抬起头，摩尔在她眼中看到了怒火。在这个时刻，她身上散发出的凶猛气息，一点儿也不亚于他。

“五月被强奸，七月被杀害，”她说，“对女性而言，这世界真不错啊，不是吗？”

“我们问过她家里的每个人。没有一个人提及任何关于强奸的事。”

“所以是她没告诉他们。”

他感到诧异，有多少女性守口如瓶，沉默不语？有多少女性有着痛苦到连对自己所爱之人都难以开口的秘密？看着凯瑟琳，他想起她也曾有过只能从陌生人那里寻求安慰的经历。

她把诊疗表从活页夹取出来，给摩尔拿去复印。他接过表时，目光落到了医生签名处，另一个想法突然出现在他的脑海中。

“你可以和我说说金博尔医生的情况吗？”他说，“就是给埃琳娜·欧提兹做检查的这位。”

“他是一位出色的医师。”

“一般是上夜班吗？”

“是的。”

“他上周四晚上有没有值班，你清楚吗？”

她花了些时间才意识到这个问题的重要性。她在思考时，摩尔看到，她被暗示震惊了。“你不会真的觉得——”

“这是个常规问题。我们会调查受害人之前接触过的所有人。”

但这个问题不是常规的，她清楚这一点。

“安德鲁·卡普拉是一个医生，”她轻声说，“你不会认为有别的医生也——”

“我们已经想过这种可能性了。”

凯瑟琳扭过头。她颤抖着吸了一口气。“在萨凡纳，有其他女性被谋杀时，我只是假定我不认识凶手。我以为如果遇见他，那肯定能认出来，能感觉出来。安德鲁·卡普拉让我意识到自己犯了一个多么严重的错误。”

“平庸之恶。”

“这恰好就是我学到的。罪恶可以如此平常。那个人可能是我每天见到，每天打招呼，而他也回报以微笑的人。”她轻声细语地补充道，“并且他想着杀死我的所有方法。”

摩尔走回自己的汽车时，已经是黄昏时分，但白日里的热气仍然不断地从柏油马路里钻出来。这又将是一个令人不适的夜。在整座城市，女人睡觉时会让窗户大开，以便迎接夜间时不时吹来的微风。夜魔降临。

他停下脚步，转身朝向医院。他能看到“急诊”明亮的红色灯光，像海岸边的灯塔发送着耀眼的光芒。这是希望与治愈的象征。

这就是你的狩猎之地吗？就是这个女性来寻求帮助与康复的场所？

一辆救护车闪着红蓝光，从夜色中呼啸而来。他在脑子里过了一遍当天所有可能到过急诊室的人，急救员、医生、护工、门卫。

*还有警察。*这是一个他从来不愿考虑的可能，也是一个他从来不会忽略的可能。执法类职业对于那些生性爱好猎杀同类的人来

说，有着奇怪的吸引力。枪、徽章，都是令人兴奋的统治象征。还有比折磨、杀戮的权力更大的控制权吗？对于这样的捕猎者而言，世界就是一个巨大的充斥着猎物的场所。

所要做的只是选择。

到处都是小孩。里佐利站在厨房里，闻着酸牛奶和爽身粉混合的味道，等着安娜·加西亚把地板上的苹果汁擦干净。一个蹒跚学步的婴儿正贴在安娜的小腿上；另一个则把锅盖从橱柜里拖出来，像打镲一样弄出当当当当的声响。还有一个小婴儿正坐在高脚凳上，透过一脸奶油菠菜露出微笑。地板上，一个乳痂情况严重的小孩正满世界爬来爬去寻找所有危险品，来放进他贪婪的小嘴。里佐利不喜欢小孩子，被他们环绕着让她心生焦虑。她觉得自己就像《夺宝奇兵》里掉进蛇坑的印第安纳·琼斯。

"他们不全是我的。"安娜一瘸一拐地走到水池边，飞快地解释说，那个蹒跚学步的婴儿像一个桎梏挂在她身上。她拧干脏海绵，又冲了冲手。"只有这一个是我的。"她指了指腿上的那个婴儿，"那个拿着锅盖的，以及那个在高脚凳上的，都是我妹妹卢佩的。还有那个到处爬来爬去的，我帮表姐临时照顾一会儿。既然我和我的孩子在家，那不妨多照看几个。"

是啊，既然一个孩子都令人头痛了，多来几个又有什么关系？里佐利想。但有趣的是，安娜看起来并没有不开心。实际上，她似乎毫不在意挂在身上的人形枷锁或者锅猛砸到地板上发出的当啷声。这样的场景会让里佐利精神崩溃，而安娜则露出一副女性安详的神情，这恰好是她想要的。里佐利想知道，如果埃琳娜·欧提兹还活着，她是否也会有这样的一天。一个母亲在自己的厨房，心情愉快地把果汁和口水擦干净。安娜长得和照片上的妹妹非常相似，只是比她更丰满一点。当安娜转向里佐利，厨房的灯光直射在她的前额上时，里佐利不寒而栗，感觉自己正盯着那张在解剖台上望着她的脸。

“有了这些小家伙在身边，我连做最微小的事情都要花上一辈子的时间。”安娜说。她把挂在腿上的小婴儿捡起来，熟练地用一边的髋部托住他。“现在，让我想一想。你是为项链来的。我去拿首饰盒。”安娜走出厨房，留下里佐利和三个小孩独处，她感觉一阵惊恐。一只黏糊糊的手搭上了她的脚踝，低头一看，只见“小爬虫”正在不停地啃她的裤脚。里佐利慌忙甩开他，迅速地将自己与那张还没长牙的嘴巴置于一段安全的距离。

“在这儿。”安娜说，回来时带了个盒子，她把盒子放在了厨房的桌上。“我们不想让这个东西留在她的公寓里，那里有陌生人进进出出地清理。我的兄弟们觉得我应该保管这个盒子，直到全家人决定好该如何处置这些珠宝。”她掀开盖子，一阵旋律叮当响起。是电影《日瓦戈医生》的主题曲《情归何处》。安娜似乎瞬间被音乐打动了。她呆呆地坐着，眼里充满了泪水。

“加西亚太太？”

安娜哽咽了。“对不起。一定是我丈夫上了发条。我没想到会听到……”

旋律慢慢地放出最后几个甜美的音符，然后停下来了。安娜凝视着珠宝，沉默不语，头因悲伤而低垂着。带着难过，她勉强打开一个有天鹅绒内衬的小隔层，将项链抽出来。

里佐利从安娜手上把项链接过来时，能感到自己的心跳正在加速。她隐约记得曾在停尸间见过这条项链，就挂在埃琳娜的脖子上——一条精致的金链子串着一个小锁和一把小钥匙。她把锁翻过来，看见背面有 18K 金的标记。

“你妹妹是在什么地方得到这条链子的？”

“我不知道。”

“那你知道她拥有这条链子有多长时间了吗？”

“这肯定是新的。我在那天之前从没见过……”

“哪天？”

安娜咽了咽口水，然后轻声说：“我在停尸间把项链从她脖子上摘下来那天。连同其他首饰。”

“她也戴耳环和戒指。你之前见过那些吗？”

“看到过。她戴那些很久了。”

“但是没戴这条链子。”

“为什么你要一直问这个？与案子有什么关系……”安娜打住，惊恐从她眼里漫出来，“天啊，你觉得是那个人放在她身上的？”

高脚凳上的婴儿，似乎察觉到了异样，猛地发出一阵哀号。安娜把儿子放到地板上，小步急跑过去抱起正在大哭的孩子。她紧紧地抱着孩子，转身远离项链，好像在保护他，不让他看见那个邪恶之物。“拜托，把它拿走。”她低声说，“我不想让这个东西待在家里。”

里佐利将项链滑进一个密封塑料袋里。“我给你写个收条。”

“不要。把它拿走就得了！我不关心你是否要留着它。”

无论如何，里佐利还是写好了收据，然后放在厨房桌上装有奶油菠菜的碟子旁边。“我需要再问一个问题。”她柔声说。

安娜在厨房不停地走来走去，摇动着焦虑不安的婴儿。

“请仔细检查一下你妹妹的首饰盒，”里佐利说，“告诉我有没有东西丢了。”

“你上周已经问过我了。没有。”

“发现东西不在并非易事。相反，我们更倾向于关注本不属于这里的东西。我需要你再认真检查一遍盒子。请。”

安娜费劲地吞咽了一下。她不情不愿地坐下来，把孩子放在她的腿上，全神贯注地看着首饰盒。她把首饰一件接一件地拿出来，摊在桌面上。那是可怜的一小堆百货商店里卖的各式廉价饰品。水钻、水晶珠子和人造珍珠。埃琳娜的品味已经偏向鲜艳和俗丽了。

安娜在桌子上放下最后一件首饰，一枚绿松石友谊戒指。接着她静坐了片刻，眉头慢慢地皱起来。

“手链。”她说。

“什么手链？”

“应该还有一条手链，上面有些小饰物。是些小马。她读中学时每天都会戴。她疯狂迷恋马……”安娜抬起头，一脸不可置信，“它一钱不值！就是用锡制的。他为什么要拿走它？”

里佐利看着装有项链的密封塑料袋，现在她确定这条项链是属于黛安娜·斯特林的。她想，*我已经非常清楚在哪儿能找到埃琳娜的手链：下一个受害人的手腕上*。

里佐利站在摩尔家的门廊上，以胜利者的姿态向他挥了挥装在密封塑料袋里的项链。

“这项链属于黛安娜·斯特林。我才和她的父母通过电话。我给他们打电话时，他们才觉察项链丢了。”

他接过塑料袋，并不拆开。只是举着，盯着塑料袋里缠成一团的金链子看。

“这是两宗案子之间实实在在的联系。”她说，“他从一个受害人那里拿了一个纪念品，留给下一个。”

“我简直不敢相信我们遗漏了这个细节。”

“喂，我们没有漏掉。”

“你意思是你没有遗漏。”摩尔抛给她一个表情，让她觉得自己瞬间高大了十英尺。摩尔不是那种拍你的背或高声表扬你的人。实际上，她记忆里甚至没有听过他提高音量说话，无论是生气还是兴奋。但是，他给了自己这样的一个表情——眉毛一挑表示认可，嘴角一扬露出半个微笑，这便是她唯一所需要的赞美了。

她开心得涨红了脸，弯下腰去拿自己带来的那份食物。“你吃晚饭了吗？我顺道去了街边的那家中餐馆。”

“其实你不必如此。”

“要的。我要向你道歉。”

“为了什么？”

“为了今天下午的事。卫生棉条那件蠢事。你为我挺身而出，想做个好人。我却用了错误的方式对你。”

接着是一阵尴尬的沉默。两人干巴巴地站着，不知道说什么，两个交情不深的人，正试图去翻越彼此友谊初始时的阻碍。

然后他笑了，惯常严肃的脸变得年轻许多。“我饿着呢，”他说，“把食物拿进来吧。”

她哈哈一笑，走进摩尔的家。第一次来这里，她停下来四处观望，布置充满了女人味——印花布窗帘、墙上的鲜花水彩画。这与自己所想的不一样。见鬼，这里比她的公寓还更女性化一点。

“我们去厨房吧，”他说，“档案都在那儿。”

他领着她穿过客厅，她瞧见了一架小型立式钢琴。

“哇，你弹钢琴吗？”里佐利问。

“不是，这是玛丽的。我是对牛弹琴的那头牛。”

这是玛丽的。是现在时。这时她突然意识到，这所房子看起来之所以那么女性化，是因为它仍然是“现在时的玛丽”的，这是一所等待女主人归来的房子，一切如故。摩尔妻子的照片还放在钢琴上，这个皮肤晒成古铜色的女人，笑眼盈盈，头发被风吹得有些凌乱。印花窗帘还垂挂在屋子里，但她永远也不会再回来了。

在厨房，里佐利把那袋食品放到桌子上，一堆档案的旁边。摩尔在文件夹里翻来找去，终于找到了想要的那份资料。

“埃琳娜·欧提兹的急诊报告。”他边说，边递给里佐利。

“科德尔医生找出来的？”

摩尔挤出一个略带嘲讽的笑容。“我现在是四面楚歌啊，周围都是能力比我高多了的女人。”

她打开文件夹，看见一份字迹龙飞凤舞的医生诊疗表复印件。“你有这个鬼东西的翻译说明吗？”

“大致上和我在电话里说的差不多。没有记录在案的强奸，没有采集了证据的强奸取证套盒，没有DNA。甚至连埃琳娜的家人都不知晓此事。”

她合上文件夹，将其叠在别的资料上。“哎呀，摩尔。这张乱糟糟的桌子就是我的晚饭桌吗？没地方吃饭了。”

“这些乱糟糟的东西也占满了你的生活，不是吗？”他一边说，一边清理资料，给晚饭腾出空间。

“什么生活？这件案子就是我的全部。睡觉、吃饭、工作。要是够幸运的话，我还能在睡前花上一小时听老伙计大卫·莱特曼的脱口秀。”

“没有男朋友？”

“男朋友？”她不屑地哼了一声，拿出食品盒，把纸巾和筷子摆在桌上，“有啊，只是我得把他们都打跑咯。”说完这句话之后，她才意识到这听起来多么自怜自哀——这并非她本意。她飞快地加上一句："我不是抱怨，如果我需要花些周末的时间去工作，那么希望在我做事时身边完全不会有人打扰。我和爱抱怨的人可处不好。"

"这不奇怪，因为你不是个喜欢发牢骚的人。今天你很清楚地向我说明这点了。"

"是，是。我想我已经道过歉了。"

摩尔从冰箱里拿出两瓶啤酒，接着在她对面坐了下来。她从来没见过他这副模样，衬衫袖子卷起来，看起来很放松。她喜欢他这个样子。不是冷冰冰的"圣人托马斯"，而是个可以与她一起谈天说地、开怀大笑的家伙。如果他愿意稍稍花些心思施展魅力，就能令女孩为之倾倒。

"你知道吗，你没必要总是表现得比任何人都强势。"

"不，有必要。"

"为什么？"

"因为他们不认为我是个强硬的人。"

"谁不认为？"

"比如说克罗，还有马凯特警督。"

他耸了耸肩。"总会有那样的人。"

"为什么我总是要和他们共事？"她啪的一声打开自己的啤酒，猛灌一口。"你成了第一个我要告知项链情况的人，这就是原因。你绝不会独占功劳。"

"真到了论这个功劳属于谁、那个又属于谁的时候，可是会令人难过的。"

她拿起自己的筷子，伸进宫保鸡丁的盒子里，开始吃起来。这正是她喜欢的，辣得人昏天黑地。即使在辣椒面前，里佐利也毫无惧色。

她说："我在扫黄缉毒组办第一件真正意义上的大案子时，是组里唯一的女性，和另外五个男人共事。破案的时候，开了一个新闻发布会。台前满满当当都是摄像机。然后你知道发生了什么吗？他们念到了组里每一个人的名字，其他所有该死的名字，除了我。"她又狠狠地灌了一口啤酒。"我不会再让这样的事情发生。你们这些男人，可以全身心地投入案子和证据中。但我却要耗费太多的精力去让别人听见我的声音。"

"里佐利，我听得很清楚。"

"不错的变化。"

"弗罗斯特怎么样？你们之间有问题吗？"

"他可洁身自好了。"她说这句无意的俏皮话时，缩了缩身子，"妻子调教得非常好。"

他们俩不约而同地笑了。谁要是偶尔听到巴里·弗罗斯特温顺地与妻子通电话——"是，亲爱的""不是，亲爱的"，就会知道在弗罗斯特家里，毫无疑问，他的妻子占据着头把交椅。

"这就是他一直没升职的原因。"她说，"胸中没有远大抱负。是个顾家男人。"

"当个顾家男人也没有错。我希望自己以前能更好地顾家。"

她的目光从葱爆牛肉外卖盒上抬起，看到摩尔没有看着自己，而是正专心在那条项链上。他的话里流露着悲伤，里佐利不知道该说些什么去回应他。当下最恰当的做法就是保持沉默。

当他把话题转回到调查上时，里佐利松了一口气。在他们的世界里，谋杀总是最安全的讨论主题。

“这件事有点不对劲。”他说，“首饰说不通啊。”

“他留着当纪念品。这很常见。”

“但如果又送走，那取纪念品的理由是什么呢？”

“有些罪犯会拿走受害人的首饰，然后送给他们的妻子或者女朋友。能从戴在伴侣脖子上的东西那儿获得一种隐秘的快感，他们是唯一一个知道东西来自哪儿的人。”

“这哥们的做法可不一般。他把纪念品留在下一个犯罪现场。他又不能一直看着。他也不会翻来覆去地受刺激，回想起杀人时的兴奋。我看不到有任何情感收获。”

“所有权的象征？就像狗标记它的领地。只是他用一件首饰去标记他的下一个牺牲品。”

“不，不是这样的。”摩尔捡起密封塑料袋，用手掌掂了掂重量，就像在占卜这条项链的意图。

“主要是，我们已经摸清规律了。”她说，“我们都清楚地知道下一个犯罪现场会发生什么。”

摩尔抬头打量她。“你刚刚已经回答过这个问题了。”

“什么？”

“他不是在标记受害人，而是在标记犯罪现场。”

里佐利顿了顿。她突然就明白其中的区别。“上帝啊，通过标记犯罪现场……”

“这不是纪念品。也不是占领的标记。”摩尔放下项链，这条纠缠得乱七八糟的金链子已经在两个女死者的肉体上待过。

一阵战栗袭来，贯穿里佐利全身。“这是张‘名片’。”她轻声开口。

摩尔点点头。“‘外科医生’正在和我们对话。”

布满烈风与噬人海浪之地。

这就是伊迪丝·汉密尔顿在她的著作《神话》中描写的希腊奥利斯港。狩猎女神阿尔忒弥斯的古老神庙的遗迹矗立此间。数以千计的希腊黑船正聚集在奥利斯港，准备向特洛伊发起进攻。但北风袭来，船只无法起航。日复一日，狂风不止，在国王阿伽门农指挥下的希腊军队，变得愤怒焦躁、坐立不安。一位占卜师揭示了风不停息的原因：阿尔忒弥斯迁怒于阿伽门农，因为他杀了一只她最心爱的动物——野兔。她绝不会让希腊人离开港口，除非阿伽门农做出令人可怖的牺牲：献祭他的女儿，伊菲革涅亚。

于是他派人去信伊菲革涅亚，声称为她与阿喀琉斯缔结了一门最幸福美满的婚姻。她不知道自己已踏上了死亡之路。

你与我在奥利斯港附近海滩上散步的那天，那猛烈的北风没有再吹。四周宁静，水面宛若绿色玻璃镜，我们脚底下的沙子犹如白色灰烬般炽热。啊，我们多羡慕那些希腊男孩，赤足奔跑在洒满阳光的海滩上。虽然沙子在炙烤着我们这些游客苍白的皮肤，但我们仍然对这种不适乐在其中，因为想要像那些希腊男孩一样，脚底长出坚硬的皮革。只有经历疼痛和坚韧的磨损才会形成老茧。

傍晚时分，炎热渐散，凉风徐来，我们去了阿尔忒弥斯神庙。

我们走在漫长的阴影里，来到当年伊菲革涅亚献祭的祭坛。尽管她在哀求，在哭诉："父亲！饶了我吧！"士兵们还是把她架到了祭坛上。她以仰面朝天平躺的姿势被绑在石堆之上，洁白颈脖则暴露在刀刃之下。古代悲剧作家欧里庇得斯这样写道：阿特柔斯的士兵以及全军将士，都死死地盯着地面，不愿去看她的处女之血四处喷溅，不愿成为这出惨剧的见证人。

啊，但是我会看的。所以，你也会。并且，非常急切。

我想象着在昏暗天色中集结的沉默军队。我设想击打的鼓点声，不是婚礼上那种鲜活的跳动，而是正奔赴死亡的阴郁前进。我看见行走的队伍，正蜿蜒不断地走入林子。那个女孩，左右都被士兵和祭司簇拥着，纯白得如同天鹅。鼓点停了。

他们架着尖声哀号的她，走向祭坛。

在我幻想的场景中，阿伽门农本人手持利刃，如果你不是那个亲自执刀引血之人，又如何称得上是献祭呢？我望见他走近祭坛，他的女儿正躺在那里，娇嫩的肉体暴露在众人面前。她恳请饶她一命，但毫无作用。

祭司抓起她的头发，往后扯，露出她的颈脖。雪白肌肤之下，有动脉在跳动，这正是下刀的好地方。阿伽门农站在女儿身边，俯看所爱之人的脸庞。她的血管里流着他的血，在她的眼里能看见他自己。割她的喉，就是割他自己的肉。

他举起刀。士兵们静静地站着，如同神圣树林里的雕塑。女孩颈上的脉搏在震颤。

阿尔忒弥斯的献祭要求已发出，阿伽门农不得不照办。

他把刀刃按在女儿的颈脖上，深深地划了下去。

一道红色喷泉涌出，如同滚烫的雨滴，喷了他一脸。

伊菲革涅亚还活着，她看到鲜血从颈部喷出，眼睛惊恐地往后翻。人体里含有五升血，像这样容量的血从单条被切断的动脉完全流出来，需要耗费不少时间。只要心脏还在跳动，血就源源不断往外涌。大脑还正常运行至少数十秒的时间，甚至是一分钟或更长。四肢会抽搐。

当她的心脏跳了最后一下，伊菲革涅亚看见天空暗淡下来，感受到了溅到自己脸上的鲜血的滚烫。

古人说北风几乎立刻就止歇了。阿尔忒弥斯心满意足。最终希腊船队扬帆起航，两军激战，然后特洛伊城倒下了。在横尸遍野、血流成河的时代背景下，屠杀一个年轻的处女根本不值一提。

但是，每当我想起特洛伊之战，浮现在我脑海里的，不是木马、叮当作响的长剑或者无数风帆鼓荡的黑船。不，出现的画面是一个女孩的躯体，鲜血流尽而周身发白，她的父亲站在旁边，手握一把血淋淋的尖刀。

尊贵的阿伽门农，泪水已涌出眼眶。

第七章

“它在颤动。”护士说。

凯瑟琳盯着这个躺在创伤处理台上的男人，惊得口干舌燥。一根约莫一英尺长的铁棍径直穿过了他的胸腔。某个医学生见此情景已经晕倒，三个护士站在一旁，嘴巴张得巨大。铁棍深深地扎进了那个人的胸膛，并随着他的心跳有规律地上下起伏。

“血压多少？”凯瑟琳问。

她的声音好像赶着所有人迅速进入行动模式。病人手臂上的血压袖带忽地鼓胀起来，啪一下又泄气了。

“收缩压 70，舒张压 40，脉搏冲到了每分钟 150 次！”

“把两个静脉输液器开到最大。”

“开一个开胸手术包——”

“马上去把法尔科医生叫到这儿来。我需要他帮忙。”凯瑟琳快速穿上无菌手术服，戴上手套。她的手掌因为汗水变得滑溜溜的。铁棍上下跳动的情况告诉她，棍尖已经刺到离心脏极近的位置——

甚至更糟糕，它实际上已经扎进心脏了。她所能做的最糟糕的事情就是把棍子拔出来，那也许会在他胸上开出一个洞，几分钟之内血就会流干。

事发时到现场的急救员做了个无比正确的决定：他们已经装上一个静脉输液器，给伤者插上管子了，并原封不动，连人带棍将伤者送到急诊室。剩下的事就看她了。

她正要去拿手术刀时，门忽然开了。她抬起头，看见彼得·法尔科走进来，顿时松了一口气。他停下脚步，目不转睛地盯着伤者的胸膛，那根引人注目的铁棍如同刺穿了吸血鬼心脏的木桩。

“这种场面可不是每天都能见到的。”他说。

“血压降到最低了！”一个护士大声喊道。

“现在没时间做搭桥手术了。我要开胸了。”凯瑟琳说。

“我马上就好。”彼得边转身边用一种几乎是漫不经心的语调说，“请给我一件手术服，好吗？”

凯瑟琳迅速开了一个前外侧切口，这样能让胸腔里的要害器官最大限度地显露出来。因为彼得的到来，她感到平静一些了。这不仅仅是因为多了一双熟练的帮手，还因为彼得本人。他走进房间，只需瞧一眼，就能判断出情况好坏。在手术室里，他从未提高过一次音调，表现过一丝慌张。他在创伤手术前线比凯瑟琳多了整整五年的经验，这类可怕的手术就能展现他的经验。

他站到凯瑟琳的对面。蓝色眼睛不停地瞄着那个切口。“好。玩得还开心吗？”

“很开心。”

他马上投入手术，他的手与凯瑟琳的互相打着配合，几乎是用蛮力直捣伤者的胸膛。他和凯瑟琳之前就组队搭档做过很多次手术，彼此自然而然知道对方需要什么，并能预判下一步的行动。

“这是怎么回事？”彼得问。血喷涌而出，他从容淡定地用止血钳夹住了出血点。

“建筑工人。他在工地上被绊倒了，然后就把自己串在铁棍上了。”

“这种事能要了你的小命。把伯福德牵开器递给我。”

“拿着。”

“输血情况如何？”

“我们在等阴性 O 型血。”一个护士回答。

“村田医生在医院吗？”

“他的搭桥团队正赶过来。”

“所以我们需要在这儿争取一点时间。心律怎么样？”

“窦性心动过速，每分钟 150 次！还出现了一点室性期前收缩……”

“收缩压降到了 50！”

凯瑟琳瞥了彼得一眼。“我们撑不到搭桥手术了。”她说。

“那就看看我们还能做什么。”

一阵突然的安静袭来，在彼得观察切口的时候。

“天啊，”凯瑟琳叫道，“棍尖已经插到心房里了。”

棍尖刺破了心壁，随着每次心跳，新鲜血液就会从穿刺部位的边缘涌出来。伤者的胸腔已经积累深深的一池血。

“要是把棍子拔出来，我们就有一口实实在在的喷油井了。”彼得说。

“不拔也已经血流成河。”

护士惊呼：“几乎测不到收缩压！”

“好吧。”彼得说，声音没有半点慌乱，也没有丝毫害怕。他对其中一个护士说：“你能帮我找一根带 30 毫升球囊的 16Fr[①] 弗利导管吗？”

“呃，法尔科医生，你是说弗利导尿管吗？”

“对。导尿管。”

“我们还要一个装有 10 毫升生理盐水的注射器，”凯瑟琳补充道，“准备好注射。”她和彼得之间不需要解释，彼此都清楚计划是什么。

弗利导管是一种插入病人膀胱用于排出尿液的软管，它被递给了彼得。他们打算发挥其从未有过的作用。

他望着凯瑟琳。“你准备好了吗？”

“开始吧。”

她注意到彼得握住铁棍时，心怦怦直跳。随后看着他温柔地把铁棍从心壁里拉出来。一拉出来，鲜血就如爆炸般从洞口喷涌而出。千钧一发之际，凯瑟琳立刻把导管管头推入那个心脏黑洞。

① Fr 是导管外径尺寸的计量单位，1Fr 约合 0.33 毫米。

“给球囊注水！”彼得喊道。

护士按下注射器，将10毫升的生理盐水注入套在导管末端的球囊中。

彼得把导管往回拽了一下，让球囊卡在心壁内侧。奔流的血河被阻断了。几乎只剩几丝血流。

“生命体征如何？”凯瑟琳大声问。

“收缩压还是50。阴性O型血来了。我们现在就挂上。”

凯瑟琳的心跳得还是很厉害。她看向彼得，看到他透过护目镜朝自己眨了眨眼。

“很有趣不是吗？”他边说，边伸手去拿心房持针钳。“你想要接手吗？”

“当然。”

他把心房持针钳递给她。凯瑟琳把洞口的边缘缝起来，然后在她把洞口缝死之前完全把弗利导管拉出来。每缝一针，她都能感受到彼得赞许的眼神。成功的光芒映得她红光满面。她从心底里觉得，这个病人能活下来。

“这是开启新一天的绝妙方法，不是吗？”他说，“通过撕开别人的胸。”

“真是令人难忘的生日。”

“今晚的邀约仍然有效。你怎么样？”

“要在医院待命。”

“我让艾姆斯替你代班。来吧，丰盛的晚餐加热烈的舞蹈。”

“我以为邀约是搭你的飞机呢。”

“随你怎样都行。见鬼，不如我们就做花生酱三明治吧。我会带上四季宝。”

“哈哈。我就知道你是大手笔。”

“凯瑟琳，我是认真的。”

听出了声音上的变化，凯瑟琳抬起头，遇上了他坚定的目光。忽然之间，她意识到房间里已是寂静无声，其他所有人都在倾听，等着弄清楚科德尔医生这朵高岭之花最终是否会臣服在法尔科医生的魅力之下。

又缝了一针时，她在想，多喜欢作为同事的彼得啊，两人之间多么互相尊重啊。她希望能维持现状。凯瑟琳并不愿意以一种两人日渐亲密却不会有好结果的方式，将这种珍贵的关系推向悬崖，置于危险之境。

啊，但是，她多么想念可以享受夜色的时光！那时候，夜晚是值得期待的，而不是让人恐惧的。

房间仍然静得能听见针掉落的声音。众人都在等待着。

最后，她仰头看着他。“8 点来接我吧。”

夜幕降临，凯瑟琳倒了一杯梅洛红葡萄酒，倚站在窗边，边抿着酒边向外张望。她能听到欢声笑语，看到下面人们在联邦大道上散步闲逛。时髦新潮的纽伯里街仅仅隔了一个街区，周五的夏夜，后湾区吸引了数不胜数的游人。正因如此，凯瑟琳选择了住在后湾区；即使都是陌生人，知道他们环绕在左右也能让自己感到心安。音乐声和笑声表明她并非孤单一人，也不与世隔绝。

然而她却在这里，站在封闭的窗户后，自斟自酌，并试图去说服自己她已经准备好加入外面那个世界了。

那个安德鲁·卡普拉从我这儿盗走的世界。

她将手按在窗前，屈起手指，似乎要拱碎玻璃，冲出这令人窒息的牢笼。

不管不顾，她把杯中酒一饮而尽，随后将酒杯置于窗台。我不会一直是受害人，她想。我绝不能让他得逞。

走进卧室，她目测了一番柜子里的衣服。接着，从衣柜里抽出一条绿色丝绸质连衣裙。把自己套进去，穿上，再拉好拉链。距上一次穿这条裙子已经过去了多久？她都记不清了。

从另一个房间传来一声活泼的提醒：“你有新邮件！”提示来自她的电脑。凯瑟琳把邮件忽略在一旁，径直走去盥洗室，打算化个妆。涂上睫毛膏、擦上口红之后，她觉得，这简直是盛装出席。这是一张勇气的面具，能帮助她去面对世界。化妆时的每一次落笔，都在描绘着信心。在镜子里，她看到了一个几乎连自己都认不出来的女人。久别重逢，已经两年了。

“欢迎回来。”她喃喃自语，而后微微一笑。

关上盥洗室的灯，她走到客厅，此时双脚已经重新适应了高跟鞋带来的折磨。彼得迟到了，现在已经 8 点 15 分了。她记起了那声从卧室传来的“你有新邮件”提示，于是走到电脑前，点开桌面上的邮件图标。

一封来自名为“聪明医生”的发件人的信，标题是“实验室报告”。她打开了邮件。

科德尔医生：

你会对附件的病理图片感兴趣的。

没有落款。

她把光标移至“下载文件”的图标，接着，犹豫了，手指悬于鼠标之上。她不认识发件人“聪明医生”。通常情况下，她不会下载陌生人发来的文件。但是，这封邮件很明显与她的工作有关，而且是指名道姓写给她的。

她点了“下载”。

一张彩色照片出现在屏幕上。

她倒吸了一口凉气，慌得从座位上跳起来，就像被沸腾的水烫了一样，随后椅子啪地倒在地上。凯瑟琳惊恐得用手捂住嘴，踉踉跄跄地向后退。

下一秒，她跑向了电话机。

托马斯·摩尔站在凯瑟琳家门口，双眼紧紧地盯着她。“照片还在屏幕上吗？”

“我没动过它。”

她侧身站到一边，摩尔走进来，还是摆出警察那副公事公办的样子。他注意到，电脑旁边已经有个男人站在那儿了。

“这是彼得·法尔科医生，”凯瑟琳介绍，“我的手术搭档。”

“法尔科医生，你好。”摩尔一边说，一边与他握了握手。

“本来我和凯瑟琳计划好今晚出去吃饭的，”彼得说，“我被医院的事拖住了。比你早到了一点儿，然后……”他截住了话，看向凯瑟琳。“晚餐要取消了？”

她以一个病恹恹的点头作了回答。

摩尔在电脑前坐下来。屏保程序已经激活，几条色彩明亮鲜艳的热带鱼正在显示器上游来游去。他推了推鼠标。

那张下载的照片出现了。

凯瑟琳随即转身，移步到窗台边，站在那里死死地抱住自己，试图从脑海里清除刚从显示器上看到的图像。她能听到背后摩尔敲击键盘的声响。他打了个电话：“我刚刚已经把照片传过去，收到了吗？”窗下的黑夜已经变得万籁俱寂。已经那么晚了吗？她在困惑。俯瞰冷清的街道，几乎不敢相信，就在一小时前，自己正准备好走出家门，融入夜晚，重归这个世界。

而此时，她只想落下门闩，藏起来。

彼得问：“哪个混蛋会给你发这种照片？他有病。”

“我不想谈这个。”她回答。

“你之前收到过这种东西吗？”

“没有。”

“那为什么警察会介入？”

“拜托，彼得，停一停吧。我真的不想说这个！”

一阵短暂的沉默。“你意思是，这件事，你不想和我说。”

“不在当下说，也不在今晚说。”

“但是你情愿和警察说？”

“法尔科医生，”摩尔尝试制止，“如果你现在离开，确实会比较好。”

“凯瑟琳，你想要我怎样？”

她从彼得的声音里听出，他受伤了，然而她却没有回身去看他。“我希望你离开，拜托。”

彼得没有再说一句话。直到关门声响起，她才意识到他已经走了。

随后房间陷入了一场漫长的静寂。

“你还没告诉他萨凡纳的事？”摩尔问。

“没有。我永远都没有勇气去告诉他。”强奸是一个过分私密、过分羞耻的话题。即使对着真诚关心你的人也难以启齿。

她问：“照片里的那个女人是谁？”

“我正指望你来告诉我呢。”

她摇了摇头。“而且我也不知道是谁发来的。”

摩尔起身时，椅子发出吱呀吱呀声。她觉察到他的手搭在自己的肩膀上，温暖穿透了绿色丝绸质地的衣服。她还没来得及换衣服，仍然穿着那身为今晚精心准备的盛装。走出家门到城里玩的整个念头正冲击着她，让她觉得自己可笑至极。自己在想什么呀？还能回到与其他人无异的状态吗？还能再做一个完整的人吗？

“凯瑟琳，”他说，“你得和我聊聊照片的事。”

他的手指紧紧地贴在她的肩上，她突然意识到，他刚才称呼的是她的名字。他站的位置离她很近，以至于她从头发上就能感受到他呼吸的温热，而她对此一点儿也不恐惧。其他男性的触碰或许看起来是种侵犯，但是摩尔的却是真诚的安慰。

她点点头。“我会试一试。”

他拉来另一把椅子，两人一起坐在电脑前。凯瑟琳强迫自己将注意力放在那张照片上。

那个女人有一头卷发，像一个个螺旋开瓶器似的散落在枕头上。嘴巴被一条银色胶带牢牢封住，但眼睛是张开的，且看起来清醒，在相机闪光灯的映照下，瞳孔呈红色。相机只照了她腰以上的部位。她被绑在床上，周身赤裸。

“你认识她吗？”他问。

“不认识。”

“这张照片有哪些东西让你觉得熟悉？比如说房间、家私？”

“没有。不过……”

“不过什么？”

“他也对我这样做过，”她低声说，“安德鲁·卡普拉给我拍照片。把我绑在床上……”她咽了咽口水，屈辱感席卷全身，就像照片里的是自己的身体，如此毫无保留地暴露在摩尔的凝视之下。她发现自己的手臂已不由自主地交叠在胸前，以保护乳房不受更进一步的侵犯。

“照片的发送时间是 19 点 55 分。还有就是发送人的称呼，‘聪明医生’——你认识吗？”

“不认识。”凯瑟琳把目光再次聚焦到那个女人身上——她也在用红色瞳孔盯着凯瑟琳。“她醒过来了，知道罪犯接下来要做什么。他等的就是这个。他想要你是清醒的，能体会到疼痛。你必须是清醒的，不然他无法尽情享受……”虽然说的是安德鲁·卡普拉，但不知怎地，说着说着就悄无声息地滑入了现在时态，好像他还活着一样。

“他是怎么知道你邮箱地址的？”

“我甚至都不知道他是谁。”

“凯瑟琳，他把这个东西发送给你。意味着，他知道你在萨凡纳的遭遇。你还能想到别的有嫌疑的人吗？”

她想，只有一个。但是他已经死了。安德鲁·卡普拉已经死了。

摩尔的手机响了。凯瑟琳差点从椅子上跳起来，她的心吓得七上八下，怦怦乱跳。

他飞快地翻开手机。“是，我正和她在一起……”他听了一阵，突然看向凯瑟琳。他盯着她的样子让凯瑟琳慌了神。

“怎么了？”凯瑟琳问。

“是里佐利探员。她说她追踪到邮件发送源头了。”

“谁发来的？”

“你。”

他倒不如在她脸上来一记耳光。听到这个回答，她极其震惊，只能不停地摇头。

“这个叫‘聪明医生’的ID是今天晚上才创建的。用的是你的美国在线账户。”他说。

“但是我有两个不同的账户。一个是私人用的——”

“另一个呢？”

“给我办公室的员工。上班时用……”她停顿了一会儿，“只在办公室用。那个人用了我办公室的电脑。”

摩尔把手机举到耳边。“听到了吗？里佐利。”一阵停歇后，继续说：“我们等会儿在那见。”

里佐利探员正候在凯瑟琳的办公套间门外，等着他们。走廊上已经聚集了一小拨人——一个大楼保安、两位制服警察，还有几名身着便衣的男人。应该也是警探，凯瑟琳猜测。

“我们搜了办公室，”里佐利说，“他早就走了。”

“那能确定他到过这儿吗？”摩尔说。

“两台电脑都开着。‘聪明医生’的ID还挂在美国在线的登录界面上。”

“他是怎么进来的？”

“门没有暴力撬开的痕迹。家政公司与他们签了合同，有人会来打扫卫生，所以这里放了很多把流动钥匙。还要加上那些在这个办公间上班的员工。”

“我们有一个开票员、一个前台接待以及两个助手。”凯瑟琳说。

“还有你和法尔科医生。”

“是的。”

“好吧，这样一来，又增加了六把钥匙或遗失或被借走的可能性。”里佐利毫不客气地回应。凯瑟琳不喜欢这个女人，她想知道这种感觉是不是相互的。

里佐利朝办公套间打了个手势。“好了，科德尔医生，我带你们到各个地方转转，看看有无东西丢失，但是别碰任何东西可以吗？尤其是门和电脑。我们准备提取指纹。”

凯瑟琳看着摩尔，他用手臂搂着她的肩膀，给予安慰，让她放宽心。而后，他们走进她的办公套间。

她只浅浅地扫了一眼病人等候区，随即走入前台接待区，那是员工办公的地方。开票据的电脑在开着。A 盘驱动器是空的；闯入者没有在那里留下任何软盘。

摩尔用笔轻轻敲了敲鼠标，让屏保程序关了，美国在线登录窗口显现在屏幕上。“聪明医生”仍在用户名框中。

“你觉得这个房间看起来有什么不同吗？”里佐利问。

凯瑟琳摇了摇头。

“好吧。我们去你的办公室。”

凯瑟琳走上过道，路过两个检查室，心跳得更快了。迈进办公室后，她立即将目光投向天花板。突然，她喘着粗气，猛然向后退去，差点撞上了摩尔。他伸出手臂抓住她，让她稳定下来。

“我们是在此处找到它的，”里佐利一边说，一边指着在顶灯上晃晃悠悠的听诊器，“就挂在那儿。我觉得不会是你放的。”

凯瑟琳摇了摇头。她开口，声音因震惊变得低沉。“他之前来过。”

里佐利锐利的目光在凯瑟琳身上定住。“何时？”

“就前几天。我发现有些东西要么丢失，要么移位。”

“什么东西？”

“听诊器。我的白大褂。”

“环顾这个房间，”摩尔说，又温柔地哄着她往前走，“还有别的变化吗？”

她浏览了一遍书架、办公桌、档案柜。这是她的私人领地，每一寸地方都是她亲自安排的。她知道东西有其恰当的位置，应该在哪儿、不应该在哪儿。

“电脑现在还开着，”她说，“每天离开前，我都会关机。”

里佐利敲了敲鼠标，屏幕上出现了美国在线的页面，凯瑟琳的账户名“CCord”，正在登录框里。

“他通过这种方式得到了你的邮箱地址，”里佐利说，“要做的只是打开你的电脑。”

她死死地盯着键盘。*你敲击过这些按键，你坐过我的椅子。*

这时，摩尔的声音让她如梦初醒。

“丢了什么东西吗？”他问，“比如小件、私人的那种。”

“你是怎么知道的？”

“他的一贯做法。”

所以这发生在其他女性身上，她想。其他的受害者。

“可能是某些你戴的物品，”摩尔说，“某些只有你自己用的东西。首饰、梳子、钥匙链之类的。”

“天啊。”她立刻伸手，猛地拉开桌子最上面的抽屉。

“喂！”里佐利喊，“我说了什么都别碰！”

但是凯瑟琳已经把手直挺挺地伸到抽屉里，疯狂地在一堆钢笔和铅笔里摸索。“不在这里。”

“什么东西不在？”

“我在桌上放了个备用钥匙扣。”

“有哪些钥匙在上面？”

“车的备用钥匙，医院储物柜的……”她顿住了，喉咙一阵突如其来的干涩。“如果他今天去了储物柜，那肯定已经拿到我的钱包，”她抬起头看着摩尔，“还有我家的钥匙。”

摩尔回到办公套间时，技术人员已经撒上粉，准备提取指纹了。

“给她掖好被子了，是不是？”里佐利说。

“她去急诊室的值班室休息。我不希望她回家，除非安全得到确认。”

“你准备亲自帮她把锁都换了？”

摩尔皱着眉，观察她的表情。他不喜欢里佐利的态度。“你有问题吗？”

“她是个漂亮女人。”

我知道接下来要发生什么，他想着，然后疲惫地叹了一口气。

“有点受伤，有点脆弱，”里佐利说，“哎呀，这让男人产生了要立刻去保护她的冲动呢。”

“这难道不是我们的工作？”

“仅是工作而已吗？”

“我不想谈论这个。”摩尔有些不快，走出办公套间。

里佐利跟着他来到走廊上，像只斗牛犬紧紧地咬住他的脚后跟。“她是整件案子的中心，摩尔。我们不知道她对我们是否坦诚相待。请别告诉我你陷进去了，对她有意思。”

“我没有陷进去。”

“我又不瞎。”

“那你到底看见了什么？”

“我看见你看她的眼神。看见她看你的眼神。还看见了一个已经丧失客观立场的警察。”她顿了顿，“以及一个即将受伤的警察。”

如果她粗着嗓门，带着敌意，那他可能会以同样的方式回应。但里佐利说最后那几句话时相当平静，以至于他无法激起必要的愤怒去反击。

“我不会随便就对人说这个，”里佐利说，“但我觉得你是个好人。如果你是克罗，或者其他混蛋，我会说，好呀，把心挖出来都行，我决不多管闲事。可是我不希望看到这事发生在你身上。”

他们对看了一阵。摩尔感到一阵羞愧的刺痛，无法直面里佐利的坦白。无论他如何称赞里佐利敏捷的头脑、追求成功的不懈努力，他也总会把关注点放在她那张十足平庸的脸蛋和走形的套装上。在某些方面，他比克罗，比那些往她水瓶里塞卫生棉条的混蛋好不了多少。他不配得到她的偏爱。

他们听见了一声清嗓子的声音，回身一看，是犯罪现场的技术人员，正站在门口。

“没有指纹。”他说，“我把两台电脑都扫了。包括键盘、鼠标、磁盘驱动器。它们被擦得干干净净。”

正在此刻，里佐利的手机响起。在翻开手机时，她抱怨了一番：“我们到底在期待什么？又不是和白痴打交道。”

“门的情况怎么样？”摩尔问。

“有一些残缺的指纹，”技术人员说，“但每天进进出出的人那么多，包括病人、员工，我们没法鉴别。”

“嘿，摩尔，”里佐利说，猛地把手机合上，“我们走吧。”

“去哪儿？”

“总部。布罗迪说他要给我们展示一些像素的奇迹。”

“我把这张照片放进 Photoshop 软件，”肖恩·布罗迪说，“文件占了三兆的空间。这意味着能从照片里提取到很多细节。这家伙照片拍得一点都不模糊。他发来了一张清晰度很高的图片，连受害人的眼睫毛都看得清清楚楚。”

布罗迪是波士顿警察局的技术天才，很年轻，只有23岁，脸色苍白，现在正懒洋洋地坐在电脑前，他的手几乎长在鼠标上了。摩尔、里佐利、弗罗斯特和克罗都在他身后站着，眼睛跃过他的肩膀盯着显示屏。布罗迪发出一阵恼人的如同豺狼般的笑声，接着，当他在屏幕上操作图片时，又不时高兴得咯咯直笑。

“这是画面完整的照片，”布罗迪解释说，“受害人被绑在床上。清醒着，双眼睁开，红眼的糟糕状况来自闪光灯。她嘴巴上的东西看起来是胶布。看，在照片左下角，是床头柜的边。你们能看到有个闹钟摆在两本书上。放大，看看时间？”

“2点20分。”里佐利说。

“对。现在的问题是，是凌晨还是下午？让我们来到照片的顶部，能看到窗户的一角。窗帘是拉起来的，但能辨认得出这儿有条小缝，两片布料的边没有完全贴合。那里没有一丝阳光照进来。如果闹钟的时间是准确的，那这张照片的拍摄时间应该是半夜的2点20分。”

“是，但是在哪一天呢？”里佐利追问，“可以是昨晚，也可以是去年。见鬼，我们甚至都不知道‘外科医生’是不是拍下这张照片的人。”

布罗迪生气地瞥了她一眼。“我还没说完呢。”

“好吧，还有什么？”

“让我们把照片往下滑一点点。检查她的右手腕。被胶带遮住了。但是能看到有个黑色的小斑点在那。你们觉得那会是什么？”他指了指，单击鼠标，把细节放大了些。

“还是看不出是什么东西。”克罗说。

“好，让我们再放大。”他又单击了一次。黑色块状物的形状依稀可辨。

“天啊，”里佐利惊呼，“看起来像只小马。这是埃琳娜·欧提兹的挂坠手链。”

布罗迪回头扫了她一眼，咧嘴笑笑。“我厉害吧？”

“是他，”里佐利吃了一惊，“是‘外科医生’。”

摩尔说：“回到床头柜的位置。”

布罗迪点回到完整的画面，将鼠标箭头移至左下角更低一点的位置。“你想要看什么？”

“我们根据闹钟显示的时间已知是2点20分。然后是，闹钟下面有两本书。看看它们的书脊。看见上面那本护封的反光了吗？”

“看到了。”

“那是个透明的塑料保护套。”

“是……”布罗迪回应，显然不太明白其中的意思。

“放大书脊，”摩尔继续说，“看看我们能不能弄清书名。”

布罗迪一番操作。

“看起来像两个词，”里佐利仔细辨认，“我看到了‘the’这个词。”

布罗迪再次单击鼠标，放得更大一些。

“第二个词是‘S’开头的，”摩尔说，“再看看这个。”他敲了敲屏幕。“看到这里的白色小方块了吗？在书脊的底部。”

“我明白你的意思了！”里佐利说，声音忽然变得很兴奋，“书名。来吧，我们需要知道这个该死的书名。”

布罗迪最后点了一下鼠标。

摩尔牢牢地盯着屏幕，观察书脊上的第二个词。突然他转过身，抓起电话。

“我错过什么了？”克罗疑惑。

“书名叫《麻雀》(The Sparrow)，”摩尔边说边按下“O.”键，“书脊上的白色小方块——我打赌是索书号。”

“图书馆的书。”里佐利说。

电话里响起一个甜美的声音。“我是话务员，请讲。”

“我是波士顿警察局的摩尔·托马斯探员。我需要一个波士顿公共图书馆的紧急联络电话号码。”

“太空中的教士，”坐在后座的弗罗斯特说，“这本书写的就是这个。”

摩尔驾车，他们沿着中央大街疾驰，应急灯闪烁着。两辆巡逻警车正在前面开路。

“看，我老婆参加了这个阅读小组，”弗罗斯特说，“我记得她说过这本《麻雀》。”

“所以这是本科幻小说？”里佐利问。

“不是。更像是讨论深层次的宗教问题。上帝的本质是什么？诸如此类。”

“那我不必读，”里佐利说，“我知道所有的答案。我是天主教教徒。”

摩尔看了一眼十字路口，说：“我们快到了。”

他们寻找的地方在牙买加平原，一个位于波士顿西边的社区，塞在富兰克林公园与毗邻的布鲁克莱恩镇之间。那个女人名叫霓娜·佩顿。一周前，她从市图书馆牙买加平原社区分馆借了一本《麻雀》。在大波士顿地区，所有登记借出过这本书的读者中，霓娜·佩顿是唯一一个在凌晨2点没接电话的人。

“就是这儿。”摩尔说。在他们前面开路的巡逻警车右转进入艾略特街。他紧随其后，又过了一个街区，跟着巡逻警车停在了路边。

巡逻警车的圆顶灯透出一种超现实的蓝光，忽明忽暗，闪烁在黑夜里。与此同时，摩尔、里佐利和弗罗斯特正穿过前院门，走近屋子。屋内，有一缕微光亮着。

摩尔给了弗罗斯特一个眼神，后者点点头，绕到了房屋的后面。

里佐利拍打前门，大声叫唤：“开门，我是警察！”

他们等待了一小会儿。

里佐利再次拍门，比之前更用力。“佩顿小姐，我是警察！把门打开！”

停了三个拍子。突然，弗罗斯特的声音噼里啪啦从对讲设备里响起：“后面有个纱窗被撬开了！”

摩尔和里佐利相互交换眼色，不发一词就做了决定。

摩尔用手电筒的柄，砸碎了前门旁边的玻璃嵌板，伸手进去，拨开了插销。

里佐利第一个进到屋里，半蹲着身子移动，武器扫出了一道弧形。摩尔紧跟其后，当他速记下一连串的画面时，肾上腺素也在飙升。木地板；打开的壁柜；厨房直走，客厅在右；一个孤独的台灯在茶几上亮着微弱的光。

“卧室。”里佐利说。

“行动。”

他们从玄关出发，里佐利打头阵，经过一间浴室、一间闲置卧室时，她转动着脑袋左瞧右看，两间都是空的。过道尽头的门半开半掩；卧室一片漆黑，什么都看不到。

摩尔心脏怦怦直跳，握着武器的双手汗津津的，他慢慢朝门移动过去。接着，用脚轻轻碰一下门。

一股燥热恶臭的血腥味扑鼻而来。他找到了电灯开关，按开。

在画面映入眼帘之前，他已经设想过将会看到什么。然而，看到如此恐怖的场景，他还是始料不及，感到震惊。

那个女人的腹部已经被剥开，小肠一圈一圈从切口漏出来，像一堆奇形怪状的飘带悬挂在床边。鲜血从颈部裂开的伤口处渗出，不断地往下滴，在地板上汇聚成逐渐扩散的血泊。

摩尔花了极长的时间才消化好所看到的一切。直到那时，当他完全记下这些细节时，才明白它们的含义。血，如此新鲜，仍在滴落。墙壁上没有动脉血喷溅的痕迹。黑色血泊在持续扩大，几乎变成了一个血池。

他立刻走到那个女人的身体旁，鞋子印上了血迹。

“嘿！”里佐利大声抗议，“你在破坏现场！”

他把手指按在受害人颈部尚算完整的地方。

尸体张开了双眼。

老天爷啊，她还活着。

第八章

凯瑟琳在床上惊醒过来，心跳得简直要蹦出她的胸膛，每一根神经都因恐惧而颤抖。她瞪大双眼凝视黑暗，极力想要去压制内心的焦躁不安。

有人在用力拍打值班室的门。“科德尔医生？”凯瑟琳认出是急诊室一个护士的声音，“科德尔医生！”

“怎么了？”凯瑟琳应声。

“有个外伤病人正被送来！大出血，腹部和颈部有伤。我知道今晚负责外伤的值班医生是艾姆斯医生，但是他迟到了。金博尔医生需要你的帮忙！”

“告诉他我马上就来。”凯瑟琳打开灯，看了一眼闹钟。凌晨2点45分。她只睡了三个小时。那条绿色丝绸裙还搭放在椅子上。它看起来像是另一个时空的东西，来自另一个女人的生活，而非自己的。

她睡觉时穿的刷手服已经被汗水浸得湿漉漉，但来不及换了。

她将凌乱打结的头发捋了捋，扎成一个马尾，随后走到水槽边，往脸上泼了几掬冷水。抬起头来照一照，从镜子里盯着她的那个女人，那么陌生，那么惊恐不安。集中精神吧！是时候放下恐惧了。该去工作了。她把光着的脚滑进从医院储物柜取回来的跑鞋，深深吸了一口气，然后走出值班室。

“预计还有两分钟到达！”急诊室的接线员报告，“救护车上的医生说病人收缩压已经降到 70！”

“科德尔医生，他们正在第一创伤处理室做准备。”

“急救小组都有谁？”

“金博尔医生和两个实习医师。感谢老天爷，你就在医院。艾姆斯的车抛锚了，他过不来……”

凯瑟琳推开第一创伤处理室的门。她扫了一眼房间，大家已经做好迎接最坏情况的准备。三根输液架上都吊着乳酸林格氏液；静脉注射管已经缠绕成圈，准备连接。一个运送员正严阵以待，等会儿将血样送到实验室化验。两个实习医师一左一右站在手术台两侧，手里抓着静脉注射导管，急诊室的值班医生肯·金博尔已经撕开开腹手术包的密封胶带。

凯瑟琳套上手术帽，然后双手伸进无菌手术服的衣袖。护士帮她系好手术服的后系带，又打开一只手套。随着象征权威的专业制服一件又一件穿上身，她感到自己越发强大，越发能把控全场了。在这个房间里，她是拯救者，而不是受害者。

“这个病人怎么受伤的？”她问金博尔。

“袭击。颈部和腹部都有伤。”

“枪击？”

“不是。刺伤。”

凯瑟琳正在戴第二只手套，顿时停住了。她的胃像是突然间打了个死结。颈部和小腹。刺伤。

“救护车来了！”一个护士在门口大声叫唤。

“拼搏时间到。”金博尔打起精神，走出去接收病人。

凯瑟琳已经穿戴完毕，却一直站在原地不动。房间忽然变得寂静无声。无论是那两个在手术台侧站着的实习医师，还是准备递手术工具给凯瑟琳的器械护士，都没有说一句话。他们都在关注门外发生了什么。

他们听见金博尔医生大喊：“快！快！快！”

门突然打开，一张轮床被推进来。凯瑟琳瞥见了被鲜血浸透的床单，一个女人顶着一头干枯黯淡的棕发，脸被用来固定气管导管的胶布遮挡着。

“一、二、三！”他们齐心协力把病人移至手术台。

金博尔一把扯开被单，让病人的躯体露出。

在这个嘈杂混乱的房间，没人听见凯瑟琳倒吸一口凉气的声音，没人注意她摇晃着向后退了一步。她死死地盯着受害人的脖子，覆盖在伤口上的加压包扎敷料已经吸得鼓鼓胀胀，饱和成了暗红色。她又看了看腹部，另一块匆忙包上去的敷料已经松动脱离，血珠一颗颗沿着赤裸的腰部滑落。即便在场的人都动了起来，接上静脉注射器和心电导线，往病人的肺注氧，凯瑟琳也依旧无动于衷——她被恐惧吓呆了。

金博尔掀开腹部的敷料。一节节小肠顺势滑出来，扑通一声掉到手术台上。

“收缩压勉强有 60！她现在是窦性心动过速——”

“我没法通过静脉注射把药输进去，她血管萎缩！”

“那就从锁骨下静脉输进去！”

“能再给我扔一根导管吗？”

“他妈的，这里整块地方都被污染了……”

“科德尔医生？科德尔医生？”

仍处于失神状态的凯瑟琳转向刚刚喊她的那个护士，看见这个女人正隔着医用外科口罩朝她皱起了眉头。

“你需要止血垫吗？”

凯瑟琳吞了吞口水，深吸了一口气。“要。止血垫，还有吸引器……”她再次把目光锁在病人身上。是个年轻的姑娘。她迷惘地忆起另一个急救室的情景，那个在萨凡纳的夜晚，躺在手术台上的人是她自己。

我不会让你死。我不会让他得逞。

她从器械托盘里抓起一团海绵和一把止血钳。现在，她全神贯注，专业人士已经完全把控场面。经年积累的外科手术实战经验自动开始发挥作用。她首先把注意力聚焦到颈部伤口，取下加压包扎敷料。暗黑色的血淌了出来，溅落在地板上。

“是颈动脉破了！”一个实习医师喊道。

凯瑟琳轻轻地用海绵反复拍蘸伤口，同时又一次深呼吸。“不，不是，如果这是颈动脉的血，那她早就死了。”她抬头看看器械护士，“手术刀。”

工具啪的一声被递到她手中。她停下来，为这精细而艰巨的任务稳住自己，下一步，将手术刀的刀尖放在了颈脖处。保持住对伤口的按压，凯瑟琳快速切开皮肤，由下往上切至下颌处，此时，颈内静脉显露出来了。“他割得不深，没伤着颈动脉。”凯瑟琳说，“但是他割断了颈静脉。这一段向上回缩至软组织里了。”她扔下手术刀，抓起按捏钳。“实习生？需要你拿海绵擦一下。温柔一点！”

“你准备把它接回去吗？”

“不，我们只需给它打个结。她会自行建立侧支引流。必须让静脉露出更多才好对其进行缝合。血管钳。”

工具立即被递到她手上。

凯瑟琳找准位置，用钳子啪一下夹紧已经暴露在外的血管。然后她松了一口气，望向金博尔。“这个出血点算是止住了。我待会儿把它扎起来。”

她把关注点转移至腹部。此时，金博尔和另一个实习医师已经用吸引器和止血垫将术野清理干净，伤口完完全全显露在众人面前。凯瑟琳温柔地将那堆肠子推到一旁，注视那个洞开的深渊。眼前的一切令她愤怒和作呕。

她抬头，遇上了手术台对面金博尔惊愕不已的目光。

“谁会这么做？”他轻声问，“我们究竟在和谁打交道？”

“魔鬼。”她回答。

“受害人在抢救中。她还活着。”里佐利吧嗒一下合上手机，然后看了看摩尔和朱克博士，“我们现在有目击者了。嫌犯这次大意了。”

“不是大意。”摩尔说，“是太匆忙了。他没有时间去完成这件事。”摩尔站在卧室门口，研究地板上的血迹。还很新鲜，在灯下闪闪发光。*还没来得及变干。“外科医生”刚刚就在这里。*

“照片发送给科德尔的时间是晚上7点55分，”里佐利说，“而照片里闹钟显示的时间是凌晨2点20分。”她指着床头柜上的闹钟。“假设这是正确的时间，意味着他必定是在昨晚拍下这张照片。他在这个房子里，让受害人活着超过了二十四个小时。”

旁观被害人苟延残喘地活着，是他的乐趣。

“他越来越自负了，”朱克博士说，他的声音里有种令人不安的称赞语气，言语之间似乎在承认嫌犯是个难得的对手，“他不仅让受害人活了一整天，中途某段时间还曾离开过她去发邮件。这家伙在和我们玩心理游戏。”

“或者是和凯瑟琳·科德尔玩。”摩尔补充说。

受害人的手提包还留在梳妆台面。戴着手套，摩尔打开检查了一番。“装着三十四美元的钱包。两张信用卡。3A会员卡。劳伦斯科学用品公司销售部的员工证。驾驶证，霓娜·佩顿，29岁，高5英尺4英寸，重130磅。”他把驾驶证翻个面儿，“还是器官捐献人。”

“我想她刚刚已经捐过了。”里佐利说。

摩尔拉开侧兜的拉链。“有个记事本。”

里佐利饶有兴致地看着他。“是吗？”

他打开记事本，翻到当月记录。一片空白。继续往前翻，直到发现一个条目，写于差不多八周之前：“应付房租”。再往前翻，他看到了更多的条目：“锡德的生日”“干洗”“8点音乐会”“员工会议”。全都是一些庸常生活的小细节。为何八周前就停止记录了？他想象着这个用印刷体工工整整写下这些蓝墨水字的姑娘。她可能盼望着在十二月的空白页上写下点什么，憧憬着圣诞节和大雪纷飞，有无数个理由让她相信自己能活到看这些场景的时候。

他合上记事本，悲从中来，一时难过得无法言语。

“床单上什么都没有，”弗罗斯特蹲在床边说，“没有散落的手术缝合线，没有器械，什么都没有。”

“对于一个可能是着急离开的家伙而言，”里佐利说，“他的扫尾清理工作完成得很好。你们看，他还有时间叠睡衣。”她指向一件放在椅子上、叠得齐齐整整的棉质睡衣。“这与他的匆忙不太相称。”

“但是他让受害人活着，”摩尔说，“这可能是最糟糕的错误。”

“这不合常理，摩尔。他叠好睡衣，拾掇好自己，然后如此粗心地留下一个目击证人？他很聪明，不会犯这种低级错误的。”

“最聪明的人也有失手的时候，”朱克反驳，“泰德·邦迪[1]最后就是过于粗心大意了。”

摩尔看向弗罗斯特。“是你负责打电话给受害人的？”

“是的，我们逐一排查了图书馆提供的电话号码清单。我分别在2点、2点15分打过电话。应答的是电话答录机，但我没留下任何口信。”

摩尔环顾了一番房间，没看到电话答录机的影子。他走到客厅去，发现电话在茶几上。它有个来电显示框，记忆键沾满了血迹。

他用铅笔头按下记忆键，最后一个来电者的号码显示在数字框上。

波士顿警察局　2:14 A.M.

“这就是他被吓跑的原因？”朱克博士跟着他来到客厅。

“弗罗斯特打电话时，他正好在。来电显示键上有血迹。”

“所以电话声响起时，我们的嫌犯没完事。他还没有得到满足。但是午夜来电的铃声一定惊扰他了。他来到这，在客厅，看到来电显示。看见居然是警察打来，试图联系受害人时，”朱克在此停了一下，“你会怎么做？”

“我要离开这里。”

---

① 泰德·邦迪，美国连环杀手，活跃于1973年至1978年，电影《沉默的羔羊》原型之一。

朱克点点头，嘴角扬起一个微笑。

对你而言这只是一场游戏，摩尔想。他走到窗户边，朝大街望去，此刻窗外正闪烁着蓝色的光芒，宛如明亮的万花筒。屋子前停着六辆巡逻警车。媒体也赶来了，他看见当地电视台转播车正在架卫星转播设备。

“他玩得不开心。”朱克说。

“他已经完成切割仪式。”

“不是，那只是一个纪念品。他来过的小小证明。他不仅仅是收集人体器官。他为极度刺激而来，即见证一个女人的生命走向油尽灯枯。而这一次他尚未体验就被打断，由于警察的光临而恐惧分心。待的时间不够长导致他无法目睹受害人死亡。”朱克停了停，继续说，“下一个受害人很快就会出现。我们的嫌犯此刻定是心烦意乱、怏怏不乐，越来越受不了紧绷的气氛，这意味着他已准备好寻找新猎物。”

“或者他已经选好了。”摩尔说，同时脑海里出现凯瑟琳·科德尔的名字。

清晨的第一道曙光擦亮天际。摩尔快接近二十四小时没合眼了，大半个晚上都在开足马力工作，仅仅靠几杯咖啡提着神。然而抬头望着日光渐盛的天空，他感受到的不是筋疲力尽，而是一股重新扬起的激情。凯瑟琳与“外科医生”的某些联系还没有弄清楚。有一条隐形的线将她与这个魔鬼牢牢地绑在了一起。

“摩尔。”

他转头，是里佐利，接着立刻发现了她眼里流露的兴奋。

“性犯罪调查科刚刚来电，”她说，“我们的受害人非常不幸。”

“你意思是？”

“两个月前，霓娜·佩顿遭到了性侵。”

消息让摩尔震惊。他想起了受害人笔记本上的空白页。八周之前，琐事记录停了。那恰恰是霓娜·佩顿的美好生活戛然而止、陷入困顿之时。

“有报警记录吗？”朱克问。

“不只有记录，”里佐利说，“还采集了一个强奸取证套盒。”

“两个强奸案受害人？”朱克说，“事情就这么简单吗？”

“你觉得是她们的施暴者回过头来把她们杀掉？”

“这并非偶然。有百分之十的连环强奸犯在犯案后会与受害人联系。这是罪犯延长折磨的一种方式。痴迷被害人，无法自拔。”

“强奸是谋杀的前戏。”里佐利嫌恶地哼了一声，“非常好。”

摩尔的脑袋里突然出现了一个新想法。“你说采集了强奸取证套盒。所以里面有阴道拭子？”

“对，DNA 仍是未知。”

“是谁采集的拭子？她去过急诊中心吗？”他满以为里佐利会非常肯定地说：是的，朝圣者医疗中心。

但是里佐利摇了摇头。“没去急诊中心。她去的是森林山妇科诊所。就在这条路上。”

在诊所候诊室的墙壁上挂着一幅全彩的女性生殖器海报，海报上方有这样一句话："女性，倾城之美。"摩尔虽然赞同女性的身体是不可思议的造物，但盯着那张具象的图看时，仍会觉得自己是个肮脏的窥淫癖者。他留意到候诊室有些女人在盯着自己，眼神就像瞪羚凝视混入它们中间的猎食者那样。即使有里佐利的陪伴，也不能改变他是个男性异类的事实。

接待员的声音在最后关头响起："警探，她等下会见你们。右边最后一个房间。"摩尔听后整个人彻底放松下来。

里佐利在前头领着，路过走廊，墙上挂着一些科普海报："伴侣虐待你的十个标志""如何判别强奸行为？"每迈进一步，摩尔都觉得又一个男性犯罪的污点依附在他身上，就像泥巴弄脏了他的衣服。里佐利却丝毫不觉，她处于熟悉的环境中。这里是女性的领地。她敲敲房门，门上挂着名牌："萨拉·戴利，高级执业护理师"。

"请进。"

站起身来迎接他们的女人看上去年轻又时髦。她在白大褂之下穿了蓝色牛仔裤和黑色T恤。男孩子气的发型突显了她顽童般的黑色眼睛和优雅的颧骨。但摩尔总是忍不住去看她左鼻孔上穿着的金色小鼻环。在询问的大部分时间里，他感觉自己是和那只小圆环说话。

"你们打电话来之后，我重新翻了一下她的病历。"萨拉说，"我知道有份报案登记表已经存档了。"

"我们看过。"里佐利说。

“那你们来这儿是为了什么？”

“霓娜·佩顿昨晚在自己家里被袭击了。现在生命垂危。”

萨拉一开始感到很震惊。接着，愤怒一触即发。摩尔看到她下颌高昂，眼里燃起荧荧之火。“是他吗？”

“他？”

“强暴她的那个人？”

“我们考虑了这个可能性，”里佐利说，“很不幸，受害人正在昏迷，没法和我们说话。”

“别叫她受害人。她有名字。”

里佐利的下巴也扬了起来，摩尔知道她很生气。这样开始一场询问可不好。

他说：“戴利女士，这是一场令人难以置信的残忍犯罪，我们需要——”

“没有什么是难以置信的，”萨拉反驳，“尤其在我们谈论男人对女人的所作所为时。”她从桌上拿起一个文件夹，递给他。“她的病历。在被强暴后的第二天清晨，她来了诊所。我是那天接待她的人。”

“你也是给她做检查的那个人？”

“我一手包办了所有事情。问诊、骨盆检查。我采了阴道拭子拿到显微镜下检验，确认里面有精液。收集了阴毛、剪下来的指甲作为证据。还给她开了事后避孕药。”

“她没去急诊做其他检查？”

“强奸受害人只要走进诊所大楼的门，就会有专人为她提供全方位的照顾。她最不需要的就是一张张变来换去的脸。所以我替她抽了血，送到化验室去。如果受害人愿意的话，我也会打必要的报警电话。”

摩尔展开文件夹，看了看病人的个人信息表。上面列了霓娜·佩顿的出生日期、住址、电话号码，以及工作单位。他翻到下一页，纸上密密麻麻写满了鸡肠一般的字。第一条记录的时间是 5 月 17 日。

> 主诉：性侵
>
> 现病史：白人女性，29 岁。认为自己遭受了性侵。昨晚在不得了酒吧喝酒时，感到头晕，她记得自己去了卫生间。之后的事情全无记忆了……

“她在自己家的床上醒来，”萨拉说，“不记得怎么回了家。不记得怎么脱了衣服。当然就不记得自己的衬衫被撕破了。但是她就在那里，被剥光了衣服。大腿根部沾满了她认为是精液的东西。一只眼睛肿得老高。两只手腕遍布瘀青。她很快就明白过来发生了什么。反应和其他性侵受害人一样。她觉得：‘这是我的错。我不该如此大意。’可女人总是如此。”她径直看向摩尔。“我们总将事事的过错揽到自己头上，即使那混账事是男人干的。”

面对一张愤怒至极的脸，摩尔哑口无言。他埋头看病历，看到了体检报告。

病人衣衫不整，沉默寡言，话音单调。独自一人，从家步行至诊所……

“她喋喋不休地讲她的车钥匙，”萨拉说，“遍体鳞伤，一只眼睛肿得可怕。可是她把所有关注点都放在车钥匙遗失这件事上，必须得找到，不然就没法开车去上班。我耗费了好长时间才把她从这种重复循环的怪圈里拉出来，让她和我说话。这个姑娘从来没遭受过不幸之事。受过良好教育，独立自主、自力更生。是劳伦斯科学用品公司的销售代表，每天都要和人打交道。她当时就坐在这儿，整个人几乎都要垮了，心里念着的却还是那该死的车钥匙。最后不得已，我们打开她的手提包，找遍所有口袋，发现钥匙就在里面。直至找到钥匙之后，她才肯将关注点转向我，坦白事情的来龙去脉。”

“她说了什么？”

“她大约在晚上 9 点钟去不得了酒吧见一位女性朋友。但这个朋友没露面，于是她在酒吧逗留了一会儿。喝了一杯马提尼，和几个人聊了会儿天。听着，我去过那个酒吧，是个非常热闹的地方。落单的姑娘能在那儿找到安全感。”随后，她又以一种苦涩的语气补充道，“好像也没有什么安全的地方。”

“她还记得带她回家的那个人吗？”里佐利问，“这是我们实实在在想要知道的。”

萨拉目不转睛地看着她。“全都是他，罪犯等于一切，是吧？那两个性犯罪调查科的警察也只想了解这些。被关心的人是罪犯。”

摩尔能察觉到房间的温度在随着里佐利的脾气步步升高。他飞快地接话："那两个警探说她无法提供关于罪犯外貌特征的信息。"

"他们询问她时，我也在场。她让我留下，所以我听了整件事两遍。他们不停地问罪犯长什么样，可她就是说不出来。她实在记不清任何关于他的事了。"

摩尔翻到下一页。"你第二次见她是七月份。即一星期前。"

"她回来做后续验血。艾滋病病毒从暴露到感染会有一个约六周的窗口期，要过了这个阶段才能检测出来。这真是最令人发指的暴行。先是被性侵，接着发现袭击者在你体内留下的致命病毒。那些姑娘要忍受六周的痛苦，等待查明她们是否感染了艾滋病。想象一下，要是病毒已经扎根在你体内，在你的血液里繁殖，会怎么样。所以她们来做后续测试，我得给她们加油打气，并保证只要一拿到结果，就立刻告诉她们。"

"你不是在这儿做分析测试的吗？"

"不是。全部送去了因特帕斯实验室。"

摩尔翻到病历最后一页，看见了检测结果。艾滋病病毒筛查：阴性。性病研究实验室试验（梅毒）：阴性。纸张很薄，是一张打印的复写表单。他想，我们生命中最重要的消息，常常以这样脆弱的纸张形式到来。电报、成绩单、血液检测结果。

他合上病历本，将其放置在桌上。"当你第二次看见霓娜·佩顿时，就是她来做后续验血那天，她有什么地方让你印象深刻？"

"你在问我她是否还处于痛苦之中？"

“毫无疑问她是的。”

他平静的回答似乎刺穿了萨拉正在膨胀的愤怒气泡。她放松了坐姿，不再生气，好像已经失去了一些必要的发怒理由。她费了一点工夫去思考他的问题。“我第二次见霓娜·佩顿时，她看起来如同行尸走肉。”

“怎么说？”

“她当时就坐在里佐利探员现在坐的位置上，我感觉自己几乎可以看穿她。她仿佛是透明的。出事以后就没去上过班。我认为对她而言与人打交道非常困难，尤其是男人。她被各式各样奇怪的恐惧吓垮了，整个人陷入了瘫痪状态。害怕喝从水龙头流出的水，或任何没有封装的东西。水必须是装在未开封的瓶瓶罐罐里，没有被下药或下毒的。害怕男人一看到她就能知道她被侵犯了。她坚信嫌犯在她的床单和衣服上留下了精液，于是每天会花上好几个小时一遍又一遍地清洗它们。无论霓娜·佩顿以前是谁，那个女人现在都已经死了。我看到的她只是一个幽灵。”萨拉声量逐渐减弱，她仍然保持原来的坐姿，盯着里佐利——另一个坐在那张椅子上的女人。一个又一个的女性，不同的脸庞，不同的幽灵，被侮辱与被损害的众人。

“她提过自己被跟踪的事吗？说过攻击者又一次出现在她的生活里吗？”

“强奸犯永远不会从你的生活消失。只要你活着，你就是他的掌中之物。”萨拉停顿，随即又苦涩地补充说：“或许他是来索要原本就属于他的东西的。”

第九章

维京人用于献祭的不是处女，而是妓女。

公元922年，阿拉伯外交使者伊本·法德兰亲眼见证了一场他称之为罗斯人的族群的献祭仪式。他描述道：这些男人高大强壮，金发碧眼，体型完美，自瑞典启程，一路顺俄国的河流而下，到南方可萨帝国和哈里发帝国的市场去，在那里用琥珀和毛皮交换拜占庭帝国的丝绸和白银。这条贸易之路上，在伏尔加河的拐弯处，有个名叫保加尔的地方，当时维京人一个重要人物的尸身正准备开启他去往瓦尔哈拉殿堂的最后一程。

伊本·法德兰目睹了这场葬礼。

装载着死者的船被拖上岸，静置在白桦木桩上。木头平台上搭建有帐篷，帐篷里是一张覆盖着希腊织锦的床。死者尸体埋了十日之后才被挖出来。

出乎伊本·法德兰意料的是，发黑的肉身没有散出腐臭的味道。

新挖出来的尸身穿着华丽：裤子和袜子，靴子和收腰外套，还有一件缝着金质纽扣的织锦长袍。他们将尸体放在帐篷里的床垫上，用靠枕将其支成坐姿。在他身边摆满面包、肉、洋葱、令人醉生梦死的饮料以及香草。他们杀了一只狗和两匹马，一只公鸡和一只母鸡，也全部放在帐篷里，以满足他在瓦尔哈拉殿堂所需。

最后，他们献上了一个女奴。

死去之人被埋入地下的十天里，这个女孩被专门留作卖淫。喝得昏天黑地后，她被人领着，穿梭于各帐篷之间，为营帐里的每一个男性服务。她张开双腿，躺在一群大汗淋漓、发出闷哼声的男人身下，她那充分开发的身体就像一个公用容器，部族所有男人的种子撒入其中。通过这种方式她被玷污，肉体被损坏，她的一切都在为献祭做准备。

到第十天，她在一个外号为“死神”的老妇人的陪同下，被带到船上。女孩摘下手镯和戒指，又一次喝得酩酊大醉。接着，她被带到死者所在的帐篷。

在那里，在铺着锦缎的垫子上，她再一次被污辱。六次，六个男人，女孩的身体就像被分食的肉，在他们当中传递着。最后，当仪式完成、这些男人得到满足后，女孩仰面朝天、伸直四肢躺在她死去主人的脚边。两个人抓着她的脚，两个人抓着她的手，“死神”将绳圈套进女孩的颈子。一会儿，有人拉紧绳索，“死神”扬起她的宽刃尖刀，猛地扎进女孩的胸脯。

利刃一次次落下，如同闷哼的男人播种一般让鲜血喷溅，匕首重现了先前的性暴行，锋利的金属刺进柔软的肉体。

随着最后一刀的刺入，残酷的交配终于迎来了死亡的狂喜。

“她急需输大量的血和新鲜冰冻血浆，”凯瑟琳说，“血压现在稳定下来了，但她仍然昏迷不醒，用着呼吸机。你最好有点耐心，警探。同时保佑她能醒过来。”

凯瑟琳和达伦·克罗警探站在霓娜·佩顿的外科重症监护室小隔间外，观察着心电监护仪上的三条指标线。在病人被推出手术室的门时，克罗就已经等在那里了，从术后观察病房到之后被转移到外科重症监护室，他一直寸步不离地守护着。他的角色可不仅仅是保护人那么简单；他非常迫切地想要拿到病人的口供，在过去的数小时里他把自己变成了一个烦人精，频繁地要求报告进展，在小隔间外徘徊。

现在，又一次，他问起整个上午都在问的问题：“她还能活吗？”

“我只能告诉你，她生命体征平稳。”

“我什么时候可以和她谈话？”

凯瑟琳疲惫地叹了口气。“你似乎不太明白她的病情有多凶险。她被送到这儿之前，流失了超过三分之一的血。她的大脑可能缺失了至关重要的血液循环。如果她能醒过来，有可能什么都不记得了。”

克罗透过玻璃隔板看进去。“那她对我们没有用了。”

凯瑟琳侧目而视，对他越来越嫌恶。他一次也没有对霓娜·佩顿表达过关心和问候，只把她当作目击者，当作一个可以利用的人。整个上午，他一次都没有喊过她的名字，只是称她为“受害人”或“目击者”。他朝小隔间里张望时，他看着的不是一个女人，而是一个助其达成目的的工具。

“她什么时候可以离开重症监护室？”他问。

“现在问这个问题还太早。”

“她能否转移到私人病房？如果我们把门关起来，限制人员进出，就没人知道她无法开口说话了。”

凯瑟琳很清楚他们的目的。“我决不会拿我的病人当诱饵。她必须待着这里，接受全天候的观察。你看到监护仪屏幕上的线了吗？那是心电图，中心静脉压和动脉血压。我需要在此等待，以便随时掌握她情况的变化。这个房间是唯一可以做到这点的地方。”

“如果我们现在就能阻止他，那将会有多少女性得救？你考虑过这些吗？科德尔医生，你是最了解她们经历了何种噩梦的人。”

她气得浑身僵硬。他一记重拳打在了凯瑟琳最为脆弱的地方。安德鲁·卡普拉对她的所作所为非常私密，以至于她羞于启齿自己的损失，甚至连对父亲也难以开口。克罗警探却毫不费力地就撕开了她的伤疤。

“她可能是唯一能抓住他的途径。”克罗说。

“这就是你能想到的最好办法？用一个昏迷不醒的女人做诱饵？请杀手到医院来，置医院其他病人的安危于不顾？”

“你凭什么觉得他不会已经在医院了？”克罗说完，当即扭头离开。

已经在医院。凯瑟琳不由得扫视一番房间。她看见护士在病人间忙碌着。一群外科住院医生聚集在一组监护仪附近，一个采血员端着一托盘的试管和注射器走进来。医院每天有多少人来来去去？有多少人她是真正了解的？一个都没有。这就是安德鲁·卡普拉教会她的：永远也无法知道人心里潜伏着何物。

一个病房管理员喊道："科德尔医生，电话。"

凯瑟琳来到护士站，抓起电话。

是摩尔。"听说你把她从死亡线上拉回来了。"

"是的，她还活着。"凯瑟琳的回答直截了当，"啊，不，她还没开口呢。"

一阵停顿。"看来我的电话打得不是时候。"

她陷在椅子里。"对不起。我才跟克罗警探谈过话，情绪不太好。"

"他似乎对女性都有这种影响。"

两人都笑了，疲倦的笑声融化了他们之间所有的敌意。

"状态还好吧，凯瑟琳？"

"我们有过惊险紧张的时刻，但是我想我已经让她的病情稳定下来了。"

"不是，我问的是你。你怎么样？"

这不仅仅是出于礼貌的询问了；她听出话里切切实实的关心，而自己却不知道该说什么。她只知道被人关心的感觉非常美妙。他的言语让凯瑟琳的脸涨得通红。

“你不回家，是吧？”他说，“在锁更换之前。”

“这让我很生气。他夺走了一个我曾经觉得很安全的地方。”

“我们会让它再次安全起来的。我会找个锁匠过去。”

“星期六也能找得到人？你简直创造了奇迹。”

“不是奇迹。我只是有一个万能的名片盒。”

她往后一靠，肩膀的紧张感逐渐消失。在她四周，外科重症监护室处于一片繁忙的嗡嗡声中，然而她的所有注意力现在都集中在这个男人的声音上，这个声音让她平静舒缓，放松自在。

“那你怎么样？”她问。

“恐怕我的一天才刚刚开始。”他停下来，转头回答某人的问题，关于哪些证物需要打包。背景里还有别的人在说话。她猜想他是在霓娜·佩顿的卧室里，恐怖的证据围绕在他四周。而他的声音却如此平静祥和，从容不迫。

“她一醒过来你就给我打电话，可以吧？”摩尔问。

“克罗警探像只秃鹫在这里徘徊。能确定的是，在我知道她醒来之前他就先知道了。”

“你觉得她会苏醒吗？”

“实话实说，”凯瑟琳回答，“我不知道。我一直这么回答克罗警探，他也不接受这个答案。”

“科德尔医生？”是霓娜·佩顿的专职护士，声音是从小隔间传来的。她的语调立刻让凯瑟琳惊慌起来。

“怎么了？”

“你最好来看看这个。”

“出什么事了？”摩尔在电话里问。

“等等。我去检查一下。”她放下听筒，走进小隔间。

“我拿毛巾给她擦身体，”护士说，“她被人从手术室送来时，身上还沾着血块。我给她翻身，就瞧见了。在左边大腿的后侧。”

“让我看看。”

护士抓住病人的肩膀和臀部，让她侧身躺着。“这里。”她轻声说。

恐惧扑面而来，吓得凯瑟琳头皮发麻。她直愣愣地盯着那条用黑色签字笔写在霓娜·佩顿皮肤上的欢快留言，一句话都说不出来。

生日快乐。你喜欢我的礼物吗？

摩尔是在医院的自助餐厅里找到她的。她坐在角落的一张桌子前，背贴着墙，一副知道自己被威胁，想要看到任何针对她的袭击逼近的样子。凯瑟琳仍旧穿着刷手服，头发在后面系成一条马尾辫，她那棱角分明的轮廓、不施脂粉的脸庞、熠熠生辉的眼眸完完全全显露出来。她肯定像摩尔那样几乎被长时间高强度的工作抽空了体内的精力，但又因为恐惧，不得不提高警惕，她像一只野猫，警觉地观察摩尔靠近桌子的一举一动。一杯喝了过半的咖啡摆在她面前。她究竟喝了多少啊？摩尔在想着，又看见她瑟瑟发抖地端起咖啡杯。她的手抖得一点也不像外科医生应有的稳定的手，而是惊慌失措的女人的手。

他在她对面坐下。“以后会有一辆巡逻车整夜停靠在你的公寓楼下。你拿到新钥匙了吗？”

她点点头。“锁匠把它们送过来了。他告诉我，说是安装了劳斯莱斯级别的门栓。”

“会好起来的，凯瑟琳。”

她垂首看着自己的咖啡。“那句话是冲着我来的。”

“不好说。”

“昨天是我的生日。他清楚。而且他知道我被安排了值班。”

“不一定是他写的。”

“别敷衍我。你知道是他写的。”

一阵沉默之后，摩尔点了点头。

他们俩就这么坐着，谁也不说一句话。已经是下午晚些时候了，大部分桌子空着。在柜台后面，工作人员在收拾餐炉，蒸汽袅袅上升。一个孤独的收银员撕开一袋新的硬币，哗啦一下倒进收银机的抽屉里。

“我的办公室怎么样？”她说。

“他没留下任何指纹。”

“所以你们对他一无所知。”

“是的，我们没有任何线索。”他承认。

“他如同空气一样在我的生活进进出出，徘徊游荡。没人见过他。没人知道他长什么样。我可以在屋子的所有窗户都安上防盗栏，但我还是害怕睡觉。”

“你不必回家。我会带你去旅馆。”

“不管我躲在哪里，他总能轻而易举地知道我的藏身之处。出于某些理由，他选择了我。他告诉我，我就是下一个。”

“我不觉得。警告下一个受害人，对他而言是非常愚蠢的举动。‘外科医生’不是傻子。”

“那他为何联系我？为何写下那句话……”她哽咽不语。

“是给我们的挑衅。一种嘲弄警察的方式。”

“那这个混蛋应该写给你们！”她的音量如此之高，以至于有个正在倒咖啡的护士转过头盯着她。

凯瑟琳满脸通红地站了起来。那种歇斯底里的失态让她觉得非常尴尬，走出医院时，她沉默着，不发一言。他想去握她的手，可又觉得她会甩开，将这种行为视作怜悯同情。毕竟，他不想让凯瑟琳认为自己是在可怜她。在迄今为止他见过的众多女性中，她是最值得自己尊重的一位。

她坐在摩尔的车里，平缓地说：“我刚才失态了，对不起。”

“在那样的情况下，任何人都会的。”

“你不会。”

他挤出一个嘲讽的微笑。“我，当然，从来不会失掉冷静。”

“是的，我注意到了。”

这是什么意思？他们驱车返回后湾区时，摩尔对此苦思冥想：她认为我对扰乱常人心智的云谲波诡无动于衷？从什么时候开始按条理清晰的逻辑行事代表冷漠无情了？他知道凶案小组的同事称自己是“面不改色的圣人托马斯”。在你焦头烂额，需要一把冷静的声音时，他是你会找的人。他们不了解另一个托马斯·摩尔，那个夜深人静时站在妻子衣柜前、呼吸她衣服上日渐消散的气味的托马斯·摩尔。他们看到的，只是摩尔想让他们看到的伪装。

凯瑟琳带着怨气说：“对你来说，冷静自然很容易。你不是那个被他盯上的人。”

“试着理性地看待这个问题——”

“看待我自己的死亡？当然，我可以很理性。”

“‘外科医生’已经建立了一套让自己舒服适应的模式。他在晚上作案，不在白天。平心而论，他就是个懦夫，根本不能平等地看待女性。他想在猎物脆弱的时候下手，比如在床上睡觉的时候，这样便无力反击。”

“所以我要永远都不睡觉？真是个毫不费力的解决办法啊。”

“我说的是，他作案会避开白天，在那些时间受害人有自我保护的能力。但天黑之后，一切就变了。”

他把车停在她的公寓楼前。这座大楼虽然不如联邦大道上的老砖房那样富有魅力，但也有它的优势，即有一个装着门控、灯光明亮的地下车库。要进入前门，除了钥匙，还需要正确的安全码，此时凯瑟琳正在小键盘上输入。

他们走进一个饰有镜子和铺着光滑大理石地板的大厅，优雅，却死气沉沉又冷冰冰。一部异常沉默的电梯将他们送至二楼。

在公寓门口，她犹豫不前，新钥匙正握在手中。

“我可以先进门，检查一下，如果这能让你好受点。”他说。

她似乎把摩尔的话当成了一种冒犯。作为回应，她狠狠地将钥匙插进锁孔里，打开门，然后走进去。这一举动似乎在说，必须向自己证明“外科医生”没有赢，她仍是自己生活的主人。

“我们为何不一个个房间都仔细检查一下？”他说，“只是确认是否一切如常。”

她点点头表示同意。

他们一起检查了客厅、厨房。最后，是卧室。凯瑟琳知道“外科医生”有从别的女性那里拿纪念品的习惯，于是翻来覆去、一丝不苟地检查了自己的首饰盒、梳妆台抽屉，寻找任何闯入者留下的痕迹。摩尔站在房门口，看着她整理自己的衬衫、毛衣和内衣。一阵令他惶惶不安的记忆突然袭来，与另一个女人的衣服有关，不那么精致，叠在行李箱里。他记得有一件灰色毛衣，一件褪色的粉色上衣，以及一件印有蓝色矢车菊图案的棉质睡衣。不是新的，也不昂贵。为什么他从来没有给玛丽买过奢侈品？他们俩省吃俭用是为了什么？这些钱最终也没有用于初衷，而是给了医生、疗养院和理疗师。

他从房间门口转身，走向客厅，坐在长沙发上。傍晚时分的阳光透过窗台流进屋子里，闪闪发亮的光线映得他眼睛发疼。他揉了揉双眼，低下颈子，将头埋在手里，因自己一整天没有想过玛丽而萌生罪恶感。他对此感到很惭愧。当抬起头来看凯瑟琳时，所有关于玛丽的念想立即消失得无影无踪，他觉得更惭愧了。他想，她是我迄今为止认识的最漂亮的女人。

她也是我迄今为止认识的最勇敢的女人。

“什么都没丢，”她说，“据我所知没有。”

“你确定你要待着这里？我很乐意带你去旅馆。”

她移步至窗前，凝视窗外的风景，落日的金色余晖点亮了她的轮廓。“这两年我总是处在恐惧之中。用门栓把世界锁在外面。不停地检查门后和衣柜。我受够了。”她望向他，“我想让我的生活复归如初。这次我绝不会让他赢。”

她说“这次”，就好像这是一场漫长战争中的一次交手。“外科医生”和安德鲁·卡普拉似乎已经合二为一，这个东西她在两年前暂时压制住了，却还未能彻底打败它。卡普拉、“外科医生”，是来自地狱的双头怪。

“你说今晚会有一辆巡逻车在外面。”她说。

“是的。”

“你保证？”

“我保证。”

她深吸一口气，对他微微一笑，作为自己充满勇气的表达。“那我可以高枕无忧了，不是吗？”她说。

出于内疚，他晚上开车去了牛顿市，而不是直接回家。他为自己对科德尔的反应感到震惊，为科德尔现在已彻底占据了自己的脑海感到苦恼。在玛丽死后的一年半里，他过着清心寡欲的生活，对其他女性提不起半点兴趣，所有的感情都被压在悲伤的穹顶之下。他不知道该如何应付这新燃起的爱欲之火。他只知道，在这种情况下，爱是不合时宜的。这是对他曾经深爱过的女人不忠的表现。

于是他开车去了牛顿市，想把错误纠正过来。为的是减轻自己内心的负罪感。

他手捧一束雏菊，走进前庭院，并闩住身后的铁门。他想，这就像把煤炭运到纽卡斯尔般多余，环顾庭院四周，现下暮色四合，院子已经落入阴影中。每次来访，都觉得似乎有更多的花挤进了这方小小的空间。牵牛花藤和玫瑰花茎的培育已经被固定在房子的一侧，所以庭院看起来似乎也在向天空延展。手上那几枝寥寥可数的雏菊让他几近羞愧。但雏菊是玛丽最喜欢的花，现在他自然而然就会从花架上拿起它，这也几乎成为他的习惯。她笃爱它们简单的愉快，柠檬色的“太阳芯”周围环绕着白色的花瓣。她喜爱它们的气味——香气独特，不像其他的花那么甜腻又刺鼻。她钟爱它们在旷野和路边野蛮生长的方式——提醒着人们，真正的美是自然而然、无法抑制的。

就像玛丽本人。

他按响门铃。片刻之后门开了，门后探出一张酷似玛丽的脸庞，冲着他微笑。他感受到一阵熟悉的刺痛。罗丝·康奈利长着她女儿那样的蓝色眼睛和圆脸颊，虽然她的头发几近灰白，岁月也在脸上留下了烙印，这样的相似度毫无疑问地表明她是玛丽的母亲。

“很高兴见到你，托马斯。”她说，“你最近有段时间没来了。”

“非常抱歉，罗丝。最近很难找出空闲时间。我没法确定哪天能来。”

“我在电视上看到了这件案子。你干的活真可怕。”

他走进屋子，然后把雏菊递给罗丝。“可能你不需要更多的花了。”他苦笑道。

“好花永远不嫌多。你知道我有多喜欢雏菊。你想喝冰茶吗？”

“喝一些吧。谢谢。”

他们坐在客厅里，小口喝着茶。味道尝起来甘甜又灿烂，跟他们在罗丝的出生地南卡罗来纳州喝的相差无几。一点也不像摩尔从小喝到大的那种阴郁的新英格兰地区冲泡茶。房间也布置得很甜美，彻头彻尾是老式的波士顿风格。繁多复杂的印花棉布，堆积如山的小玩意儿。但是这一切都让他想起了玛丽。无处不在的玛丽。她的照片挂在墙上。她的游泳比赛奖杯陈列在书架上。她童年时弹过的钢琴置于客厅一角。这个小姑娘的魂灵仍飘荡在这间陪她长大的屋子里。还有罗丝在这里，玛丽生命之火的守卫者，她看起来和女儿真的太像了，以至于摩尔有时会恍惚，觉得玛丽透过罗丝的蓝色眼眸凝视自己。

“你看起来很疲惫。”她说。

“我？”

“你从来不给自己放个假，是吗？”

“他们把我叫回来了。我当时已经在车上，准备驶上缅因州收费高速公路。我的钓鱼工具都收拾好了，还买了一个新的钓具箱。”他叹了一口气，“我想念湖。这是我一年里最期待的事情。”

这也是玛丽一直期待的事情。他瞥了一眼书架上的游泳比赛奖杯。玛丽像一条健壮的小美人鱼，如果她生下来就有鳃，将会非常快乐地生活在水里。他记得她曾经多么干净利落、矫健有力地划动双臂游过湖面。他也记得这同一双手臂是如何在疗养院里瘦成枯枝的。

“等案子了结，”罗丝说，“你可以继续去湖边。”

“我不知道这案子什么时候能结束。”

“这句话听起来一点也不像是你说的。振作起来。”

“罗丝，这件案子和以往的不太一样。我对罪犯有点摸不着头脑。”

“你总是能找出线索的。”

“总是？”他摇了摇头，苦笑道，“你太高看我了。”

“这是先前玛丽常说的。你知道，她喜欢吹嘘你的事情。‘他总是能抓到犯人。’”

但是付出的代价是什么呢？他回想着，脸上的笑容渐渐消失。他记得，自己整夜整夜待在犯罪现场，错过了一顿又一顿晚餐，周末一门心思扑在工作上。而玛丽却在一旁，耐心地等待着他的关注。*如果有一天能旧梦重温，我会花费生命中的每一分每一秒去陪伴你。抱着你躺在床上，在温暖的被窝里说着亲密的耳语。*

但是上天不会再给你第二次机会。

“你是她的骄傲。”罗丝说。

“她才是我的骄傲。”

“你们在一起度过了二十个年头的好光景。这对大多数人而言很多了。”

“我很贪心，罗丝。我想要更多。”

“而你很恼怒自己没有得到。”

“是的。我想是的。我很生气，为什么是她患上动脉瘤。她成了那个连医生也对她的病情束手无策的人。还有，让我生气的是——”他停住了，深深地叹了一口气。“对不起。太艰难了。这段日子所有的一切都很艰难。”

“我们都一样。”她轻声说。

他们互相看着对方，沉默不语。是的，当然，对于寡妇罗丝来说日子更加不好过，她失去了自己唯一的孩子。摩尔猜想，如果他再婚，她是否会宽恕他。或者她会不会觉得这是一种背叛？等同于把对她女儿的回忆送进了一个更深的坟墓？

忽然之间，他发现自己无法直视罗丝投来的目光，他带着罪恶感把眼睛移开了。在下午早些时候，当自己看着凯瑟琳·科德尔，内心升腾起确切无疑、搅动人心的欲望时，也曾有过相同的罪恶感。

他放下空玻璃杯，站起身。“我应该走了。”

“又要回去忙工作？”

“在抓到犯人之前，工作不会结束。”

她把他送到门口，站在那儿看着他穿过小花园走到前门。他转头说："关好门，罗丝。"

"啊，你一直这样交代。"

"我也一直是说真的。"他挥挥手，随后离开，想着：*今晚尤其认真。*

你的认知决定你的活动范围，而你的活动范围又反过来左右你的认知。

简·里佐利盯着那张贴在她公寓墙的一大块软木板上的波士顿地图时，这句话不断地在她的脑子里循环播放，就像令人厌烦的童谣。在埃琳娜·欧提兹尸体被发现的第二天，她就把这幅地图挂上去了。随着调查的深入，她按了越来越多的彩色小钉在地图上。三种不同的颜色分别代表三个女人。埃琳娜·欧提兹是白色；黛安娜·斯特林是蓝色；霓娜·佩顿是绿色。每一颗钉子代表该女性活动范围的一个已知地点。她的住处，她的上班地点；密友或亲戚的家；她去过的医疗机构。简而言之，即猎物的栖息之地。在她们日常活动的某个地方，每个女人的世界都与"外科医生"的有交集。

你的认知决定你的活动范围，而你的活动范围又反过来左右你的认知。

接下来是，"外科医生"去过哪里？他的世界由什么构成？

她坐在桌边，吃着她的冷晚餐——金枪鱼三明治、土豆片，就着啤酒，一边嚼食物一边研究地图。她把地图挂在紧挨着餐桌的墙上，每天清晨喝咖啡时，每天晚上吃晚饭时（要是能回家的话），她的目光总会不可避免地被那些彩色的钉子吸引。别的女人可能会挂一些鲜花照、漂亮的风景照，或者是电影海报。而她却在这里，目不转睛地看着那张死亡地图，追寻已故者的踪迹。

这就是她全部的生活：吃饭、睡觉、工作。她住在这间公寓已经三年了，但墙上的装饰品寥寥无几，没有绿植——谁有时间给它们浇水？——没有蠢笨的小摆件儿，甚至连窗帘都没有。只有百叶窗。如同她的生活，这间屋子也是为工作服务的。她热爱这份工作，并为之而活。自 12 岁那年一个女警探在职业发展日到学校作讲座的那天起，她就想成为一名警察。讲座上，开始是护士和律师发言，随后是烘焙师和工程师。学生们坐立不定，喧嚣声越来越大。橡皮筋在一排排座位间弹来弹去，一个纸团在教室的空中划过。这时，那个女警察站起来了，腰间别着枪，紧接着，整个教室鸦雀无声。

里佐利永远不会忘记这一幕。她永远不会忘记，即使是男生也会敬畏地看着一位女性。

现在她已经是女警察了，尽管能赢得 12 岁的男孩子的肃然起敬，然而成年男性的尊重却常常对她绕道而走。

“做最优秀的自己”是她的解决之道。比他们更努力，比他们更出色。所以她在这里，连吃晚饭时也在工作。凶杀案配金枪鱼三明治。她灌下一大杯啤酒，接着往后一靠，琢磨起地图来。观察死人的人文地理环境是件挺让人毛骨悚然的事情。他们生活过的地方，那些对他们而言至关重要的地方。在昨天的会议上，犯罪心理学专家朱克博士已经抛出一些侧写术语：固定点、活动节点、目标背景。好吧，她不需要朱克的漂亮话或者电脑程序来告诉她，现在看到的是什么，该怎么解读它。盯着这张地图，她的脑海里浮现出一片猎物遍布的热带大草原来。彩色小钉界定了三只不幸的瞪羚各自的世界。黛安娜·斯特林的活动中心在北边，在后湾区和比肯山社区。埃琳娜·欧提兹的在南角区。霓娜·佩顿的在西南方向，在牙买加平原社区。三个离散的栖息地，没有任何交集。

你的栖息地在哪？

她尝试用凶手的眼光去看这座城市。她看到摩天大楼的峡谷；绿色公园宛如一块块牧场；成群默不作声的猎物沿着小路移动，浑然不觉有个猎人正在盯着它们。一个跨越时空杀人的掠食旅行者。

电话铃响，她吓了一跳，匆忙间将啤酒打翻在地。该死的。她抓起一卷纸巾，一边轻轻擦拭洒出来的酒，一边接起电话。

“里佐利。”

“你好，小简？”

“啊，嘿，是妈妈。”

“你从来不回我电话。”

“嗯？”

“我前几天给你打电话。你说会回过来，但是你没有。”

“我忘记了。工作忙得脚不沾地。”

“弗兰基下周要回家了，听起来是不是很棒？”

“是是是，”里佐利叹了口气，“非常棒。”

“你每年才见你哥哥一次。你的声音听起来怎么不多一点兴奋？”

“妈妈，我累了。‘外科医生’的案子要展开全天候的调查。”

“警察抓住他了吗？”

“我就是警察。”

“你知道我的意思。”

是的，她知道。她的母亲想象的场景是，小简负责接电话，给所有重要的男警探端咖啡。

“你会来吃晚饭的，对吗？”她妈妈话锋一转，话题从简的工作中滑出来，“下周五。”

“我不确定。这取决于案情的进展。”

“噢，你可以为你的哥哥回来一趟的。”

“如果到时真的忙得脱不开身，我可能就得另寻时间了。”

“我们可不能改时间了。迈克已经答应周五开车回来。”

好，当然。所有的一切都要围绕迈克尔哥哥转。

“小简？”

“知道了，妈妈。周五。”

她挂断电话。胃里翻腾起一堆没有消化的愤怒，这种感觉太过于熟悉了。天哪，她是怎样从童年中幸存下来的？

她抓起啤酒瓶，吞下几滴没洒出来的酒。再次看向地图。在那一刻，抓住“外科医生”变得前所未有地重要。作为那个多年来被忽视的妹妹、微不足道的女孩，里佐利把所有怨气都撒到了他身上。

你是谁？你在哪儿？

她一动不动地凝视了片刻，思索着。接着她拿起一包彩色小图钉，选了一个新的颜色——红色。她将一枚红色小钉按到联邦大道上，另一枚则按在南角区的朝圣者医疗中心上。

红色标记的是凯瑟琳·科德尔的栖息地。这块区域与黛安娜·斯特林、埃琳娜·欧提兹的都有重合之处。科德尔是她们的交集。她的生活轨迹，经过了两个受害人的世界。

现在，第三个受害人，霓娜·佩顿的生命正捏在她手上。

第十章

即使在周一下午，不得了酒吧也热闹无比。晚 7 点，单身人士们开始享受城市的夜生活，准备去玩耍。这里就是他们的游戏场。

里佐利坐在离入口不远的一张桌子旁，每当门打开，一个又一个照搬《GQ》杂志风装扮的绅士、踩着三英寸高跟鞋一摇一摆的办公室芭比女郎走进来时，一阵阵城市的热风也随之涌进来。里佐利一如既往地穿着箱型套装和朴实的平底鞋，古板严肃得像高中学生的监护人。她瞧见两个姑娘走进来，盘正条顺得像优雅的猫，过去后留下一股浓浓的混合香水味。里佐利从来不用香水。她有一支口红、一管干涸的睫毛膏和一瓶轻薄缎光的粉底液摆在浴室储物柜后部的某个地方。五年前，她在专柜买下这些化妆品，想着也许有了恰当的制造幻觉的工具后，甚至连她也能变成封面女郎伊丽莎白·赫莉[①]。销售小姐给她抹面霜、扑粉、涂涂画画，一切结束之后，销售小姐得意扬扬地递来一面镜子，微笑着问道："你觉得你的

---

① 伊丽莎白·赫莉，英国演员、模特，曾多次登上英国版《VOGUE》杂志封面。

新形象怎么样？”

里佐利盯着自己那张脸，心里想着，她讨厌伊丽莎白·赫莉，给了女性虚假的希望。残酷的真相是，世界上有那么一群姑娘，永远也无法变漂亮，而里佐利就是她们中的一员。

她就这样默不作声地坐着，抿她的姜汁汽水，同时观察酒吧里逐渐多起来的人群。人声鼎沸，混杂了许多没完没了的吵闹声和冰块的碰撞声，笑声有点太大了，有点太不自然了。

她站起身，朝吧台走去。里佐利对酒保亮出警徽，说：“我有点问题想问你。”

他几乎一眼都没看警徽，就自作主张按了一下收款机，准备为里佐利买一杯酒。“好的，问吧。”

“你在这儿见过这个女人吗？”里佐利掏出霓娜·佩顿的照片，摊在柜台上。

“见过。你不是第一个来询问她情况的警察。大约一个月前，另一个女警探来过这儿。”

“性犯罪调查科的？”

“我猜是的。她想了解是否有人想要勾搭照片上的女人。”

“那你怎么说？”

他耸耸肩。“这里的每个人都是逢场作戏。我没有注意。”

“但你确实对这个女人有印象吧？她叫霓娜·佩顿。”

“我在这儿见过她几次，通常是和女朋友一起来的。我不知道她的名字。有段时间没来了。”

“你知道原因吗？”

“不知道。”他抄起一块抹布，开始擦起吧台来。他的注意力早已从里佐利身上飞到九霄云外去了。

“让我来告诉你原因，”里佐利说，她的声音因为愤怒逐渐拉高，“因为有个混蛋想要找点乐子，所以他来这儿寻找猎物。四周瞧一瞧，看到了霓娜·佩顿，心想着，这里有只小猫咪。当他打量着她时，肯定没有将她作为人来对待。他眼中的一切都是能为之所用、用完即扔的东西。”

“瞧瞧，你没必要将这些告知我。”

“不，有必要。你必须得听，因为这一切恰恰发生在你眼皮底下，你却选择视而不见。某个混蛋偷偷在姑娘的饮料里下药。她很快就晕晕乎乎，摇摇晃晃走去洗手间想要清醒一下。这个混蛋就会趁机抓住她的胳臂，把她带到外面。这些你居然没看见？”

“没有，”他回嘴，“我没看见。”

室内忽然一片寂静。她看见所有人都在盯着她。里佐利沉默不语，转身离开，回到原先的桌子。

片刻之后，喧闹的人声重新响起。

她看见酒保把两杯威士忌推给一个男人，男人端起其中一杯递给一个女人。看见杯子被举到唇边，玛格丽特酒杯边沿的盐被舌头舔舐殆尽。看见伏特加、龙舌兰、啤酒滑入喉咙时那些向后仰着的脑袋。

她还看见男人在死死地盯着女人。她喝了一口自己的姜汁汽水，倍感恍惚，不是酒精的影响，而是愤怒。她，独自一个坐在角落里的女人，可以将这个地方的真面目看得清清楚楚。这里是个把捕猎者和猎物集中到一起的水坑。

寻呼机发出嘟嘟响。是巴里·弗罗斯特在呼叫她。

“为什么那么吵？”弗罗斯特问。她几乎听不清他在手机里说的话。

“我正在酒吧里。”她转了个身，瞄了一眼隔壁桌在放肆大笑的人，“你说什么？”

“……一个在马尔堡大街的医生。我拿到了一份她病历的复印件。”

“谁的病历？”

“黛安娜·斯特林。”

里佐利立刻弯腰向前，将每一分每一毫的注意力集中到弗罗斯特不太清晰的话语上。“再说一次。医生是谁？为什么斯特林要去找他看病？”

“医生是女的。邦妮·吉莱斯皮医生。一个办公地点在马尔堡大街上的妇产科医生。”

又一阵哄堂大笑淹没了弗罗斯特的声音。她用手扣住耳朵，以便能听清他的下一句话。“为什么斯特林要去找她看病？”她扯着嗓子问。

但是她已经知晓答案了；盯着吧台看时，就在她的正前方，有两个男人围住一个姑娘，就像两只狮子追逐落单的斑马一样。

“性侵，”弗罗斯特说，“黛安娜·斯特林也被强暴了。”

“三个人都是性侵的受害者，”摩尔说，“但埃琳娜·欧提兹和黛安娜·斯特林都没有报警。我们发现斯特林被强暴，也只是因为调查了本地的妇科诊所和妇科医生，看看受害人是否接受过相关治疗。此事斯特林甚至连对她父母也闭口不谈。我早上给他们打电话时，他们才知道性侵的事，都惊呆了。”

现在才上午10点左右，但围坐在会议室桌子前的一张张脸都精疲力竭、面如菜色。他们已经缺觉少眠地连续工作了好几天，接下来又是忙碌的一天在前头等着。

马凯特警督说：“所以只有那位在马尔堡大街的妇科医生知道斯特林被强暴了吗？”

“邦妮·吉莱斯皮医生。黛安娜·斯特林仅仅去过一次。她之所以去那里，是因为害怕自己感染艾滋病。”

“吉莱斯皮医生对此次性侵了解多少？”

弗罗斯特回答了这个问题，他先前询问过医生。他打开一个里面夹有黛安娜·斯特林病历的文件夹。“这里，吉莱斯皮医生是这样写的：‘30岁白人女性要求做艾滋病病毒筛查。五天前进行了一次无保护措施的性行为，伴侣艾滋病感染情况未知。当问及其伴侣是否属于艾滋病感染高危人群时，病人变得焦躁不安、泪流满面。她说此次性行为非自愿，不知道袭击人姓甚名谁。病人希望不要报警。拒绝接受强奸受害者心理疏导。’”弗罗斯特抬头，“以上就是吉莱斯皮医生从她那儿得到的全部信息。她给斯特林做了盆腔检查，做了梅毒、淋病和艾滋病检测，还吩咐她两个月后回去再做一次艾滋病病毒血液检验。但是病人没有回去，因为她死了。”

“吉莱斯皮医生从来就没想过报警？即使是在谋杀案之后？”

“她不知道病人已经死了。她一直就没看到相关报道。”

“有没有用强奸套盒取证？采集到精液了吗？”

“没有。病人，呃……”弗罗斯特尴尬得涨红了脸，有些话题甚至连弗罗斯特这样的已婚男士都难以启齿，“被强奸后，她一连洗了好几次澡。”

“你能怪她吗？”里佐利说，“呸。我甚至会用来苏尔消毒液洗。”

“三个强奸受害者。”马凯特说，“绝非巧合。”

“我想，你们找到强奸者，”朱克说，“就能找到嫌犯了。霓娜·佩顿那边的 DNA 情况怎么样？”

“在加紧处理了。”里佐利说，“实验室拿到精液样本已经快两个月了，却毫无进展。所以我拼命催他们了。现在只能双手合十，祈祷嫌犯的 DNA 已经被收进 CODIS 了。”

CODIS，DNA 联合索引系统（Combined DNA Index System），是美国联邦调查局的国家级 DNA 档案数据库。系统尚处于起步阶段，约有五十万已被定罪的犯人的基因档案还未被收进数据库里。想要找到一个符合条件的已知罪犯，概率极小，希望渺茫。

马凯特看着朱克博士。“我们的嫌犯先是性侵了受害人。然后几周之后回来杀了她？这样做逻辑何在？”

“这对于我们而言毫无逻辑，”朱克说，“但对他来说有。一个强奸犯作案之后回来，二次袭击受害人，这并不罕见。控制欲的表现。无论这种关系有多变态，业已建立。”

里佐利轻蔑一哼。“你把这称作一种关系？”

“我知道这听起来很恶心，但在施暴者和受害者之间确实存在。它是基于权力产生的。起初他从受害人身上夺走了权力，使其变得人不人、鬼不鬼。她成了一个物件。他知道这一点，更重要的是，她也知道这一点。她受损、蒙羞的事实可能会刺激他回来找她。他首先通过强奸对她做了标记，然后再次回来宣告自己的终极所有权。”

摩尔想，受损的女性。这是受害人们身上的共性。他突然想到凯瑟琳，她也受到了伤害。

“他没强奸过凯瑟琳·科德尔。”摩尔说。

“但她也是性侵案的受害人。”

“袭击她的人两年前就死了。‘外科医生’是如何认定她就是受害人的？她是如何出现在凶手的雷达屏幕上的？她从来没和任何人提起过那次袭击。”

“她不是在网上谈论这件事吗？那个私密的聊天室……”朱克顿了顿，“老天啊。有没有可能是凶手通过互联网寻找受害人？”

“我们探讨过这个假设，”摩尔说，“但是霓娜·佩顿甚至都没有电脑。还有在聊天室里，科德尔从来没有向任何人透露过真名。所以让我们回到这个问题上：为什么‘外科医生’盯上了科德尔？”

朱克说：“他似乎对她非常着迷。故意以自己的方式羞辱她；又甘冒风险，只为发一张霓娜·佩顿的照片给她。这个行为让他损失惨重。照片将警察引到了佩顿的家门口。他匆忙逃走了，既没有完成杀人仪式，也没有获得满足感。更糟糕的是，他留下了一个目击者。这是最严重的失误。”

“这并非失误，”里佐利说，“他想让她活着。”

她的言辞导致桌边人纷纷流露出怀疑的表情。

“不然你们要如何解释他犯下的这种低级错误？”她继续说道，“他给科德尔发邮件的目的是引我们入坑。他发了邮件，然后等着我们，直到我们打电话到受害人的家里。他清楚我们正在赶赴霓娜·佩顿家的路上。于是他在割喉时留了一手，因为他想让我们发现她时她还活着。”

“哦，对啊，”克罗轻蔑地哼了一声，“这都是他一手策划的。”

“他这样做的原因是？”朱克问里佐利。

“原因恰好写在了霓娜·佩顿的大腿上。她是‘外科医生’送给科德尔的一份礼物。一份要把她吓个半死的礼物。”

会议室里一片沉默。

“如果真是那样，效果达到了。”摩尔说，“科德尔被吓得心惊肉跳。”

朱克往椅背一靠，思考起里佐利的假设来。“冒了如此高的风险，仅仅是为了恐吓一个女人。这是夸大狂的表现之一。意味着他已经代谢失调，丧失自控力。这最终也发生在了杰夫瑞·达莫[①]和泰德·邦迪的身上。分不清现实与幻觉的区别，变得粗心大意。此时就是他们陷入困局之时。”

朱克站起来，走到墙壁上的图表旁。上面写有三个受害人的名字。在“霓娜·佩顿”的下一行，他写下第四个名字：“凯瑟琳·科德尔”。

“她还不是他的牺牲品——至少目前不是。但在某种程度上，他把她当作玩乐工具。为什么选择了她呢？”朱克环视了房间一番，“你们问过她的同事吗？他们中谁有嫌疑？”

里佐利说：“急诊室的肯尼斯·金博尔医生可以排除在外，霓娜·佩顿遇袭当晚他正在医院当班。我们也询问了大部分的外科男性职工，以及住院医生。”

“科德尔的搭档，法尔科医生怎么样？”

“法尔科医生的嫌疑还没有被排除。”

现在，里佐利已经牢牢抓住了朱克的注意力，他将目光集中到她身上，眼里透着一股奇怪的光芒。凶案专办小组的警察们把这称作“疯癫的精神病医生的眼神”。“多说一些。”他轻声道。

“资料上的法尔科医生完美无瑕。毕业于麻省理工学院航空工程专业，是哈佛大学的医学博士。在彼得·本特·布莱海姆医院完成了外科实习。由母亲独自抚养成人，通过勤工俭学完成学业。有

① 杰夫瑞·达莫，美国连环杀手，在20世纪80年代至90年代间，共谋杀了17人。绰号“密尔沃基怪物”。

飞行执照和私人飞机。长得也很帅，不是梅尔·吉布森[1]那一款，但回头率不低。”

达伦·克罗不屑地哈哈大笑。“嘿，里佐利是根据外貌给嫌疑犯打分的。女警察都这么干吗？”

里佐利充满敌意地瞪了他一眼。“我的意思是，”她继续说，“这个家伙本可以拥有一打女朋友。可我听护士说，他唯独对科德尔感兴趣。他一直在约科德尔出去，这已不是什么秘密。而她也一直在拒绝他。或许是他开始失去耐心，生气了。”

“要对法尔科医生进行密切关注，”朱克说，“但别过早缩小范围。继续把重点放在科德尔医生这里。‘外科医生’选择她作为受害人，还有没有别的原因？”

摩尔将这个问题推翻。“如果她不是这场连环凶杀案的受害人呢？如果她一直是凶手的关注对象呢？每一次袭击都是对佐治亚州女孩遇害案的复现。科德尔也差点遭此毒手。我们一直不明白，为什么他要模仿安德鲁·卡普拉。我们也一直不明白，他为什么要把所有精力都集中在卡普拉案唯一的幸存者身上。”他指着名单，“其他姑娘，斯特林、欧提兹、佩顿，会不会只是替代品，暂代他的主要目标？”

“这叫作报复性目标理论，”朱克解释道，“你没法杀死那个你真正憎恨的女人，因为她太强大、太让人望而生畏了。所以你只能

---

① 梅尔·吉布森，爱尔兰裔美国男演员、导演，代表作有《血战钢锯岭》《疯狂的麦克斯》等，1996 年凭借《勇敢的心》获第 68 届奥斯卡最佳导演奖。

杀替身，来替代那个目标。”

弗罗斯特说：“你说他真正的目标一直是科德尔？可他又害怕她？”

“埃德蒙·肯珀[①]直到杀人计划快实施到尾声了，才对母亲下手，原因相同。”朱克说，“她一直是真正的目标，他看不起这个女人。但是，他把自己的盛怒发泄到了别的受害人身上。随着每次袭击，他象征性地将母亲形象不断打碎摧毁。他并不能在事实上真正杀了她，起码一开始时不能，因为她对他行使过太多的权力。从某种意义上说，他惧怕她。但是，随着每一次杀人，他不断获得自信、力量。在最后，终于达成自己的目标。他敲碎她的头骨，割下她的脑袋，强奸她。作为终极的侮辱，他扯下她的喉咙，并将它塞进垃圾处理机。要施暴的真正对象死亡时，他无休止的疯狂杀人计划才宣告结束。埃德蒙·肯珀也是在那时自首的。”

巴里·弗罗斯特通常是第一个在犯罪现场呕吐的人，联想到肯珀制造的残忍结局，他觉得有点反胃。“所以前三个袭击，”他说，“其实只是为重头戏的上演活跃气氛？”

朱克点点头。“为了杀死凯瑟琳·科德尔。”

凯瑟琳走进候诊室，向摩尔打招呼，他为她脸上的笑容深感悲伤，因为他知道，自己带来的消息一定会打碎这场欢迎的。现在，

---

① 埃德蒙·肯珀，美国连环杀手。从15岁开始，他陆续杀掉了包括自己的祖父母、母亲在内的10个人。

他眼中的凯瑟琳，不是一个受害者，而是一个温暖又美丽的女人，她一见到他就握住了他的手，似乎不愿意松开。

“希望现在是个方便说话的时间。”他说。

“我一直会给你预留好时间。”再一次，那令人神醉的笑容出现了，“你要喝咖啡吗？”

“不用了，谢谢。我精神还可以。”

“那就去我的办公室吧。”

她坐在办公桌后面，满心期待着他带来的任何消息。在过去几天里，她已经学会去信任他，她的目光毫无戒备，又满是脆弱。他以一个朋友的身份赢得了她的信任，现在他却要破坏这份信任。

“众所周知，”他开口了，“‘外科医生’是冲着你来的。”

凯瑟琳点点头，表示赞同。

“我们在考虑的是，为什么。为什么他要重演安德鲁·卡普拉案？为什么你成了他关注的焦点？你知道答案吗？”

她眼里闪烁着困惑。“我毫无头绪。”

“我们觉得你知道。”

“我怎么可能知道他的所思所想呢？”

“凯瑟琳，他可以在波士顿里随便挑一个女人跟踪。他可以选择一个对自己即将成为猎物毫无准备、毫无意识的人。去找个容易得手的人，这才是他应该干的、符合逻辑的行动。你是他能够选择的最难捕获的猎物，因为你已经对袭击有所防备了。然后是，他警告你、嘲讽你，让狩猎难度变大。他做的一切是为了什么？”

欢迎之情从她眼里消失了。忽然，她的双肩绷得平直，手握成拳头状按在桌上。“我一直和你说，我不知道。”

“你是唯一一个与安德鲁·卡普拉和‘外科医生’都有关联的人。”他说，“两者共同的受害人。就像卡普拉还活着，继续他的未竟之事。而他的未竟之事就是你——那个脱身之人。”

她垂首盯着桌面，盯着齐齐整整叠在收发箱里的文件，盯着她一直用紧凑工整的字体写的病历。不过她还是一动不动地坐着，手指关节突出，僵硬如象牙。

“关于安德鲁·卡普拉，你还有什么事情是没告诉我的？”摩尔平静地问。

“我无事向你隐瞒。”

“袭击你的那晚，他因何故去你家？”

“这与案情有什么关系呢？”

“你是唯一一个与卡普拉相识的受害人。其他的受害人都是陌生人，他在酒吧里勾搭上的。但你不一样，是他选择了你。”

“他来——可能是生我的气了。”

“他来找你为的是工作上的事。他犯了一个错误。你是这样对辛格警探说的。”

凯瑟琳颔首同意。“不仅仅是犯了一个错误，而是一连串的医疗事故。他没有跟进异常的血液检测。非常粗心大意。我于当天早些时候，在医院当面质问过他。”

“你和他说了什么？”

“我告诉他，他应该另谋高就。因为我不打算推荐他继续第二年的住院医生实习。”

“他威胁你了吗？或者表现出愤怒了吗？”

“没有。这才是最奇怪的。他只是默默地接受了，然后他……对着我微微一笑。”

“微笑？”

她点了点头。“好像这件事对他无关紧要一样。”

那幅场景让摩尔寒毛直竖。她当时并不知道，卡普拉的微笑之下掩盖着深不可测的暴怒。

“那天夜里，在你家，”摩尔问，“当时他袭击你——”

“我已经回忆过案发当晚的详情。在我的口供里。所有、一切，统统都在我的口供里。”

摩尔停下来。接着他不情愿地继续推进此次询问。“有些事你没告诉辛格。你遗漏的细节。”

她抬起头，脸颊因愤怒涨得通红。“我什么都没有遗漏！”

他讨厌自己被架在锅上，不得不向她逼问更多问题的模样，可是别无他法。他说：“我阅读了卡普拉的尸检报告。与你提供给萨凡纳警方的口供有出入。”

“我已经把经过原原本本地告知辛格警探了。”

“你说你当时躺着，身子垂挂在床边。然后你摸到了床底的枪。在那个位置你瞄准卡普拉，开了枪。”

“真相就是这样。我发誓。”

“通过尸检报告得知，子弹斜向上射进他的腹部，然后穿透胸椎，致使他瘫痪。这部分与你的口供一致。”

“那你为什么说我在撒谎？”

摩尔又一次停下来，满心反感，他不想继续问下去了，不想再伤害她了。“问题出在第二颗子弹，”他不得不继续说，“这次是近距离开枪，径直射穿了他的左眼。然而你当时躺在地板上。”

“我开枪的时候，他必定朝前弯下了腰——”

“必定？”

“我不知道，不记得了。”

“你不记得自己开过第二次枪？”

“是的。不是……”

“真相究竟是什么，凯瑟琳？”他说这话时声音很轻，但依旧无法磨钝话里的尖刺。

她猛地起身。“我不接受被人以这样的方式质问。我是受害人啊。”

“我是在努力地帮你活下去呀。我需要知道真相。”

“我已经把真相告诉你了！你是时候离开了。”她走到门边，用力拉开门，却惊讶得倒吸一口凉气。

彼得·法尔科正站在外面，手举着准备敲门。

“你还好吗，凯瑟琳？”彼得询问。

“一切都好。”她怒气冲冲地回答。

彼得用犀利的眼神看着摩尔。“这算什么，警察骚扰？”

“我在询问科德尔医生一些问题，仅此而已。”

“在走廊上听起来可不是这样。”彼得看向凯瑟琳，“你需要我送他出去吗？”

“我自己可以应付。”

“你没有义务回答任何问题。”

“我很清楚，谢谢。”

“好吧。但如果你需要我，我就在外面。”彼得给了摩尔最后一记警告的眼神，然后转身离开，回到自己的办公室。在走廊的另一头，海伦和开票员正目不转睛地看着她。一阵心慌，她再次把门关上。她背着摩尔独自站了一会儿。然后，挺直腰背，转身面向摩尔。无论她是现在还是以后回答，问题一直存在。

“我对你没有任何隐瞒，”她说，“如果我不能把当晚发生的一切告诉你，是因为我不记得了。”

“所以你提供给萨凡纳警方的口供不全是真的。”

“我录口供的时候，还在住院接受治疗。辛格警探通过告诉我发生了何事，来帮助我一点点把回忆拼凑起来。在那时，我对他说了我认为是准确的事。”

“但是现在你不确定了。”

她使劲地摇了摇头。“很难说哪段记忆是真实的。我记不起来的事情太多了，都怪卡普拉给我下的药，洛喜普诺。我的脑海里有时闪现某些片段，它们似真非真。”

“你现在还会想起闪回片段吗？”

“我昨晚又想起来了。这是数个月以来的第一次。我以为自己已经战胜它们了，它们已经远离我的生活了。”她走到窗边，凝视外面的世界。直冲云霄的混凝土建筑使人的视野暗淡无光。她的办公室正对着医院，可以望见一排又一排的病房窗户。这是对虚弱病患和垂死挣扎者的私密世界的窥探。

“两年看起来似乎非常漫长，”她说，“时间长到足够让人遗忘某些事情。但说实在的，两年真的什么都不是，什么都不算。那夜之后，我回不去自己的家了。我无法踏进那个罪恶现场一步。爸爸不得不收拾我的东西，带我到新住处去。当时我是住院总医师，对血和内脏司空见惯。然而只要回想起走在旧屋子的走廊上，打开旧卧室的门，我就会浑身打战，直冒冷汗。爸爸尝试去理解我，可他是个老军人，无法接受软弱。他认为这不过是另一场战争留下的创伤，总会痊愈的，然后你要把生活过下去。他告诉我要成熟一些，努力去战胜它。”她摇了摇头，挤出几分苦笑。“**战胜它**。说起来是多么轻巧的一件事啊。他不知道每天清晨迈出家门，走到车子那里，暴露在光天化日之下，对我而言何其难。后来，又过了一段时间，我都不和他说话了，因为我知道，他非常厌恶我的脆弱。好几个月我都没联系过他……”

“最后，我花了整整两年时间才抑制住恐惧。为的是过一种尚算正常的生活，我不再担心突然有异物从灌木丛里跳出来。我的人生回来了。”她揉了揉眼睛，迅疾又愤怒地擦去眼泪。声音渐渐小得近乎窃窃私语。“可是现在，我又失去它了……”

她紧紧抱着自己，浑身颤抖，拼命将泪水锁在眼眶里，为了不让自己失控，用手指死死地抠住手臂。摩尔站起身，朝她走过去。站在她身后时，摩尔想，如果自己碰碰她，会发生什么？她会甩开吗？光是男人的手碰一下也会让她反感吗？他无能为力地看着她蜷缩成一团，担心她可能会在自己眼前崩溃。

轻轻地，他把手搭在了她的肩膀上。她没有退缩，也没有闪躲。摩尔将凯瑟琳的身子转过来，手臂环绕着她，把她拉向自己的胸膛。他震惊于她的深不见底的伤痛。能感觉到她的整个身子也随着相同频率的震颤在晃动，宛如暴风骤雨击打下一座摇摇欲坠的桥。虽然她沉默无言，但摩尔觉察到了她颤动的呼吸、压抑的抽泣。他把自己的嘴唇贴在她的头发上。情难自已；她脆弱的需求唤醒了他内心深处的情感。摩尔用双手捧起她的脸庞，亲吻她的螓首、她的蛾眉。

她靠在摩尔的怀里，一动不动，接着他回过神来：我越界了。他马上放开了她。“对不起，”他说，“这一切不应该发生的。”

“是的，不应该。”

“你能忘了吗？”

“你能吗？”她温柔地问。

“我能。”他挺直腰背。接着他把话重复了一遍，语气比先前更坚定，好似在说服自己。“我能。”

她低头看着他的手，他知道她的目光聚焦在哪儿。他的婚戒。“看在你妻子的分上，我希望你能。”她说，故意以这番话给他灌输负罪感，目的达到了。

他端详着婚戒，这枚简单的金色戒指套在手上太久了，似乎已经与血肉融为一体。“她叫玛丽。”他说。他知道凯瑟琳在想什么：他背叛了妻子。现在，他要不顾一切地向她解释，来挽回自己在她眼中的形象。

“发生在两年前。脑出血。这病没有立刻夺去她的性命。我等了六个月，一直在祈祷着她能醒过来……”他摇摇头，“医生称之为长期植物人状态。上天啊，我讨厌这个词，‘植物人’。好像她是一株植物或者某种树。这是对她曾经作为一个活蹦乱跳的人的嘲弄啊。待到她去世时，我已经认不出她来了，我看不到任何玛丽留下的痕迹。”

她的触摸让他吃了一惊，他反而成为那个在这段关系中退缩的人。在一片沉默之中，他们借着从窗户透进来的暗淡微光，面对面看着彼此，他在想：任何亲吻和拥抱，都无法使我们的距离比此刻更近。二人之间能够分享的最为私密的情感既非爱，又非欲，而是苦。

对讲机传出嗡嗡声，打破了这场寂静。凯瑟琳眨了眨眼，好像突然才想起来她身处何地。她转身走到桌边，按下对讲机的按钮。

“你好？”

“科德尔医生，外科重症监护室刚刚来电。他们要你马上上楼。”

从凯瑟琳的目光中，摩尔看到了相同的想法：霓娜·佩顿出事了。

“是十二号床吗？”

“是的。病人刚刚醒了。”

第十一章

霓娜·佩顿瞪大双眼，满是狂躁。她四脚朝天，手腕和脚腕被四肢约束带严严实实绑在床栏杆上，在她奋力挣脱双手时，胳膊上的青筋胀得鼓鼓的。

“她大概五分钟前恢复了意识，”外科重症监护室的护士斯蒂芬妮说，“起初我注意到她的心率在加快，接着就看到她张开了双眼。我试过让她平静下来，但是她一直在挣扎。”

凯瑟琳看了看心电监护仪，发现她心率很快，但没到失常的程度。霓娜的呼吸也非常急促，偶尔伴有爆发性的气喘，使大量的稠痰从气管导管中喷出。

“是气管导管，”凯瑟琳说，“让她很惊慌。”

“那要不要给她用安定剂？”

摩尔站在门边，说：“我们需要她保持清醒。如果给她打镇静剂，我们就拿不到任何口供了。”

“她现在插着导管，反正也不能讲话。”凯瑟琳看着斯蒂芬妮，

“最近一次血气分析结果如何？可以拔管吗？”

斯蒂芬妮在笔记板上翻了翻检测记录。“临界值。她插着输氧量为 40% 的 T 形管时，血氧分压是 65，血二氧化碳分压是 32。”

凯瑟琳皱起眉头，别无选择。她想让霓娜醒着，能够和警察说话，但是她要同时处理好几个问题。谁都害怕管子卡在喉咙里带来的异物感，霓娜更是十分激动，挣扎得连手腕都磨破了。但是拔管也存在风险，手术之后，她的肺部还残留有积液，即使她现在呼吸着含氧量为 40% 的空气——是一般空气含氧量的两倍——血氧饱和度仍然不足。这就是凯瑟琳按兵不动的原因。如果拔了管，病人就会失去安全保障；如果留下管，病人会继续挣扎和激烈扭动；如果给她用镇静剂，那摩尔的问题就没有答案了。

凯瑟琳看着斯蒂芬妮。“准备好拔管。”

“你确定？”

“如果情况恶化，我会重新插管。”她从斯蒂芬妮的眼里看到：*说比做容易*。管子插进去好几天了，喉部组织或许会肿胀，重新插管变得难上加难。到时，唯一的选择只能是做紧急气管切开术了。

凯瑟琳绕到病人的头后面，温柔地捧起她的脸。“霓娜，我是科德尔医生。我准备拔管了。这是你想要的吗？”

病人拼命地点头，是尖利而绝望的回应。

“我需要你保持安静，可以吗？那样我们就不会伤到你的声带。”凯瑟琳抬头一瞥，“面罩准备好了吗？”

斯蒂芬妮举起塑料氧气面罩。

凯瑟琳捏了捏霓娜的肩膀，以示安慰。她撕下固定管子的胶带，让空气从气球般的套囊里排出。“深吸气，呼气。”凯瑟琳说。她看着胸腔鼓起，在霓娜吐气时，凯瑟琳小心翼翼地抽出了管子。

随着气管拔出，霓娜又是一阵猛烈的咳嗽和喘息，喷出一些黏液。凯瑟琳抚摸着她的头发，小声地安慰她，同时斯蒂芬妮快速地把氧气面罩戴到她脸上适当的位置。

“你做得很好。”凯瑟琳说。

但是心电监护仪上的小光点仍在快速地跳动。霓娜惊恐的目光仍然牢牢地抓住凯瑟琳，好像凯瑟琳就是自己的生命线，不敢让她离开自己的视线。看着病人的双眼，凯瑟琳心生一种让她惊恐不安的熟悉感。*这是两年前的我，在萨凡纳的医院醒来。从一场噩梦惊醒，又到另一场……*

她看着那些缚住霓娜手腕和脚腕的带子，记起被绑是件多么恐怖的事。她曾经被安德鲁·卡普拉以这样的方式绑过。

“把束带解开。”她说。

“但她可能会把身上的管线扯下来。”

“把它们解开！”

斯蒂芬妮被她这么一喝，羞得涨红了脸。她一言不发地解开束带。她不明白；没人能明白，除了凯瑟琳自己，即使在萨凡纳噩梦过去两年之后，她还是无法忍受穿紧袖口的衣服。当最后的一条束带解开，她看见霓娜的嘴巴在嚅动，无声地传递着信息。

“*谢谢你*。”

慢慢地，心电图的哔哔声渐缓。在稳定的心跳背景声中，两个女人凝望着彼此。如果说凯瑟琳已经从霓娜眼里认出了一部分自己，那么霓娜似乎也是如此，从凯瑟琳的眼里认出了自己。受害人之间无言的姐妹情谊。

我们这群人，比大家所知的，要多得多。

“你们可以进来了，警探。”护士朝门外喊道。

摩尔和弗罗斯特走进小隔间，发现凯瑟琳正坐在床边，握住霓娜的手。

“她希望我能留在这里。”凯瑟琳说。

“我可以叫一位女警官来。”摩尔说。

“不，她需要的是我，”凯瑟琳说，“我不走。”

她直视摩尔，眼神执着，他意识到眼前的人和几个小时前在他怀里的人并非同一个；这是凯瑟琳的另一面，言辞激烈、富有保护欲，在这件事情上，她绝不会退让。

他点头表示同意，然后坐在床的另一侧。弗罗斯特装好盒式收录机，坐在床脚一个不太显眼的地方。这是弗罗斯特的温柔，他安静且彬彬有礼，所以摩尔挑了他来参加这次询问。霓娜最不愿意面对的就是一个过于咄咄逼人的警察。

她的氧气面罩已经摘下，换上了鼻套管，氧气嘶嘶地从管子里进入她的鼻孔。她在两个男人之间瞟来瞟去，眼睛警惕地观察任何威胁或突如其来的手势。摩尔保持轻柔的声音，小心翼翼地介绍了自己和巴里·弗罗斯特。他引导她完成了开场白，确认她的名字、年龄和住址。他们已经知道这些信息了，但是通过她在录音过程中的陈述，他们查实她的精神状况，并证实她意识清醒，有能力进行谈话。她回答问题时声音沙哑，语调平淡，毫无情感。她的冷漠疏离让摩尔惶恐不安；他觉得自己好像在听一个死人说话。

“我听不到他进我家的任何声响，”她说，“直到他站在我的床头，我才醒过来。我不该让窗户开着，我不该吃那些药……”

“什么药？”摩尔轻声问。

“我有睡眠障碍，因为……”她的声音越来越小。

“性侵？”

她扭头看向别处，躲避他的目光。“我整晚整晚地做噩梦。去诊所的时候，他们给我开了这些药。能帮助我入睡。”

然后，噩梦，一个真正的噩梦，悄无声息地直接走进了她的卧室。

“你看见他的脸了吗？”他问。

“当时很黑。我能听见他的呼吸声，但是我没法动，也没法大声呼救。”

“你已经被绑起来了吗？”

“我不记得他做过这个，也不记得是怎么发生的。”

摩尔想，在她完全清醒之前，他就先用氯仿制服了她。

“霓娜，然后发生了什么？”

她呼吸加速。在她的床上方的监视器显示，她的心跳也加快了。

“他坐在我床边的一把椅子上。我能看见他的影子。”

“他做了什么？”

“他——他和我说话了。”

“他说什么？”

“他说……”她吞了吞口水，“他说我很脏。被玷污了。他说我应该为自己的不洁感到羞耻。然后他——他要切掉我被污染的那部分，让我重新变得纯洁。”她停顿了一下，低声说：“那时我知道，自己要死了。”

虽然凯瑟琳已经是面如死灰，但受害者本人看起来却是异乎寻常地镇静，好似她在讲述另一个不相干的女人的梦魇，而非自己的。她不再看着摩尔，而是直勾勾地盯着他身后的某个地方，远远地看见一个女人被绑在床上。“外科医生”坐在椅子上，隐藏在黑暗之中，相当平静地讲述他计划的下一步恐怖行动。摩尔觉得，这是“外科医生”实施计划的前戏。他很兴奋。这是女人恐惧的气味。他以此为食。坐在床边，他往霓娜的脑子里灌满死亡的画面。汗水在她的皮肤上绽放，散发着恐惧的酸臭味。于他而言，却是一种他万分渴求的奇特香味，他拼命地闻，欢悦至疯狂。

“接下来发生了什么？”摩尔说。

没有回应。

“霓娜？”

“他把台灯照向我的脸。光直直地射在我的眼睛上，所以我看不见他。我只能看见刺眼的灯光。他还给我拍了照片。”

“然后呢？”

她看向摩尔。“然后他就离开了。”

“他把你独自留在屋子里？”

“不是。我听见他走来走去的声音，还有电视声——一整晚，我都听到电视声。”

手法已经发生变化，摩尔猜想，他与弗罗斯特互相交换了一个震惊的眼神。“外科医生”现在更自信、更大胆了。不同于以往在短短几个小时内杀掉一个人，他现在延宕了杀人的时间。他把猎物绑在床上整整一晚，外加第二天，让她苦思冥想她即将要经受的折磨。他不惧风险，延长她的恐惧，是为了最大程度地延续自己的快乐。

监视器上的心跳又加速了。虽然她的声音听上去单调又毫无生气，但平静的外表下，恐惧暗流仍在涌动。

“霓娜，接下来发生了什么？”他问。

“下午的某个时候，我一定是睡着了。当我醒来时，天又黑了。我很渴，满脑子想的都是，我好想喝水……”

“他离开过你吗？你曾一个人待在屋子里吗？”

“我不知道。我只能听见电视声。当他把电视关掉时，我知道，我知道他要回到我待的房间了。”

“他回来时，开灯了吗？”

“开了。”

“你看清楚他的脸了吗？”

“只看见了眼睛。他戴着口罩。就是医生戴的那种。”

“但是你确实看见了他的眼睛。”

“是的。”

“你能把他认出来吗？之前见过这个男人吗？”

一阵漫长的沉默。摩尔在等待着他所期盼的答案，紧张得心怦怦直跳。

接着，她缓缓地回了一句：“没有。”

他颓在椅子上。房间里紧张的氛围忽然消失殆尽。对受害人而言，“外科医生”是个陌生人、无名氏，选择对她作案的原因仍然成谜。

他掩饰着声音里的失望，说：“霓娜，描述一下他吧。”

她做了个长长的深呼吸，闭上双眼，好似在努力回忆往事。“他有……他有一头短发，剪得十分齐整……”

“什么颜色？”

“棕色。浅棕色。”

与他们在埃琳娜·欧提兹尸体伤口上发现的那根头发吻合。“所以他是白种人？”摩尔问。

“是的。”

“眼睛呢？”

“非常浅的颜色。蓝色或者灰色。我不敢直视他。”

“他什么脸型？圆形？椭圆形？”

“窄脸。”她停顿了一下，“常见脸型。”

“身高和体重？”

“很难形容——”

“你尽量估一下。”

她叹了口气。“平均水平吧。”

平均水平。常见。这是一个长得与他人别无二致的怪物。

摩尔转向弗罗斯特。“给她看看‘六件套’。”

弗罗斯特递给他一本大头照，之所以叫“六件套”，是因为每一页上都贴有六张照片。摩尔把册子放在床边的小桌板上，推至病人面前。

在随后的半小时里，她翻看这本册子，没有片刻的停顿，他们一边观望着，内心的希望一边在逐渐沉没。众人沉默不语，房间只剩送氧的嘶嘶声和纸张的翻页声。这些照片是那些臭名昭著的性犯罪者的。霓娜一页又一页地翻照片，在摩尔看来，这些脸似乎永无尽头。这些陈列于册子上的形象是男性阴暗面的代表，以人类面具伪装了卑鄙的冲动。

他听见有人在敲小隔间的窗户。抬头一看，是简·里佐利在向他打手势。

摩尔走出去，和她说话。

“还没锁定疑犯吗？”她问。

“我们准备颗粒无收。他当时戴了医生用的口罩。”

里佐利皱起眉头。“为什么戴口罩？”

“这可能是仪式的一部分，也是他兴奋的原因之一。他幻想扮演医生角色。他告诉受害人，要把被污染的器官切除，所以他知道她是性侵受害者。那他切掉了什么？他直奔子宫而来。”

里佐利凝视着小隔间，轻声说：“我能想到他戴口罩的另一个原因。”

“是什么？”

“他不想让她看到他的脸。不想被她认出来。”

“但是那意味着……”

“正如我一直所说，”里佐利转身，看着摩尔，“‘外科医生’非常希望霓娜·佩顿能活下来。”

我们对人心的真切了解是多么微乎其微啊，凯瑟琳一边研究霓娜·佩顿的胸片一边思考着。

她站在半明半暗的地方，凝视固定在灯箱上的胶片，观察着骨头和器官投射的阴影。胸廓，横膈膜，以及位于上方的心脏。它不是灵魂的居所，仅仅是一个由肌肉组织构成的泵，不比肺和肾神秘多少。然而，即使像凯瑟琳这样有着深厚科学背景的人，看着霓娜·佩顿的心脏时，也不能不为其象征的意义动容。

这是一颗大难不死的幸存者的心脏。

她听见隔壁房间有声音传来。是彼得，他正在问档案员要病人的胶片。片刻之后，他走进读片室，看见她还站在灯箱旁，停了下来。

“你还在这儿呢？”他说。

“你不也一样。”

“可是我今晚值班。你为什么不回家？”

凯瑟琳把身子转回去，对着霓娜的胸片。“我想先等病人的情况稳定下来。”

他来到她身边站着，那么高大，那么有压迫感，让她不得不抑制自己想挪步的冲动。他审视着胸片。

“除了有些肺不张，我觉得不需要太担心。”他盯着胸片角落的名字——“无名氏”，“是十二号床的那个女人？被警察重重包围的那个？”

“是的。”

“我看见你给她拔了管。”

“几个小时之前。”她不情不愿地回答。她不想谈论霓娜·佩顿，也不想透露她个人被卷入这件案子了。但是彼得仍在不依不饶地问问题。

“她的血气分析还正常吗？”

“达标的。”

“她其他情况还稳定吗？”

“稳定的。”

“那你为什么不回家？我来替你照顾她。”

“我想要亲自照看这个病人。”

他把手搭在她的肩膀上。“你是从什么时候开始不信任自己的搭档的？”

她立刻被彼得的触碰吓得一动不动。他觉察到了，并抽开自己的手。

两人沉默了片刻，彼得走开了，开始把自己带来的 X 光片挂到灯箱上，迅速地将其推到合适的位置。他带来了一系列的腹部 CT 片子，用光了一整排的夹子。他挂完之后，一动不动地站着，眼睛被反射在眼镜上的 X 光片图像遮住了。

“我不是敌人，凯瑟琳。”他轻声说，眼睛没有看她，而是把目光集中在灯箱上，“我希望我能让你相信这一点。我一直在想，肯定是我做了什么、说了什么，才让我们之间的关系发生了变化。”最后，他转向她：“我们曾经依赖彼此，至少是一对亲密无间的工作搭档。该死的，就在几天前，我们几乎是在那个男人的胸腔里携手合作的！可是现在，你甚至连我帮你照顾病人都不肯。到如今，你还是不了解我、不信任我吗？”

“在这儿的外科医生，我最信任的就是你。”

“那到底怎么回事？我早上去办公室，才知道有人闯进来过。你却不和我说这件事。我问你十二号床病人的情况，你也不告诉我。”

“警察让我别说。”

“这段时间警察似乎控制了你的生活。为什么？”

“我无权讨论这个问题。”

“我不只是你的工作伙伴，凯瑟琳。我想我是你的朋友。”他朝她迈了一步，彼得身材高大，他的突然靠近让她觉得自己都要犯幽闭恐惧症了，“我看得出来你很害怕。你把自己锁在办公室里。看起来已经好几天没休息了。我不能袖手旁观。”

凯瑟琳从灯箱上猛地一把扯下霓娜·佩顿的胸片，塞进信封里。“与你无关。”

“有关，只要影响到你了，就和我有关。”

她的防御立即变成了愤怒。“那我就直说了，彼得。是的，我们一起工作，是的，作为外科医生，我尊重你。我喜欢你这个搭档。但是，我们不必分享彼此的生活，也不必分享彼此的秘密。”

“为什么不呢？”他柔声说，“你有什么事情怕让我知道？”

她凝视着他，被眼前这个男人温柔的声音弄得乱了心神。在那一刻，她最想做的事情就是卸下包袱，告诉他在萨凡纳发生的所有令人羞耻的细节。但是，她知道如此坦白的后果。她明白，被性侵意味着永远有污点，永远当个受害者。她无法忍受同情，尤其是来自彼得的，他的尊重对她而言就是一切。

“凯瑟琳？”他向她伸出手。

她双眼饱含泪水，看着他伸过来的手。就像一个溺水的女人宁愿选择暗黑的深海也不愿选择被救援那般，她没有去抓住那只手。

相反，她转身，离开了房间。

第十二章

无名氏已被转移。

我手上抓着一试管她的血，摸起来很冷，真令人失望。它在抽血员的架子上放得太久了，试管里的人体热量已经透过玻璃管身散发出去，消逸在空气中。冷掉的血就是死物，既没有力量，也没有灵魂，无法打动我。我注意到上面的标签，贴在管身上的白色长方条，印着病人的姓名、房间号和医院代码。虽然姓名写的是“无名氏”，但我知道谁才是这管血的真正主人。她不再待在外科重症监护室，已经被转到外科538号病房了。

我把那管血插回架子，那里还放着另外两打试管，用蓝的、紫的、红的和绿的橡皮塞塞住管口，每种颜色代表不同的处理程序。紫色是血细胞计数，蓝色是血凝试验，红色是化学成分和电解质检测。有些红塞的试管，里面的血液已经凝固成暗黑色的柱状胶体。我逐一翻找那一堆检验单，找出无名氏那张。今天早晨，科德尔医生开了两张检验单：全血细胞计数和血清电解质检测。我仔细翻查了昨晚的检验单，发现了另一份申请医生为科德尔的单据复印件。

“即时动脉血气分析，拔管后。通过鼻导管吸入2升氧气。”

霓娜·佩顿已经被拔去管子了。她现在是自主呼吸，不用工具辅助，不用喉部插管。

我一动不动地坐在工作站里，满脑子想的不是霓娜·佩顿，而是凯瑟琳·科德尔。她觉得自己已经赢得这场比赛的胜利了？她以为自己是霓娜·佩顿的拯救者？是时候让她弄清自己的位置了，是时候让她学会低头谦卑了。

我拿起电话，打给医院食堂。接电话的是个女人，背景音十分嘈杂。接近中午饭点了，她没时间耗在闲聊上。

“这里是五楼西区病房，”我撒谎说，“我们可能弄混了两个病人的订餐单。你能告诉我538号病房的餐单吗？”

等待片刻，她敲击键盘，调出信息。

“清流食。”她回答，“对吗？”

“是的。谢谢你。”我挂断电话。

今早的报纸说，霓娜·佩顿仍然昏迷不醒，危在旦夕。消息是假的，她醒了。

如我所料，凯瑟琳·科德尔救了她的命。

一个抽血员走到我的座位旁，放了满满一盘采血试管到柜台上。我们相互笑了笑，日常习惯，两个友善的同事彼此想当然地以为对方是好人。她很年轻，坚实挺拔的乳房在白色制服的包裹下凸起如甜瓜，她的牙齿整齐洁白。拿起一沓新的检测申请单，她朝我摆摆手，转身离开。我在想，她的血尝起来是不是咸的。

机器嗡嗡咯咯地响着，像一首绵延不断的摇篮曲，让人昏昏欲睡。

我走到电脑前，调出五楼西区的病人名单。那里有二十个房间，排成一个大写的“H”，而护士站坐落在“H”的横杠上。我顺着病人名单往下看，一共是三十三个人；我仔细查看了他们的年龄和病情诊断。我在第十二个名字处停了下来，这个病人住在521号房。

“赫尔曼·格瓦多夫斯基，69岁。主治医生：凯瑟琳·科德尔。诊断：多发性腹部创伤，实施紧急开腹手术。”

521号房与霓娜·佩顿的病房，分别位于两条相互平行的走廊上。从521号房看过去，看不到霓娜的房间。

我点击了一下格瓦多夫斯基的名字，调出他的检查流程表。他已经住院两周，流程表很长，一屏幕接着一屏幕。我能想象到，他手臂的静脉上满是针孔和瘀伤。从血糖值看，他患有糖尿病。白细胞计数偏高，表明有某种感染。同时，我注意到，他脚部伤口的拭子样本的细菌培养结果还没出来。糖尿病影响了四肢的血液循环，腿部肌肉开始坏死。我看到，还有一个取样也还没有细菌培养结果，那是从中心静脉导管所在位置上采集的。

重点是电解质。他的血钾浓度在稳步上升。两周前是4.5，上周是4.8，昨天是5.1。他年迈且患有糖尿病，肾脏每天力不从心、气喘吁吁地排出堆积在血液中的毒素。比如钾离子。

照此下去，不费吹灰之力，他的身体就会被逼到崩溃的边缘。

我从未见过赫尔曼·格瓦多夫斯基——至少，没有面对面见过。我走到试管架旁，坐在柜台前，一一看着管身上的标签。这一架子试管来自五楼东区和西区的病房，共有二十四支。我找到了那支红橡皮塞试管，来自521号房。是格瓦多夫斯基先生的血。

我拿起那支试管，放在灯下，慢慢转动，细细观察。还没有凝固，里面的液体看起来又黑又咸，扎进格瓦多夫斯基静脉的针好似打到了一口死水井。我拔开管塞，闻了闻里面的液体。是一股老朽的尿素味，感染的甜腥味。我闻到，这具肉体已经开始腐烂，但大脑冥顽不化，仍然否认包裹它的外壳正在死去。

就这样，我与格瓦多夫斯基先生相识了。

虽然这段友谊不会持续太长时间。

安吉拉·罗宾斯是个勤勤恳恳、认真负责的护士，她很生气，因为赫尔曼·格瓦多夫斯基10点钟要注射的抗生素还没送来。她走到五楼西区的病房管理员那儿，说："我还等着格瓦多夫斯基的静脉注射液呢。你能帮我打电话到药房问问吗？"

"你检查过药房来的推车了吗？它9点就到了。"

"上面没有给格瓦多夫斯基的东西。他现在得注射特治星。"

"啊，我才想起来。"管理员站起身，走到另一个工作台旁，台面上有个收件箱，"这是四楼西区的助手不久前拿上来的。"

"四楼西区？"

“输液袋被送错楼层了，”管理员检查了一番标签，“格瓦多夫斯基，521A。”

“是的。”安吉拉回应，然后拿走了那小袋注射液。在回房间的路上，她读了读标签，确认病人名字、开药医生，以及特治星在生理盐水输液袋里的剂量。一切似乎都准确无误。十八年前，安吉拉刚刚开始工作，那时注册护士只要走进病区供应室，拿起一袋注射液，加入必需的药物就行了。后来一些疲惫不堪、粗心大意的护士犯了错，闹出几起轰动一时的案子，这一切都变了。现在，即使是一袋最简单的加钾生理盐水，也必须经医院药房之手。这使本就错综复杂的医疗体系又多了一个齿轮，多了一层管理，安吉拉对此非常不满。由于这个原因，注射液晚到了整整一小时。

她给格瓦多夫斯基的静脉输液管更换了新的药水袋，并将袋子挂到杆子上。换药时，格瓦多夫斯基躺着一动不动。他昏迷不醒整整两个星期了，身上已经散发着死亡的气息。安吉拉是一个久经历练的护士，能清楚地辨认出这种味道，像酸臭的汗水，那是死神光临的序曲。每当她闻到这种气味，就会与其他护士窃窃私语：“他挺不过去的。”在她调高输液速度、检查病人生命体征时，心里还是这么想。*他挺不过去的*。尽管如此，她还是尽职尽责，给予每个病人同样细心的照料。

到时间做擦洗浴了。她接了一盆温水，放在床边，浸湿毛巾，开始给格瓦多夫斯基擦脸。他仰躺在床上，嘴巴大张，舌头干燥开裂、沟壑纵横。要是他们让他走就好了，要是他们把他从这无边地狱中解救出来就好了。可是他儿子不允许改变这种生不如死的状态，所以老人得继续活着——如果这能叫作活着——心脏仍在日渐腐朽的外壳里继续跳动着。

她脱下病人的病号服，检查中心静脉导管处的皮肤状况。伤口看起来有些发红，她很担心。手臂上能下针的地方已经被她们用光，这里是现在唯一能进行静脉注射的地方了。安吉拉非常小心地保持着伤口的干净和绷带的新洁。擦完身子之后，她会替换新的敷料。

她擦了擦躯干，毛巾扫过凸起的肋骨。她知道他一直都不是个肌肉壮实的男人，现在他胸膛只剩下一层薄如羊皮纸的皮肤铺在骨头上。

安吉拉听见了脚步声，看见格瓦多夫斯基的儿子走进这个房间，她不大高兴。只瞥了一眼，就让她周身竖起了防备盔甲——他就是这种人，总是指责他人的错误和缺点。他经常对妹妹这么干。一旦安吉拉听见他们俩吵架，她就不得不克制自己为妹妹辩解的冲动。毕竟，安吉拉没有资格去告诉这个所谓的儿子什么是霸凌。但是她也没必要对他过分友好。所以她只是点点头，继续擦身子。

“他怎么样？”伊凡·格瓦多夫斯基问。

“毫无起色。”安吉拉声音冷淡，一副公事公办的样子。她希望他快离开，结束那假模假式的关心，让她能继续工作。她非常敏锐地意识到，促使伊凡这个儿子现身于此的原因，爱只占了其中微不足道的一部分。他来负责料理父亲，是因为把控别人是他习以为常的事情，他不会放弃对任何人的控制，即使是死神。

“医生来问诊了吗？”

“科德尔医生每天早上都来。”

“她对他仍然昏迷的情况怎么解释？”

安吉拉把毛巾放进盆子，挺直腰杆看着他。“我不知道该说些什么，格瓦多夫斯基先生。”

“这种情况会持续多长时间？”

“取决于你。”

“什么意思？”

“你难道不觉得，还是让他离开比较好一点儿吗？”

伊凡·格瓦多夫斯基死死地盯着她。“对！这样能让所有人的生活都轻松一些，不是吗？还能给医院空出一张床来呢。”

“这不是我说那些话的本意。”

“我知道医院有经营压力。病人待的时间过长，医院就得额外承担这些压力。”

“我只是在说哪种方式对你父亲来说才是最好的。”

“医院本本分分做好自己的工作就是最好的。”

在说出任何会令自己后悔的话之前，安吉拉转过身，从盆里抓起毛巾，用颤抖的手拧干。*别和他置气，做好你的工作。他是那种给三分颜色就能开染坊的人。*

她把湿毛巾放到病人的腹部，直到那时，她才意识到老人没有了呼吸。

马上，安吉拉伸手去探病人的颈部脉搏。

“怎么了？”伊凡问，“他还好吗？”

她没回应，从他身边挤过去，跑到走廊上。“蓝色警报！”她大喊，“发起蓝色警报，521 号房！”

凯瑟琳从霓娜·佩顿的房间冲出来，转过拐角，跑进隔壁走廊。相关人员已经拥进 521 号房间，人多得往外溢，走廊上聚集着一大群瞪大双眼的医学生，他们伸长脖子想要看看这场抢救行动。

凯瑟琳拨开人群，挤进房间，用盖过一片混乱的声音大喊：“怎么了？”

格瓦多夫斯基的护士安吉拉说：“他刚刚停止呼吸了！没有脉搏。”

凯瑟琳走到床边，看到另一个护士已经把氧气面罩扣在了病人的脸上，源源不断的氧气正在灌进肺里。一个实习医生把手叠在病人的胸上，随着每一次按压，心脏会挤压血液，迫使它们穿过动脉和静脉，去供养器官，供养大脑。

“心电电极片贴好了！”有人喊道。

凯瑟琳的目光飞向监视器。屏幕上的轨迹显示心脏有心室纤维性颤动。心室不再收缩，反而是每块肌肉都在抖动，心脏已经变成了一个软塌无力的袋子。

“除颤器充上电了吗？”凯瑟琳问。

“一百焦耳。”

“开始吧。”

护士将除颤电极板压在病人胸口，大声说：“所有人往后退。”

除颤电极板开始工作，往心脏输送脉冲电流。这个男人的躯体从床垫上猛地弹起，像一只掉到了热煎锅上的猫。

“还在室颤！”

“静脉注射一毫克肾上腺素，接着再以一百焦耳电击他一次。”凯瑟琳说。

肾上腺素流进中心静脉导管。

“旁人退后！”

又一次电击，又一次身体弹起。

在监视器上，心电图的轨迹持续上升，然后收缩成一条颤抖的线。这是一颗垂死心脏的最后挣扎。

凯瑟琳低头看着她的病人，心想：我如何才能复活这堆干瘪的骨头啊？

“你想……要……继续吗？”实习医生气喘吁吁地问。一滴汗水从他的脸颊滑落，所经之处连成了一条闪光的线。

我一点也不想给他急救，她心里想，正当准备结束这一切时，安吉拉耳语：

“他儿子在这，正看着呢。”

凯瑟琳眼睛瞥向伊凡·格瓦多夫斯基，他正站在门口。现在别无选择了。如果没有竭尽全力，他就不会给你好果子吃。

监视器上，那条颤抖的线正上下起伏，像描画出波涛汹涌的海面。

“再试一次，”凯瑟琳说，“这次调到两百焦耳。抽血送去做即时电解质检查。”

她听见急救用手推车的抽屉吱呀一声被打开。有人拿出采血管和注射器。

“我找不到他的血管！”

“用中心静脉导管。”

“往后退！”

除颤电极板放电时，所有人都走开了。

凯瑟琳观察着监视器，期盼电击能使瘫痪的心脏重新活跃起来。结果恰恰相反，那条轨迹垮了下来，几乎毫无起色。

又一针肾上腺素被注进中心静脉导管。

实习医生满脸通红，汗流浃背，继续按压胸口。一双新的手接过苏醒球，把空气挤进肺里，像在奋力把生气吹进一个干瘪的躯壳里。凯瑟琳听见周围人说话的声调已经发生了变化，紧迫感荡然无存，用词单调且死板。现在不过是做做样子，抢救失败无可避免。她环顾房间，床边至少围着一打人，看来彼此心知肚明。他们只是在等待她的指令。

她开口了。“宣布死亡时间吧。”她说，“11 点 13 分。”

房间里一片安静，所有人默默向后退了一步，注视着他们没能救活的病人——赫尔曼·格瓦多夫斯基，他正躺在一座布满密密麻麻的线路和静脉输液管的围城里，逐渐冰冷。一个护士关掉心电监护仪，示波器复归空白。

“心脏起搏器呢？”

凯瑟琳在急救单上签字签了一半，扭头看见病人的儿子走进房间里。“已经无药可救了，”她说，“我很抱歉。我们没能让他的心脏再次跳动起来。”

“为什么他们没有用心脏起搏器？”

“我们尽力了……”

“你们只是电了他一下而已。”

*而已？*她朝房间四周看了看，到处都是他们努力过的证明：用过的注射器和药瓶，撕开的皱巴巴的包装袋。每次战斗之后散落一地的医疗用品残骸。其他人待在房间里静静观望，等着看她要如何处理这件事。

她放下刚刚在上面写字的夹板，愤怒的话已冲到嘴边，却没有机会说下去了。她猛地转身看向门口。

在病区的某个地方，有个女人在高声尖叫。

说时迟那时快，凯瑟琳冲出病房，护士们紧随其后。她火速拐过转角，发现自己的助手正站在走廊上，一边抽泣一边指着霓娜的房间。房外的椅子是空的。

应该有个警察在这儿守着，他人呢？

凯瑟琳啪一下推开房门，整个人都傻了。

首先映入眼帘的是鲜血，像闪闪发亮的丝带沿着墙壁流淌下来。然后，她看见了自己的病人，脸朝下，四肢摊开趴在地板上。

霓娜倒在了从病床去往房门的中途，好像是她踉踉跄跄，挣扎了几步才倒下。手上的静脉输液管已经断开，生理盐水从胶管的开口淌到地上，流成一汪清澈的水泊，就在那摊面积更大的红色血泊旁边。

他来过，“外科医生”刚刚来过。

虽然每一个本能都在朝着她喊，后退、快逃，但是她还是强迫自己走上前，跪在霓娜身边。鲜血浸湿了她的刷手服裤子，还是温热的。她把那副躯体翻转过来。

一看见这张苍白的脸、惊恐瞪大的双眼，她就知道霓娜已经死了。就在不久之前，我还听着你的心跳呢。

慢慢地，她从茫然中清醒过来，抬起头，只见到一圈受惊的脸。“警察，”她问，“警察在哪里？”

“我们不知道啊——”

她颤颤巍巍地站起身，其他人往后退，让她走过去。凯瑟琳没意识到自己正踩出一路血迹，她离开房间，目光狂乱地在走廊上扫来飞去。

“我的上帝啊！”一个护士惊呼。

走廊的尽头，一条暗线正在地板上匍匐前进。那是血，它正从供应室的门底下蜿蜒而出。

第十三章

里佐利的目光越过案发现场的封条，投入霓娜·佩顿的病房。喷溅而出的动脉血已经干结，墙上像飘着几条节日庆典的红丝带。她沿着走廊走到供应室，警察的尸体被发现的地方。房门口也缠上标记犯罪现场的胶带。里面密密麻麻地放着一堆输液杆，储物架上放着便盆和脸盆，以及盒装手套，这些东西上面洒满了 Z 字形的不规则血迹。他们的一个伙计死在了这个房间里，现在对于波士顿警局的每个警察来说，抓住“外科医生”成为他们个人义不容辞的事情。

她转身问站在附近的巡警：“摩尔警探在哪儿？”

“在楼下的管理处。他们正在调看医院的监控录像。”

里佐利打量了一番病区走廊，没发现有监控摄像头。他们肯定没有这条走廊的监控录像。

她下楼，悄悄溜进会议室，摩尔和两个护士正在回看监控录像带。没人注意到她，他们都全神贯注地盯着显示屏，上面正播放着录像。

这个摄像头对准的是五楼西区的升降梯。在视频里，电梯门正打开着。摩尔在这个画面按下暂停键。

“这里，”他说，“这是第一批在蓝色警报响起后下电梯的人。一共是 11 个，他们非常着急。”

“这就是蓝色警报响起后所希望达到的效果，”护士长说，“当公告响彻医院广播系统时，任何有空的人都应该去支援。”

“仔细看看这些脸，”摩尔说，“每一个你都认识吗？有没有不应该在的人？”

“我看不全所有人的脸。他们是成群结队下电梯的。”

“你呢，莎伦？”摩尔询问第二位护士。

莎伦把身体倾向屏幕。“这里的三个，她们是护士。还有这边的两个小伙子，他们是医学生。我认出这里的第三个男人——”她指着屏幕上方，“是个护理员。其他人看起来都非常脸熟，但是我叫不出他们的名字。”

“好吧，”摩尔的声音里透着倦意，“我们来看看剩下的吧。然后再看楼梯间的监控录像。”

里佐利往里走，靠得更近一些，一直走到护士长的正后方才停下来。

屏幕上，画面回放，电梯门紧闭。摩尔按下播放键，电梯门再一次打开。11 个人走出电梯，像一头多脚动物急急忙忙赶到急救现场。里佐利瞧见了他们脸上的紧迫感，即使视频没有声音，那种危机感也十分明显。那群人消失在屏幕的左端。电梯门关闭。不一会儿，电梯门再次打开，涌出另一群神色匆忙的人。里佐利数了数，有 13 个人。不到三分钟的时间，已经有 24 个人到达了这一层——这仅仅是搭电梯来的人。又有多少是走楼梯来的呢？里佐利越看越吃惊。天衣无缝的时机啊。发出蓝色警报就如同触发一场狂奔。散落在医院各个角落的几十个人都集中到了五楼西区，任何穿着白大褂的人都能悄无声息地混在人群中，溜进来。毫无疑问，嫌犯一定是站在电梯后部，藏在别人身后。他小心翼翼，让别人挡在他与摄像头之间。警察面对的是一个极其了解医院运作模式的罪犯。

她看着第二群乘电梯的人消失在屏幕上。其中有两张脸被遮得严严实实的。

现在，摩尔更换了录像带，监控画面也发生了改变。他们看到的是楼梯间的门。一段时间里无事发生。突然门被打开了，一个穿着白大褂的男人冲了进来。

“我知道他。马克·诺贝尔，实习医生。”莎伦说。

里佐利拿出她的线圈笔记本，记下这个名字。

门又被打开了，这次是两个女人，都穿着白色制服。

“这是维罗妮卡·塔姆，”护士长指着那位个子矮一点的女人说，“她在五楼西区工作。警报响起时她正在休息。”

“另一个呢？”

“我不知道。看不清楚她的脸。”

里佐利写下：

10 点 48 分，楼梯间监控摄像头：

维罗妮卡·塔姆，护士，在五楼西区工作。

未知女性，黑发，身着白袍。

总共拍到了 7 个人从楼梯间的门进来。护士认出了其中 5 个。里佐利数了一下，到目前为止，一共有 31 人通过电梯或楼梯来到案发现场。加上五楼本来就有的员工，警察们至少要对 40 个医护人员进行调查询问。

“现在来看看警报生效时和结束后，人们离开时发生了什么，”摩尔说，“这个时候他们不跑了。或许你们能说出更多的人和名字来。”他把视频快进，在屏幕的底部，时间前进了八分钟。急救还在进行，但那些帮不上忙的人已经准备离开病区了。监控摄像头只捕捉到他们走向楼梯间的背影。一开始，是两个男医学生，片刻之后，第三个，是身份不明的男子，他独自离开。接着，隔了很长时间都没有人，摩尔快进，跳过这段记录。然后是一行四人同时出现在楼梯间。当时是 11 点 14 分。那时警报已经正式结束，赫尔曼·格瓦多夫斯基被宣告死亡。

摩尔更换录像带。他们又一次把目光对准电梯。

等他们把视频又看完一遍时，里佐利已经在线圈笔记本上写了整整三页纸，统计了在蓝色警报生效期间抵达现场的人数。有 13 个男性和 17 个女性对紧急情况作出了回应。现在，里佐利要数一数有多少人是在警报结束之后离开的现场。

这些数字对不上。

最后摩尔按下停止键，屏幕一片空白。他们已经盯着视频看了一个多小时，两个护士看上去都心有余悸。

里佐利开口，打破了房间的宁静，声音似乎把她们俩都吓了一跳。“你们当班的时候，有男职工在五楼西区工作吗？”她问。

护士长把目光集中在里佐利身上，她似乎很惊讶，没察觉到有另一个警察不知怎地就悄无声息溜进了房间。“有个男护士会在3点的时候过来。但是我当班那会儿没有男的。”

“所以说，在蓝色警报响起时，没有男职工在五楼西区工作？”

“可能会有男住院医师在那一层，但是没有男护士。”

“哪位住院医师？你记得吗？”

“他们总是进进出出，四处查房。我不会一直跟着他们。我们有自己的工作要完成。”那个护士看着摩尔，“我们确实需要回病房了。”

摩尔点点头。“你们可以走了。谢谢。”

里佐利一直等到两个护士离开房间，才对摩尔说：“‘外科医生’已经到病区了。实际上早于蓝色警报响起。难道不是吗？”

摩尔站起来，走到录像机前。她能够看到他肢体语言表现出来的愤怒——他一把拽出机器里的录像带，又一把将另一盘录像带塞进机器里。

“有13个男人到达五楼西区，却有14个男人离开。多出来一个。说明他必须一直待在那里。”

摩尔按下播放键。楼梯间的监控视频又开始滚动播放了。

“该死的！摩尔。克罗负责安保。现在我们失去了唯一的目击证人。”

他仍然没有开口，只是一味地盯着屏幕，观察那些如今已十分熟悉的身影在楼梯间门口出现又消失。

“嫌犯穿墙而过，”她说，“隐藏在稀薄的空气中。有9位护士在那层楼工作，却没有一个人察觉到他的存在。他妈的，他一直和她们待在一起。”

“这是一种可能。”

“他是如何找上那个警察的？为什么警察会被说服离开病人的房门口，走到供应室去？”

“肯定是警察熟悉之人，或是不构成威胁之人。”

在抢救广播激动人心的号召之下，每个人都争前恐后去挽救一条生命，医院职工自然会向一个站在走廊上的警察求助，自然会请他帮忙抬一些放在供应室里的物品。

摩尔按下暂停键，“这里，”他轻声说，“我想，这就是我们的嫌犯。”

里佐利紧盯屏幕。这个独行男人在警报响起之初就早早地走出了楼梯间的门。他们只能看到他的背影。他穿着白大褂，戴着手术帽。帽子下露出一小截修剪整齐的棕色头发。身材瘦长，肩膀狭窄，体态前倾，像一个行走的问号。

“这是唯一能看见他的地方，”摩尔说，“我在电梯监控视频里找不到他。也没看见他从楼梯间的门进来。但他是用这种办法离开的。看到他是怎样不用双手，而是用屁股顶开门了吗？我敢说他没留下任何指纹。如此小心谨慎的一个人，看看他弯腰弓背的样子，好像他知道自己会被拍到。他清楚我们正在找他。”

“我们有他的身份信息了吗？”

“没一个护士能喊出他的名字。”

“天哪，他就在她们眼皮子底下。”

“当时还有很多人。每个人的焦点都在拯救赫尔曼·格瓦多夫斯基上。除了他。”

里佐利走近屏幕，她的目光凝固在那个被框在白色走廊里的孤独身影上。虽然看不见他的脸，但她仍然感受到了寒意，好似自己正在窥视着那双恶魔之眼。**“外科医生”，是你吗？**

“没人记得见过他，”摩尔说，“没人记得与他一起乘过电梯。然而他就在那里。如同鬼魂，任意出现又消失。”

“在急救开始八分钟之后，他就离开了。”里佐利看着屏幕上的时间说，“有两个医学生正好走在他前面。”

“是的，我和他们聊过了。他们要在 11 点去听一个讲座。这是他们早早离开急救现场的原因。他们俩没注意到嫌犯紧随其后进了楼梯间。”

“所以我们连个目击证人都没有。”

“只有摄像头。”

她还在与时间死磕。在急救中的八分钟，是一段相当长的时间。她尝试在脑海里编排一遍犯案经过。走到警察面前：10秒。让他跟着你沿走廊走几英尺，走到供应室：30秒。割他的喉咙：10秒。走出去，关上门，进入霓娜·佩顿的房间：15秒。杀死第二个受害人，离开：30秒。所有时间加起来最多两分钟。还剩下六分钟。这段额外的时间他用来做什么？清理自己？现场有大量血液，可能有一部分溅到了他身上。

他有足够的时间去处理。视频上这个男人从楼梯间的门走出去有十分钟了，助理护士才发现霓娜的尸体。那时候，他可能已经驾车逃逸到一英里之外的地方了。

作案时间严丝合缝。嫌犯行动如同瑞士手表一般精确。

突然，里佐利挺直上身，顿悟如同一股电流击中她全身。“上帝啊，他知道，摩尔，他知道那里将有一次蓝色警报。”她看了看他，从其平静的反应得知，他已经知道这个结论了，“格瓦多夫斯基有访客吗？”

“他儿子。他的护士一直都待在房间里。急救病人时，她就在那里。”

“急救前发生了什么？”

“她换了新的静脉注射液。我们已经送那袋液体去化验了。”

里佐利转头看回视频，屏幕上身着白大褂的男人的身影正定格在离去中途。“这毫无道理。他为何要冒此等风险？”

“这是一项扫尾工作，为的是解决掉那个烂摊子——目击证人。”

“可是霓娜·佩顿到底见到了什么？她只能看见一张戴着口罩的脸。他知道她认不出他来的。他也知道她构不成威胁。然而还是费尽心机、不嫌麻烦去杀了她，把自己暴露在被逮捕的危险之下。他图什么呢？”

“满足感。他最终完成了杀人仪式。”

“但他本可以在她的家里完成。摩尔，那晚他却让霓娜·佩顿活了下来。这意味，他原本就打算以这种方式结束一切。”

“在医院？”

“是的。”

“出于何种目的？”

“我不知道。但是我发现一件很有意思的事，在病区的所有病人里，他选择了赫尔曼·格瓦多夫斯基作为转移注意力的工具。这是凯瑟琳·科德尔的病人。”

摩尔的寻呼机忽然响起。他回电话时，里佐利将注意力又放回到屏幕上。她按下播放键，看着那个穿白大褂的男人走近楼梯门。他歪着屁股，顶开门闩，走进楼梯间。一点也没让自己的脸暴露在摄像头之下。她按下倒带键，打算再看一遍视频。这一次，在他些微转动臀部时，她看到了白大褂之下有个隆起的物件。在右边，腰部位置。他藏的是什么？替换衣物？还是作案工具？

她听见摩尔对着电话喊：“别碰！留在原地。我马上就来。”

等他挂断电话，里佐利问：“谁的电话？”

“是凯瑟琳，”摩尔说，“嫌犯刚刚又给她寄了一封信。”

“这是跨部门的邮件，”凯瑟琳说，“我一看见信封，就知道是他写的。”

里佐利看见摩尔戴上了一副手套——她觉得这项预防措施毫无用处，因为“外科医生”从来就没在任何证物上留下过任何指纹。这是一个大号的棕色公文袋，用线绕扣封口。顶部空白行处印着蓝色墨水字：“致凯瑟琳·科德尔。来自 A.C. 的生日问候。”

是安德鲁·卡普拉，里佐利想。

“你没打开吧？”摩尔问。

“没有，我立刻把信放在了桌上。然后通知你。”

“真是个好姑娘。”

里佐利觉得他的回应有几分居高临下，但凯瑟琳显然不这么想，她对他露出一个略带紧张的微笑。两人彼此之间交换了某种东西。一个眼神，一股暖流，里佐利带着一阵痛苦的嫉妒捕捉到了这个场景。*他们俩的关系比我觉察到的更加亲密*。

“感觉很空。”摩尔说。他用戴着手套的手解开绕在扣子上的线。里佐利扯过一张白纸，铺在工作台上，去接信封里的东西。摩尔掀开封口，倒转信封。

一缕光滑的红棕色细线滑出来，在那张白纸上堆成闪闪发光的一团。

一阵寒意袭上里佐利的脊背。“看起来像人的头发。”

“天哪，我的天哪……”

里佐利转身，看到凯瑟琳惊恐地慢慢退后。她看了看凯瑟琳的头发，又看了看从信封里掉出来的那缕。*是她的，头发是科德尔的*。

“凯瑟琳，”摩尔温柔地安慰，“它可能根本不是你的呢。”

她焦躁不安地看着他。“如果是呢？他是怎么弄到的——”

“你放了梳子在手术室的储物柜里吗？或者在你的办公室？”

“摩尔，”里佐利说，“看一下这些头发。它们不是从梳子上取下来的。根部是被剪了的。”她转身朝向凯瑟琳：“科德尔医生，上一次给你剪头发的人是谁？”

凯瑟琳缓缓靠近工作台，凝视着这些被剪掉的头发，仿佛在盯着一条剧毒的蝰蛇。“我知道他什么时候剪的，”她慢慢地吐出这句话，“我记得。”

“什么时候？”

“就是那晚……”她满脸震惊地看着里佐利，“在萨凡纳。”

里佐利挂断电话，看向摩尔。“已经和辛格警探确认过。她确实有一缕头发被剪掉了。”

“为什么这个细节没出现在辛格的报告里？”

“科德尔是在住院的第二天，照镜子时才发现的。既然卡普拉已经死了，犯罪现场又没找到任何毛发，辛格自然以为头发是医院的护理人员剪的。可能是在急救期间剪的。记得吗？科德尔脸上的瘀青很严重。急救人员可能要剪掉一些头发，以便清理她的头皮。”

“辛格确认过是医院的人剪的吗？”

里佐利扔下铅笔，叹了口气。“没，他没跟进。”

“他就这样弃之不顾了？他从来没有在报告里提及，是因为这个细节说不通？”

“对，这确实说不通！为什么剪下来的头发没有随着卡普拉的尸体一起在现场被找到？”

“凯瑟琳不记得当晚大多数的细节。迷奸药抹去了她至关重要的那部分记忆。卡普拉或许中途离开了，随后又返回。”

“好吧。最大的问题是，卡普拉已经死了。这个纪念品是如何落到‘外科医生’手上的？”

对此，摩尔无法给出答案。两个杀手，一个存活，一个死亡。是什么，将两个怪物绑在了一起？他们彼此的联系不仅仅是精神维度上的，现在还有了实物，一些众人看得见摸得着的东西。

他低头看着两个证据袋。一个贴的标签写着：“未知的被剪头发”。第二个装着凯瑟琳的头发样本，用于比较。他亲自剪断这些红棕色头发丝，将其放进密封证物袋里。这样的头发确实是个诱人心房的纪念品。头发是如此私密，一个女人顶着一头秀发，与它共枕。它具有香味、颜色和质感，是女性精髓之所在。难怪凯瑟琳得知一个陌生男人拥有过她如此私密的东西时，吓得瑟瑟发抖。要知道，他抚摸过、深闻过这缕头发，如同爱人一般熟悉她的气味。

如今，“外科医生”对她的味道了如指掌。

将近午夜，但她房间的灯还亮着。透过紧闭的窗帘，他看见她的身影从窗后掠过，他知道她还醒着。

摩尔走到巡逻警车前，弯下腰和坐在车里的两个巡警说话。“有什么异常吗？”

“自打她回到家之后，就再没离开过这栋楼。一直在踱步。看样子她要度过一个不眠之夜了。”

“我进去和她聊聊。”摩尔说，然后转身过马路。

“要待一整晚吗？”

摩尔止步，僵硬地回过身去看那个巡警。“你说什么？”

“我说你是要待一整晚吗？如果是，我们会把这个情况报告给下一组蹲守的人。让他们知道有个伙计在楼上陪她。”

摩尔强忍着怒火。巡警的问题合乎情理，所以他为何那么快就动怒了？

因为我知道午夜走进她的家门，在别人眼里会是什么样子。我知道他们脑子里在想什么。同样的事，也在我的脑子里想着。

他一走进她的公寓，就看出了她眼中的疑惑，于是以一个严肃的点头做了回答。“恐怕实验室已经证实，他寄来的就是你的头发。”

她以一种惊愕的平静接受了这个消息。

厨房传来烧水壶的口哨声，水沸腾了。她转身，离开玄关。

摩尔把门锁上时，目光停留在新换的反光刺眼的门栓上。面对一个能穿墙而过的对手，即使是千锤百炼的钢铁，也显得那么弱不禁风。他跟着她走进厨房，瞧着她关掉烧水壶下的火。凯瑟琳笨手笨脚地拿出一盒茶包，当茶包掉了出来，散落到烹饪台上时，她惊得倒吸了一口凉气。如此微不足道的小事故，却像一次毁灭性的打击。突然，她瘫倒在柜台上，双手紧握，发白的肘关节死死地抵着白色的瓷砖。她竭尽全力止住哭泣，不想让自己在摩尔眼前崩溃，可是她支撑不住了。摩尔看见她深深地吸了一口气，肩膀紧缩，整个身体都在拼命抑制抽泣。

他再也看不下去了。走到她身边，把她拉到自己怀中。当她在摩尔的怀抱里瑟瑟发抖时，他搂住了她。他一整天都想着拥抱她，渴望着这个时刻。他不愿意事情变成这样——她被恐惧逼进他的怀抱。他不想只做一个避风港、一个可供依赖的对象。

但是这恰恰是她此时所需要的。所以，他用自己把她裹起来，使她免受恐怖夜魇的侵扰。

“为什么又发生这种事？”她喃喃低语。

“凯瑟琳，我不知道。”

“是卡普拉——”

“不是。他已经死了。”摩尔捧起她泪湿的脸庞，让她看着自己，“安德鲁·卡普拉已经死了。”

她凝望着他，仍然留在他的臂膀里。“那为什么‘外科医生’选择了我？”

“如果有人知道答案，那就是你。”

“我不知道。”

“或许答案藏在潜意识里。但你亲口告诉过我，你并不完全记得在萨凡纳发生的事情，不记得你开过第二枪，不记得谁剪了你的头发、什么时候剪的。还有什么是你不记得的？”

她摇摇头。然后，被寻呼机的声音吓了一跳，又眨了眨眼。

为何不能让我清静清静？他走到厨房墙上的电话旁去回复传呼。

里佐利以一种类似指责的口吻向他打招呼。“你在她家。”

“猜得对。”

“不是，来电显示。现在是半夜。你知道你在做什么吗？”

他很不耐烦地说：“你找我有什么事？”

“她在听吗？”

他看见凯瑟琳离开了厨房。没有她的存在，房间忽然变得无比空旷，他也意兴阑珊。

“没有。”他说。

“我一直在考虑头发的事情。你知道吗，还有一种解释可以说明她是怎么得到这缕头发的。”

“是什么？”

“是她寄给了自己。”

“我无法相信我居然听到了这个。”

“我无法相信你居然没考虑过这个可能性。”

“动机是什么？”

“相同的动机会让男人从大街上跑进警局，承认他们从未犯下的谋杀。看看她吸引了多少关注！你的关注。现在是半夜，你还在她家，对她过分关心。我不是说‘外科医生’没跟踪她。但是头发事件让我退了一步思考，喊一声‘停’，是时候去看看有没有别的事件发生。‘外科医生’是怎么得到这缕头发的？是卡普拉两年前给‘外科医生’的吗？他已经死在她家的地板上了，又是怎么做到的？你也瞧见了，她的口供与卡普拉尸检报告有出入。我们都知道，她没告诉我们全部的真相。”

“这份口供是辛格警探从她嘴里套出来的。”

“你觉得这是辛格编的故事？”

“想想辛格要承受的压力吧。四起谋杀案。每个人都叫着喊着快点找到杀手。然后他有了一个完美无瑕的解决方案：罪犯已经死亡，被他的预定受害人给杀了。凯瑟琳帮辛格结了案，尽管是他把话塞到她嘴里的。”到此，摩尔停顿了一下，“我们需要知道那晚在萨凡纳到底发生了什么。”

“当时只有她一个人在现场。并且她声称自己只记得一部分事情。”

摩尔抬起头，看见凯瑟琳又回到厨房。“那不一定。”

第十四章

“你确定科德尔医生愿意做这个？”亚历克斯·波洛恰克问。

“她在这儿等着你了。”摩尔说。

“你说服她了吗？因为如果被催眠的人很抗拒，那催眠术是不起作用的。她必须得全身心地配合，不然就是浪费时间。”

里佐利说这次会面就是浪费时间，她的观点也得到了小组里其他警探的认可。他们觉得催眠就是一种休闲表演，是拉斯维加斯艺人和厅堂魔术师的行为。摩尔曾经一度同意他们的看法。

梅根·弗洛伦斯案改变了他的想法。

1998 年 10 月 31 日，10 岁的梅根走在放学回家的路上，一辆车停在了她身边。后来，她再也没有活着回来。

此绑架案的唯一目击者是一个站在附近的 12 岁男孩。虽然他非常清楚地看见了车，能说出车的样子和颜色，却记不起车牌号。几周之后，案件停滞不前，女孩的父母坚持要聘请一位催眠治疗师，去与这个男孩见面。因为所有的调查手段都已山穷水尽，警方不得不勉强同意了此次催眠。

整个过程，摩尔都在场。他看见亚历克斯·波洛恰克轻轻地引导男孩进入被催眠的状态，惊讶地听着男孩轻声背出车牌号。

梅根·弗洛伦斯的尸体在两天后被发现埋在了诱拐犯的后院。

摩尔希望，波洛恰克作用于男孩记忆上的魔法，现在能在凯瑟琳·科德尔身上重现。

这两个人现在就站在会客室的外面，透过单向镜看着坐在窗口另一侧的凯瑟琳和里佐利。凯瑟琳表现得非常不安，在椅子上动来动去，不时瞥一眼窗口，好像知道她正被人观察着。旁边的小桌上放着一杯茶，她一点都没动。

“即将要唤醒的是一段痛苦的记忆，”摩尔说，“她可能愿意合作，但对她而言，这并不愉快。袭击发生时，她还处在洛喜普诺的药效之下。”

“一段两年前被麻醉的记忆？加上你说这记忆不纯粹。”

“萨凡纳的警探可能在审讯过程中加了某些暗示。”

“你知道我是不可能创造奇迹的。我们在这次会面得到的任何东西都无法被采纳为证据，任何据此得出的证词将来提交到法庭时都无效。”

“我知道。”

“你还是坚持要做？”

“是的。”

摩尔打开门，两个人走进了会客室。“凯瑟琳，”摩尔说，“这就是我之前和你提起的那个人，亚历克斯·波洛恰克。他是波士顿警察局的司法催眠师。”

凯瑟琳和波洛恰克握了握手，挤出一个紧张的微笑。

“很抱歉，”她说，“我不知道我在期待什么。”

“你以为我会穿着黑斗篷，拿着魔杖。”波洛恰克说。

“虽然是个非常滑稽的画面，但确实，期待事项里有这一项。”

“结果你见到了一个又秃又胖的家伙。”

她又笑了，姿态稍微放松了一些。

“你从来没做过催眠？”波洛恰克问。

“没有，老实说，我觉得我做不到。”

“为什么你会这样想？”

“因为我不太相信催眠。”

“然而你已经同意让我试一试。”

“摩尔警探认为我应该尝试一下。”

波洛恰克坐在一把正面对着她的椅子上，说：“科德尔医生，你没必要相信催眠能对破案起效果。但是你必须要相信它对你有帮助。你得信任我。你必须愿意去放松，让催眠进行下去。让我引导你进入改变的状态。这很像夜晚你入睡前经历的阶段。你不会睡着。我保证，你能清醒地意识到身边发生的一切。但你会非常放松，以至能够触及自己日常无法到访的深处记忆。就像一步步开启脑海中的档案柜，到最后你能拉开抽屉，拿出档案。”

“我不相信这一点，即催眠能强迫我把记忆捡起来。”

“不是强迫你捡起来。而是帮你捡起来。”

“好吧，帮我捡起来。让我觉得不太可能的是催眠能帮我把自己无法触及的记忆给拔出来。”

波洛恰克点头同意。“的确，你的怀疑是对的。看起来不太可能，是吧？这儿有一个记忆是如何被封锁的例子。我们称之为反作用定律。你越用力去回忆某件事，就会越难想起来。我肯定你也经历过。我们都一样。比如说，你在电视屏幕上看见一个非常著名的演员，也认识她。但你就是喊不出她的名字来。这让你很抓狂。你花了一个小时去想她的名字，费尽心神。甚至怀疑自己是不是得了早期的阿尔茨海默病。这种事在你身上发生过吧。”

“总是如此。”凯瑟琳现在的笑是发自内心的。很显然，她喜欢波洛恰克，觉得与他相处非常舒服。一个好的开始。

“最终，你记起了那个女演员的名字，对吧？”他说。

“是的。”

“一般发生在什么时候呢？”

“当我不再那么努力去想时。当我放松下来去想别的事情时。或者是躺在床上准备入睡时。”

“就是这样。当你放松之时，当你的精神不再拼命去抓那个档案柜的抽屉时，奇迹发生了，抽屉自己打开了，档案自己弹了出来。这样说是否让催眠术的概念听起来更加合理些？”

她点头同意。

“好，我们接下来要做的，就是帮助你放松。让你够得到那个档案柜。”

“我不确定自己能否完全放松下来。”

“是这个房间的原因？还是这把椅子？”

“椅子很完美。是……”她看着摄像机，心神不安，“是观众。”

“摩尔警探和里佐利警探会离开房间。至于摄像机，它只是一个物件，一台机器而已。你可以这样想。”

“我觉得……”

“你还有别的顾虑？”

中间一阵沉默。后来她轻声说：“我很害怕。”

“因为我？”

“不是，是因为这段记忆。害怕再经历它。”

“我绝不会让你这么做的。摩尔警探告诉我，这段记忆对于你而言，是一道伤口。我们不会让你再经历一遍的。我们会走另一条路去接近它。所以恐惧不会遮挡你的记忆。”

“那我怎么知道它们是真实的，而不是我编造的？”

波洛恰克顿了一会儿。“这个问题值得注意。你的记忆可能不再纯粹了。时间已经过去得太久。我们只能利用剩余在那儿的记忆。我现在应该告诉你，我对你的案子知之甚少。我试着不去了解太多，以免影响你回忆此事。我所知道的是，这件事已经过去两年了，涉及一桩针对你的袭击，并且你被下了迷奸药。除此之外，一无所知。所以，催眠时出现的任何回忆都是你自己的。我所能做的就是帮助你打开那个档案柜。”

她叹了口气。“我想我准备好了。”

波洛恰克看向两名警探。

摩尔点了点头，随后他与里佐利一起走出了会客室。

从窗户的另一侧，他们看见波洛恰克拿出一支钢笔和一沓纸，放在他旁边的桌子上。接着他又问了她几个问题。她做过什么能让自己放松下来？是否存在一个特别的地方、一段特别的记忆，让她能感觉到格外平静？

“在夏天，当我还是少年时，”她说，“我常常去位于新罕布什尔州的祖父母家玩耍。他们在湖边有一间小屋。”

“描述给我听。尽可能详细一点。”

“屋子非常安静，很小。有一个正对着湖的宽敞门廊。屋子旁边长着一大丛野生覆盆子。我过去常常摘浆果。在通往码头的小路上，我的祖母种有黄花菜。”

“所以，你记得浆果、鲜花。”

“是的，还有水。我喜欢那个湖。我经常在码头上晒太阳。”

“很高兴知道这些。”他草草在纸上记了几笔，又放下笔，“好。让我们从做三次深呼吸开始。每一口气都缓缓地吐出来。就是这样。现在，闭上双眼，只专注于我的声音就好。”

摩尔看着凯瑟琳的眼皮慢慢地合上。“开始记录。”他对里佐利说。

她按下录影键，录像带开始转动。

在隔壁房间，波洛恰克引导着凯瑟琳完全放松下来，指示她首先把注意力放在脚趾上，让紧张感缓缓流散。现在，松弛感慢慢遍布小腿，她的脚随之变得软弱无力。

“你真的相信这玩意儿？”里佐利说。

“我见过它的效果。”

“好吧，或许吧。因为它也让我犯困了。”

他看着里佐利，她正交叉双臂站在一旁，下嘴唇不可一世地噘着，带有固执的怀疑。“先看看。”他说。

“她什么时候能飘在空中？”

波洛恰克已经引导凯瑟琳将放松重点转移到更高的身体部位，向上移至她的大腿、背部、肩膀。她的手臂现在软弱无力地垂在身体两侧。面容变得舒缓平静。呼吸节奏逐渐变缓慢、深沉。

“现在，我们要去往一个你爱的地方，”波洛恰克说，“你祖父母在湖边的小屋。我想要你看见自己正站在那个宽敞的门廊上。面对着湖水。暖风和煦，静谧如常。唯听到鸟儿啁啾，别无其他。万物一片宁静祥和。日光映照湖面，满是波光粼粼……”

极其安静的神情浮现在她的脸上，摩尔几乎不敢相信这是同一个人。他在那里看见了一个温暖的、充满了蔷薇色美好期望的年轻女孩。我看见了她孩童时的模样，他想。她在失去纯真、在成年后经历失望之前的样子，她在安德鲁·卡普拉留下印记之前的样子。

“湖水清澈明媚，湖光潋滟旖旎，”波洛恰克说，“你走下大门廊的台阶，迈上通往湖边的小路。”

凯瑟琳一动不动地坐着，脸部全然放松，手无力地搭在膝盖上。

“脚下的土地柔软。阳光倾泻而下，温暖着你的背。小鸟在树上叽叽喳喳。你可以完全放心。越往前走，就越感觉平静。一种深邃的安宁包裹着你。小路两边开满了黄花菜。它们散发出香甜的气息。擦身而过时，能闻到空气里的芬芳。这是一种非常特别、带有魔力的香气，让人不由自主地想睡觉。你一路前行，步履越发沉重。花香宛如一种药，令人更加放松。日光的热量正在消解残存于你肌肉之中的紧张感。

“现在，你走近了湖边。看见码头尽头停着一艘小船。你走上码头。水面平静，似明镜，似玻璃。小船在水里纹丝不动，只是漂浮着，尽可能地保持着稳定。这是一艘魔力之船，可以载你去任何想去的地方。想去哪里，就去哪里。你只要上船就行。所以，抬起你的右脚，迈进船里。”

摩尔盯着凯瑟琳的脚，看见她的右脚确实已经抬起，悬在离地面几英寸的半空。

“这就对了。把右脚放进去。船很稳。它牢牢地托住你，很安全。你可以完全自信自在。现在把你的左脚放进去。”

凯瑟琳的左脚从地板抬起，又慢慢放下。

“上帝啊，我不相信这个。”里佐利说。

“你亲眼所见呢。”

“是的。可我怎么知道她是真的被催眠了，而不是假装的？”

“确实不知道。”

波洛恰克把身子靠得离凯瑟琳更近一些，但没有碰到她，只是用自己的声音引导她进入催眠状态。“解开小船绑在码头上的缆绳。现在，小船可以自由自在地于水面上行走。你在掌船。你只要想着某个地方，魔法就会指使小船带你去那儿。”

波洛恰克瞄了一眼单向镜，点了点头。

“他现在准备带她回去了。”摩尔说。

“好的，凯瑟琳。”波洛恰克在那沓稿纸上匆匆记下引导的完成时间。“你将要驾着小船去往另一个时空。小船还是由你把控着。能看到，一层白雾从水面升腾而起，暖和又温柔的雾气轻触脸庞，感觉很美妙。小船慢慢滑进那团雾里。你伸手去拂水，水犹如丝绸。那么温暖，那么宁静。此刻，雾气消散，你能看到岸上有一栋建筑，就在前头。那栋建筑只有一扇门。”

摩尔发现自己和窗户靠得更近了。手紧绷着，脉搏加速。

“小船会带你去到岸边，然后你下船。踏上通往屋子的小径，打开那扇门。里面是个单间。铺有一层精美的厚地毯，上面摆着一把椅子。坐下来，这是你坐过的最舒适的椅子。你可以彻底放松了。一切尽在掌握中。”

凯瑟琳深深地吐了口气，好像她靠在了厚厚的靠垫上。

“现在开始望着面前的这堵墙，你能看到墙上有块电影屏。这是一块有着神奇力量的屏幕，因为它可以播放你生命中任何阶段的场景。想回溯到何时都行。你控制着它。可以让它往前或者倒退，可以让它停在某个特定的瞬间，一切取决于你。现在试一试吧。回到一个快乐的时光。在祖父母家湖边小屋的那段日子。你正在摘浆果。看见了吗？在屏幕上。”

凯瑟琳的回答姗姗来迟。当她开口说话时，声音如此轻柔，摩尔差点都听不见了。

“是的，我看到了。”

“屏幕上的你，在干什么？”波洛恰克问。

“我拿着一个纸袋。采摘浆果，然后放进袋子里。”

“那你摘的时候试吃了吗？”

一抹微笑显露在她的脸上，温柔亲和又如梦似幻。“啊，吃了。它们好甜。上面还带着太阳的温暖。”

摩尔紧皱眉头。这出乎他意料。她正在体验味道和触摸，这意味着她正重新经历那个时刻。不是透过屏幕观看，而是她就在现场。他看见波洛恰克带着担心瞥了一眼窗口。他选择以电影画面作为工具去让她从经历过的创伤中抽离。可是，她并没有抽身。现在波洛恰克犹豫不决，考虑着下一步该怎么做。

“凯瑟琳，”他说，“我想要你把关注点都集中在靠垫上。坐在椅子上，就在房间里，看着屏幕。注意到垫子非常软了吗？椅子紧紧抱住你的背，感受到了吗？”

一阵短暂的沉默。“是的。”

“好，好。现在，你就待在椅子上。别离开它。让我们用这块神奇的屏幕去瞧瞧你生活中一个不同的场景。你还是坐在这把椅子上，还能感觉到柔软的靠垫抵着背。接下来，你所看到的，只是在屏幕上播放的一场电影。好了吗？”

“好了。”

“从现在开始，”波洛恰克深深地呼了一口气，“我们将要回到6月15日在萨凡纳的那个夜晚。那晚，安德鲁·卡普拉敲响了你家前门。告诉我屏幕上正在播着什么场景？”

摩尔定定地看着，大气不敢出。

“他正站在我家门廊，”凯瑟琳说，“说需要和我聊聊。”

“关于什么？”

“关于他在医院犯下的错误。”

随后，她说的内容与她在萨凡纳提供给辛格警探的证词别无二致。她不情不愿地让卡普拉走进了家门。那是个炎热的夜晚，他说自己口渴了，所以她给他倒了杯啤酒。她也给自个儿倒了一杯。卡普拉焦躁不安，担忧自己的未来。是的，他犯错误了。但不是每个医生都会犯吗？如果将他踢出培训项目，那就是浪费他的才能。他认识一个埃默里大学的医学生，这个聪明小伙只是因为一个过失，就被终止了学业。凯瑟琳拥有决定别人职业前途的生杀大权，这很不合理。人应该被给予第二次机会。

虽然她试着和他讲道理，但她听见了他不断积聚的愤怒，看见了他的手在颤抖。最终，她起身去了卫生间，留他一个人冷静冷静。

“你从卫生间回来的时候呢？”波洛恰克问，“电影里发生了什么？你看见了什么？”

“安德鲁平静了一点。不再那么生气。他说理解我的处境。当我一饮而尽杯中酒时，他朝我微微一笑。”

“微笑？”

“很奇怪。一个很奇怪的微笑。和他在医院里给我的那个笑一样……”

摩尔能够听见她的呼吸开始加速。即使是一个旁观者，观看一场虚构的电影时，亦无法对即将到来的痛苦无动于衷。

“下面发生了什么？”

“我睡着了。”

“这是你在屏幕上看见的？”

“是。”

“然后呢？”

“我看不见任何事物。屏幕一片黑。”

原因是迷奸药。她没有这部分记忆。

“好吧，”波洛恰克说，“快进，跳过黑色部分。往前，到电影的下一个部分。你在屏幕上看到的下一个场景。”

凯瑟琳的呼吸变得很急促。

“你看见了什么？”

“我——我躺在床上。在我的房间里。手脚无法动弹。”

“为何不能？”

“我被绑在床上。衣服不见了。他压在我的身上。在我的身体里，在我的身体里动……”

“安德鲁·卡普拉？”

“是，是的……”她的呼吸现在很不稳定，恐惧的声音哽在了喉咙里。

摩尔捏紧拳头，连呼吸都加快了。此刻，猛击玻璃、立即停止催眠进程的冲动被他生生压制下去。他几乎忍受不了听这个叙述。他们不能让她再经历一遍性侵。

波洛恰克已经觉察出危险的苗头，他飞快引导她远离那段折磨人的痛苦记忆。

“你还坐在你的椅子上，”波洛恰克说，“带有电影屏幕的房间是安全的。那只是一场电影罢了。凯瑟琳，它发生在其他人身上。你很安全。安心可靠，从容自信。”

她的呼吸渐复平稳，慢慢地停留在一个稳定的节奏。摩尔也是。

“好的。我们继续看电影。关注你正在做什么，而不是安德鲁。告诉我接下来发生的事情。”

“屏幕又变黑了。我看不见任何东西。”

她还没摆脱迷奸药的影响。

“快进，跳过这段黑色画面。去下一段你能看见的场景。是什么？”

“光，我看见了光……”

波洛恰克暂停下来。“我想要你把镜头拉远，凯瑟琳。多看看这个房间。屏幕上是什么？”

“东西。摆在床头柜上。”

“是什么？”

“一些工具。手术刀。我看见了一把手术刀。”

“安德鲁在哪儿？”

“我不知道。”

“他不在房间里？”

“他已经走了。我能听见水流声。”

“接着发生了什么？”

她呼吸急促，声音焦躁。“我拉了拉绳子。尝试让自己重获自由。脚不能移动。但右手——手腕上的绳子松了。我拉绳子，一直拉，不停地拉。我的手腕在流血。”

“安德鲁还是不在房间吗？”

“是的。我却听见了他的大笑，他的声音，他待在屋子里的某个地方。”

“绳子怎么了？”

“我的手挣扎出来了。血液让绳索变得很光滑，于是手顺势滑了出来……”

“然后你怎么做？”

“我拿到了手术刀，割断另一只手腕上的绳子。每件事都要花费漫长的时间。我的胃很不舒服，手也不好使，它们太慢了。房间里的灯光明明灭灭。我还能听见他的声音，他在说话。我伸手割断左脚腕上的绳索。现在，我听见了他的脚步声。我试着爬下床，可是右脚腕还被绑着。我翻了个身，摔在地板上。正面落地。”

“然后呢？”

“安德鲁就站在那里，在门口。他看起来非常震惊。我伸手进床底，然后摸到了那把枪。”

“你的床底有一把枪？”

“是的。我父亲的枪。但是我的手太笨拙了，几乎拿不稳。然后，屏幕上的一切又回到了黑暗。”

“安德鲁在哪儿？”

“他正朝我走来……”

“接着发生了什么，凯瑟琳？”

“我拿起了枪。响了一声。声音非常大。”

“开枪了吗？”

“是的。”

“是你开的枪？”

“是的。”

“安德鲁在做什么？”

“他瘫倒在地上。手捂着肚子。鲜血从手指缝里渗出来。”

“然后发生了什么？”

随即而来是漫长的沉默。

“凯瑟琳？你在屏幕上看见了什么？”

“黑色。屏幕一片漆黑。”

“何时下一幕出现在屏幕上？”

“人。好多人在房间里。”

“什么人？”

“警察……”

摩尔失望得几乎要发牢骚了。这是她记忆里一段至关重要的空白。迷奸药，加上头部被重击的后遗症，把她拽回了昏迷状态。凯瑟琳不记得自己开过第二枪了。他们仍然不知道子弹是如何射进安德鲁·卡普拉的脑袋，导致他死亡的。

波洛恰克看向窗口，眼里充满疑问。他们满意了吗?

出乎摩尔意料，里佐利突然打开门，做手势示意波洛恰克走到隔壁房间。他照办，留下凯瑟琳一个人，并且关上了门。

“让她回去，回到开枪射杀卡普拉之前。她那时还躺在床上，”里佐利说，“我想要你重点关注从另一个房间传出的声音。水流声、卡普拉的笑声。我想要知道她听见的每一个声音。”

“有什么特殊原因吗？”

“照做便是。”

波洛恰克点点头，回到会客室。凯瑟琳没有变化；她一动不动地坐着，好像波洛恰克的离开让她进入了假死状态。

“凯瑟琳，”他轻声说，“我要你把电影倒退。我们回去，回到开枪之前，回到你解开双手，滚落地板之前。我们看那个你仍躺在床上而安德鲁不在房间的情景。你说你听见了流水声。”

“是的。”

“告诉我你听见的一切。”

“水。来自管道的水声。嘘嘘声。我听见水汩汩地流进下水道。”

“他正在往水槽里放水？”

“是的。”

“你说你还听见了笑声。”

“安德鲁在大笑。”

“他在说话？”

一阵停顿。“是的。”

“他说什么？”

“我不知道。离得太远了。”

“你确定是安德鲁吗？会不会是电视机的声音？”

“确定，就是他。安德鲁的声音。”

“好的。放慢节奏。一秒接着一秒。告诉我你听见了什么。”

“水，还在流着。安德鲁说，‘放轻松。’他说了‘放轻松’。”

“只有这个？”

“他说，‘看一遍，做一遍，教一遍。’”

“‘看一遍，做一遍，教一遍’？这是他说的？”

“是的。”

“你听到的下一句话是什么？”

“‘轮到我了，卡普拉。’”

波洛恰克顿了一下。“你能重复一遍吗？”

“‘轮到我了，卡普拉。’”

“安德鲁说的？”

“不，不是安德鲁。”

摩尔浑身如同掉入冰窟，他死死地盯着那个坐在椅子上一动不动的女人。

波洛恰克目光犀利地望着窗口，脸上浮现出讶异。他回过头看凯瑟琳。

“这句话是谁说的？”波洛恰克问，“是谁说‘轮到我了，卡普拉’？”

“我不知道。我不认识这个声音。”

摩尔和里佐利面面相觑。

屋子里还有另外一个人。

第十五章

他正和她待在一起。

里佐利的刀在砧板上笨拙地移动，一块块洋葱碎从料理台蹦落到地板上。在隔壁房间，她的爸爸和两个兄弟把电视声开得超级大。这间屋子的电视声总是那么响亮刺耳，令人心烦，这意味着屋子里的人说话都得大喊大叫。在弗兰基·里佐利的家如果你不铆足了劲儿高声吼叫，你根本不会被别人听到——家里一次平常的对话听起来也像一场争论。她把洋葱扫进碗里，开始切大蒜，此时眼睛被熏得火辣辣的，脑子里摩尔和凯瑟琳·科德尔的形象仍然挥之不去，令人困扰。

在波洛恰克医生的催眠结束之后，摩尔独自一人送科德尔回家。里佐利目送他们一起走进电梯，摩尔的手搂着科德尔的肩膀，这一举动让里佐利觉得他的心思不仅仅是保护她那么简单。她瞧得出来，他看科德尔的样子，脸上浮现的表情，眼睛里的火花。这副模样，不再是一个保护公民的警察，而是一个坠入爱河的痴汉。

里佐利把大蒜掰开，一瓣一瓣用刀面压爆，再把半脱落的蒜皮剥下来。她的刀重重地敲着砧板，站在灶台前的妈妈瞥了一眼，欲言又止。

他正和她待在一起。在她家里。或许是在她的床上。

她猛烈地拍着蒜瓣，释放自己内心积压已久的沮丧——“嘭嘭嘭”。她不知道，为何自己一想到摩尔和科德尔，就如此心烦意乱。也许是因为世间的圣人太少了，肯严格遵规守矩的人太少了，她以为摩尔是那类少数人之一。他给了她希望，即并不是所有人都有缺陷，然而现在他令她十分失望。

也许是因为她看到此种关系对案件调查来说，是种威胁。一个人在涉及自身利害关系的事件中是无法按照逻辑思考和行动的。

*又或许是因为，她在嫉妒凯瑟琳。*嫉妒一个男人只要看一眼，就会乖乖被吸引的女人。男人对一个身处困境的女人可太容易心生保护欲了。

在隔壁房间，她的爸爸和兄弟们正对电视机发出聒噪的欢呼声。她渴望回到自己安静的小公寓里，并开始在心里盘算着一个早点离开的理由。至少她得坐下来吃完晚饭。妈妈一直在提醒她，小弗兰基不常回家，小简怎么会不想多花点时间与她的哥哥待在一起？她不得不忍受一晚上去听弗兰基在新兵训练营的故事——今年招募的新兵蛋子是多可怜啊，现在的美国年轻人是多软弱啊，他得踢更多的屁股，才能让那些娘娘腔通过障碍赛。爸爸和妈妈会认真听他说的每一句话。让她愤怒的是，家里几乎从不过问她的工作。

迄今为止，这位有大男子气概的海军陆战队队员弗兰基，不过表演过几场演习罢了。她可是每天都在见证战斗，与真正的人、真正的杀手对抗。

弗兰基大摇大摆地走进厨房，从冰箱里拿了一瓶啤酒。“所以，什么时候能吃上饭？”他问，啪一下撬开瓶盖。简直把她当作了女佣。

“还要一个小时。”他们的妈妈回答。

“上帝啊，妈，已经7点半了，我要饿死了。”

“弗兰基，别乱发牢骚。”

“你知道吗，”里佐利说，“如果能得到你们一点点的帮助，那我们早就吃上饭了。”

“我可以等，”弗兰基边说，边转身回电视房。走到门口时，他停下来，说：“噢，我差点忘了。你收到一条信息。”

“什么？”

“你的电话响了。是一个叫弗罗斯提的家伙打来的。”

“是巴里·弗罗斯特吗？”

“差不多，是叫这个名字。他要你回电话。”

“什么时候？”

“你在外面移车的时候。”

“去你的，弗兰基！那是一个小时前的事了！”

“小简。”他们的妈妈开口阻止。

里佐利解开围裙，扔到台子上。“这是我的工作，妈！为什么就没有人尊重它？”她抓起厨房里的电话，按下了巴里·弗罗斯特的手机号。

第一声铃响时，他接起了电话。

“是我，”她解释道，“我才收到要回电话的信息。”

“你要错过这次抓捕行动了。”

“什么？”

“我们找到了一个罪犯，他的DNA与从霓娜·佩顿的尸体上采集的相匹配。”

“你说的是精液吗？这个人的DNA被收进CODIS里了？”

“与之匹配的犯人叫卡尔·帕切科。1997年被捕。罪名是性侵，可是被无罪释放了。他声称自己与受害人是你情我愿的，陪审团相信他了。”

“他是强奸霓娜·佩顿的人？”

“我们有DNA证明。”

她欢欣鼓舞地朝空气挥了一拳。“抓捕地址是？”

“哥伦布大道4578号。小组的人差不多都到了。”

“我就来！”

在她冲出门去的时候，她的妈妈在后面喊：“小简！晚饭怎么办？”

“我得走了，妈。”

“可这是弗兰基在家的最后一晚。”

“我们要去抓犯人。”

“他们没你就不行？”

里佐利停住脚步，手放在门把上，她的脾气发出危险的嘶嘶声，临近爆炸边缘。她非常清楚地看到了，无论自己在事业上取得多么大的成就，自己的职业生涯有多么卓越，此刻的处境永远代表着她的现实：小简，微不足道的妹妹。一个姑娘家。

她一言不发地走出去，砰一下关上了门。

哥伦布大道位于罗克斯伯里社区北部边缘，恰好就在“外科医生”杀人活动范围的中心。往南是牙买加平原社区，霓娜·佩顿家之所在；往东南是埃琳娜·欧提兹的住所；往东北是后湾区，那里有黛安娜·斯特林和凯瑟琳·科德尔的家。瞥了一眼绿树成荫的街道，里佐利看到一排排砖墙房子，这个社区里居住着附近东北大学的学生和教职工。满满当当的女大学生。

满满当当的猎物。

交通信号灯变黄了。肾上腺素飙升，她一脚将油门踩到底，全速通过十字路口。这次抓捕的荣光应是属于她的。在过去的数周里，里佐利的吃喝拉撒、吸气喘气，甚至连做梦都围着“外科医生”转。他已经渗进她生活的每时每刻中，无论是清醒还是沉睡时。没有人比她更卖力地抓捕“外科医生”，现在，她正争分夺秒赢取自己的战利品。

在距离卡尔·帕切科的地址还有一个街区时，她猛地踩下刹车，吱呀一声停在某辆巡逻警车的后面。另外四辆车仓促杂乱地停在马路边。

太迟了，她想着，疾步飞奔至大楼。他们已经进去了。

能听见砰砰砰的脚步声和男人们的吼叫声在楼梯间回响。她循着声响跟到二楼，走进卡尔·帕切科的公寓。

一幅混乱不堪的场景映入眼帘。从门上掉落的碎木头凌乱地散在门口。椅子被掀翻，一盏灯被打碎，好像野牛刚刚拖着破坏的尾巴，肆虐过这个房间一样。空气中弥漫着浓稠的睾酮味儿，警察们在房间里横冲直撞，奋力抓捕那个几天前杀害他们同袍的嫌犯。

一个男人脸朝下趴在地板上，是个黑人——不是“外科医生”。克罗粗暴地用他的脚后跟压住男子的后颈。

“混蛋，我在问你呢。”克罗大喊，“帕切科在哪里？”

那个男人呜呜地低声啜泣，还犯了一个尝试着把头抬起来的错误。克罗用后跟狠狠地按了一下，男人的下巴砰地重重磕在了地板上。接着他发出一声哽咽，开始剧烈扭动。

“让他起来！”里佐利大声阻止。

“他不肯安静下来！”

“放开他，或许他会愿意和你聊聊！”里佐利把克罗推到一边。男人翻了个身，像条跳上岸的鱼，大口大口喘着粗气。

克罗高声吼道：“帕切科在哪？”

“不……不知道……”

“你是他的室友！”

“走了。他走了——”

“什么时候？”

那个男人开始咳嗽，低沉、猛烈、持续不断的干咳，听上去好似他的肺被撕裂了。其他的警察围在一旁，怀着露骨的恨意盯着地上的嫌犯。他是杀警察的凶手的朋友。

带着厌恶，里佐利从过道走到卧室。衣柜门大敞着，衣架上的衣服被扔到地板上。对公寓的搜查彻底又粗鲁，每一扇门都被强力打开过，每一个可供隐匿之地皆已暴露。她戴上手套，开始翻找衣橱的抽屉，戳一戳衣兜，试图搜到一个笔记本、一个地址簿，或任何能告诉她帕切科藏身之所的东西。

她抬起头，看见摩尔走进房间。“你是这一团糟的负责人吗？”她问。

他摇摇头。“马凯特带的头。我们接到线报，说帕切科在这栋大楼里。”

“那他去哪里了？”她猛地合上抽屉，径直走到卧室的窗边。窗户紧闭但是没闩上。消防逃生梯就在外面。她打开窗，把头探出去。一辆警车正泊在楼下的小巷里，车上的无线电波正嗡嗡响，然后她瞧见一个巡警用手电筒照着垃圾箱。

正当她准备把头缩回去时，感觉到有什么东西在后脑勺上轻敲了一下，随后又听见了沙石碰到逃生梯又弹开的微弱哗啦声。她吃了一惊，抬头望。夜空布满了城市的人造光，星星几乎无迹可寻。她凝视片刻，又观察了一番毫无生气的黑天幕映衬下的屋顶轮廓，没发现有东西在移动。

她爬出窗台，爬上逃生梯，开始顺着梯子爬到第三层。在第三层平台处，她停下来去检查帕切科楼上公寓的窗户；遮挡物被钉得死死的，窗里是黑漆漆的一片。

于是，她再抬头，向屋顶看去，虽然什么东西都没看见，什么声响都没听到，可颈脖后面的寒毛还是哗啦啦地竖了起来。

“里佐利？”摩尔朝窗外大喊着。她没回应，而是指了指屋顶，用无声的信号表明她的意图。

她在裤子上揩了揩湿漉漉的掌心，悄无声息地开始爬通往屋顶的梯子。到了最后一级，她停住，深深地吸了一口气，慢慢地、慢慢地抬起头，朝屋顶的边缘后看去。

在没有月光的苍穹之下，屋顶就像一片暗影森林。她看见了一张桌子和几把椅子的轮廓，还有一团弯弯曲曲的树枝。是一座屋顶花园。她翻过边缘，轻手轻脚落在沥青瓦上，随后拔出自己的枪。走了两步，鞋子撞上某个障碍物，碰得当啷响。此时她吸入了一股刺鼻的天竺葵味儿，才反应过来，自己被种在陶罐里的植物包围着。它们在她的脚边形成了一道屏障。

在她的左侧，有东西动了一下。

她极力在那堆乱七八糟的阴影中辨认出一个人形。然后看见他，蜷缩得像个黑色侏儒。

她举起枪，发出命令：“别动！”

里佐利没看见他手里握着东西——他准备砸她。

在园丁铲击中脸庞前的一瞬间，她感觉到一股气流迎面袭来，像一阵邪风刺破暝色呼啸而出。那一击猛地打在她的左脸颊上，力度之大，使她觉得眼冒金星。

她跪在地上，巨大的痛楚涌进神经，疼得她无法呼吸。

“里佐利？”是摩尔。她甚至都没听见他落在屋顶的声音。

“我没事，没事……”她乜斜着眼睛朝那个身影刚一直蹲着的地方看。已经跑了。“他在那里，”里佐利悄声说，“我要抓住那个混账东西。”

摩尔慢慢地走进黑暗中。里佐利抱住自己的头，一边等待那阵眩晕过去，一边痛骂自己粗心大意。她努力让脑袋保持清醒，摇摇摆摆地站起身。愤怒是一剂强有力的燃料，稳住了她的腿，增强了她握枪的力度。

摩尔站在她右边几码外的地方；她只能辨认出他的剪影，他正在绕过桌子和椅子。

于是她往左边走，朝反方向绕着屋顶走。

脸颊的每一次抽搐、每一次火辣辣的阵痛，都在提醒着她，她把事情弄砸了。*不能是这一次*。她的目光扫过盆栽乔木和灌木的羽毛状阴影。一阵突如其来的咔嗒声让她迅速把身子闪到右边。她听见了奔跑的脚步声，看见一个影子掠过屋顶，径直朝她冲来。

摩尔大喊：“别动！警察！”

那个男子丝毫不减速度。

里佐利蹲下身子，举起手枪，准备射击。她脸上的抽搐逐渐升级成阵阵剧痛。她所忍受的全部耻辱，日常冷眼、辱骂、无休止的折磨——它们来自世间千千万万个达伦·克罗，似乎慢慢浓缩成愤怒的针尖。

这一次，混蛋，你是我的了。虽然那个男子突然在她面前停住了脚步，虽然他双臂举高伸向天空，但这个决定是无法逆转的了。

她扣动了扳机。

男子一阵痉挛，踉踉跄跄向后倒去。

她又开了第二枪、第三枪，随着每一次后坐力散出，枪猛烈地撞击她的掌心，令人满足。

“里佐利，别再开枪了！”

摩尔的呼喊终于盖过了她耳朵里的轰鸣。里佐利像被冻住了，枪仍然死死地瞄准目标，手臂紧绷又酸痛。

嫌犯倒在地上，一动不动。她挺直身子，慢慢走向那个缩成一团的“东西”。每走一步，内心就多一分对自己刚才所作所为的恐惧。

摩尔已经跪在那个男人身边，检查他的脉搏。随后，摩尔抬起头看向她，虽然屋顶一片黑漆漆，里佐利看不清他的面容，但是她知道，他的目光里一定满是指责。

“他死了，里佐利。”

“他拿着东西，就在手里——”

“什么都没有。”

“我看到了。我真的看到了！”

“他举手投降了。”

“天杀的，摩尔。这是一次合理的开枪！你一定得帮我说话啊！”

别的声音突然闯了进来，是其他警察爬上了屋顶，加入他们当中。摩尔和里佐利彼此没有再说一句话。

克罗打开手电筒照了照那个男人。里佐利惊恐地瞥见他瞪着双眼，鲜血染黑了身上的衬衫。

“嘿，是帕切科！”克罗说，“是谁把他撂倒的？”

里佐利回答，声音低沉单调：“是我。”

有人在她背上结结实实拍了一掌。“女警察可以啊！”

“闭嘴，”里佐利说，“给我闭嘴！”她怒冲冲地离开，沿着消防逃生梯爬下去，退回到自己的车里。她坐在那儿，蜷缩在方向盘后，身上的疼痛逐渐被恶心取代。脑海里反反复复地播放着屋顶上的场景。帕切科做了什么，她做了什么。她又看见他奔跑了起来，只是一个影子，朝她飞过来。又看见他停住不动。是的，停住。她看见他盯着自己。

武器。上帝啊，拜托，来一件武器吧。

可是她没有看见任何武器。在她开枪之前的瞬间，那个画面已经深深地烙进她的大脑中。一个呆呆站着的男人，一个举手投降的男人。

这时有人敲了敲车窗。是巴里·弗罗斯特。她摇下玻璃窗。

“马凯特正到处找你呢。”他说。

“好吧。”

“有什么问题吗？里佐利，你还好吗？”

“我觉得有一辆卡车碾过了我的脸。”

弗罗斯特往车里探了探身子，打量一番她肿胀的脸颊。“哇，那个混蛋真是活该。”

这也是里佐利试图笃信的：帕切科该死。是的，他该，她没理由折磨自己。脸上的证据还不够清楚吗？他袭击了她。他是个怪物，开枪射杀他是一种最省事、最合算的伸张正义的方式。埃琳娜·欧提兹、霓娜·佩顿和黛安娜·斯特林肯定会鼓掌喝彩的。没有谁会哀悼人渣。

她走出汽车，因着弗罗斯特的同情感觉好了一些，也更有力量了一些。她向大楼走去，看见马凯特正站在靠近台阶的位置，和摩尔说着话。

在她靠近时，两人都把脸转了过来。里佐利注意到，摩尔不接她的目光，而是看向了别处，避开她的眼睛。他看起来很不舒服。

马凯特说：“里佐利，我得收回你的枪。”

“我开枪只是自卫。嫌犯攻击了我。”

“我明白。可你知道规矩。”

里佐利看着摩尔。*我喜欢你，我信任你*。她解开手枪套，把枪扔给马凯特。“有时候我在想，在这里谁才是真正的敌人？”她说，然后转身，回到汽车里。

摩尔注视着卡尔·帕切科的储物间，心想：全都错了。地上有六双鞋子，都是11码加宽。架上摆着积满灰尘的毛衣，一个装着旧电池和零钱的鞋盒，以及一堆《阁楼》杂志。

摩尔听见抽屉被拉开的声音，于是转过身去看着弗罗斯特，他正戴着手套，在帕切科装袜子的抽屉里扒拉。

“有发现吗？”摩尔问。

“没有手术刀，没有氯仿。甚至连一卷胶带都没有。”

“当当当！”克罗从浴室里大声宣布，他边走出来边挥舞着一个密封塑料袋，里面装有一瓶棕色液体，“来自阳光充足的墨西哥，医药王国。”

“洛喜普诺？”弗罗斯特问。

摩尔看了一下西班牙文标签。“γ-羟基丁酸。效果相同。”

克罗晃着袋子。“这里至少有一百起约会强奸案。帕切科的小弟弟一定很忙。”他呵呵大笑。

笑声让摩尔感到恼火。他想着那忙碌的玩意儿和它带来的伤害，不只是肉体上的损害，还有精神上的毁灭。灵魂被它撕成了两半。他记得凯瑟琳对他说过的话：每个强奸受害人的生活都被分成了前后两部分。性侵犯将女性的世界变得荒凉陌生、暗淡无光，每一个微笑，每一个灿烂时刻都沾染了绝望。几周之前，他或许不会留意到克罗的放肆大笑。今晚，他却听得清清楚楚，并意识到这笑声太丑陋了。

他走进客厅，那个黑人正在被斯利珀盘问。

“我跟你说，我们只是在一起玩。”那个男人说。

“你出来玩会装六百美金在口袋里？”

“老兄，我喜欢现金。”

“你准备买什么？”

“什么都不买。”

“你是怎么认识帕切科的？”

“就是认识啊。”

“噢，很亲的朋友啊。他卖什么？”

迷奸水，摩尔想。约会强奸药。这就是他来买的东西。又一个忙碌的小弟弟。

他走进夜色中，立即被巡逻警车顶部跳动的灯光闪得迷失了方向。里佐利已经开车走了。他凝视着空旷的街道，突然觉得这副重担——他曾经做过的事、认为必须要做的事，紧紧地压在肩头上，令他动弹不得。他从未在事业上面临过如此糟糕的选择，虽然知道自己已做出了正确的选择，但是良心依旧备受折磨。他尝试着在对里佐利的尊重与见证她于屋顶的所作所为之间进行协调。收回他对马凯特说出的话仍为时未晚。屋顶上又黑又乱，或许里佐利真的以为帕切科拿着武器。或许她看见了某些姿势、某些举动，而摩尔错过了。可是无论他怎么努力，都回想不起任何能证明她的行为是事出有因的记忆。他无法解释自己所目睹的一切，只能用冷血死刑来形容里佐利的行为。

再次见到她时，她正弯着腰坐在桌前，举着一袋冰块敷着脸颊。已过午夜，摩尔没有心思和她说话。但当摩尔路过她的办公桌时，里佐利抬起了头，她的眼神让摩尔定在了那里。

“你和马凯特说了什么？”她问。

“他想要知道的一切。帕切科是怎么死的。我如实相告。”

“你这个婊子养的。”

“你以为我想告诉他真相吗？”

“你有得选。”

“你也有得选，却在屋顶上选了错误的那一个。”

“你从来不会选错，是吗？你从来都不会犯错。”

“如果我做错了，会勇于承认。”

“噢，是的。‘圣人托马斯’，去你的吧。”

他走到她的办公桌前，直直地俯视着她。“你是我共事过的最好的警察之一。可就在今晚，你冷酷无情地枪杀了一个人，而我看见了。”

“你不是非得看见啊。”

“但是我看到了。”

“我们到底在屋顶上看到了什么，摩尔？无数的黑影，无数的动静。正确选择与错误选择之间的区分只有这么小。”她举起两根几乎要触碰在一起的手指头。“要考虑到这一点。我们互相要假设对方是疑罪从无。”

“我努力过。”

“你努力的程度还不够。”

“我不会为任何一个警察撒谎。即便她是我的朋友。”

“记住谁才是那个坏人。不是我们。”

“如果我们开始撒谎，那我们与他们又有什么区别？哪里才是界限？”

她拿掉脸上的冰袋，指着自己的脸颊。一只眼睛肿得闭上了，左半边脸鼓胀成了一个斑驳的气球。里佐利的伤痕累累让他震惊。“这就是帕切科对我做的。不只是轻飘飘、友好的一巴掌，对吧？你在讨论他们与我们。那他站在哪一边？杀了他，等于给世界帮了一个大忙。没人会怀念‘外科医生’。”

“卡尔·帕切科不是‘外科医生’。你杀错人了。”

她凝视着他，又青又肿的脸就像毕加索的油画，一半怪诞，一半正常。“我们找到了匹配的DNA！他就是那个——”

“他就是那个强奸霓娜·佩顿的人，是的。他与‘外科医生’风马牛不相及。”他把毛发与纤维的报告丢到她的桌面。

“这是什么？”

“显微镜下的帕切科的头发。与在埃琳娜·欧提兹尸体伤口边缘发现的那根头发有着不同的颜色、卷曲度以及角质层密度。不是竹节状毛发。”

她纹丝不动地坐着，盯着那份检验报告。“我不懂你的意思。”

“帕切科强暴了霓娜·佩顿。关于他，我们能确定的只有那么多。”

“斯特林和欧提兹都被强暴了——”

“我们无法证明是帕切科所为。现在他死了，我们永远找不到答案了。”

里佐利抬头望着他，没有受伤的半边脸因愤怒而扭曲变形。“肯定是他。在这座城市随便找三个女人出来，她们都被强暴的概率有多少？这就是‘外科医生’设法做到的事情。三局三胜。如果他没强暴她们，那他是如何知道该选择谁、残杀谁的？如果不是帕切科，那肯定有个伙计、搭档。有只该死的秃鹰在啄食帕切科留下的腐肉。”她把检验报告推回给摩尔。“也许我杀的不是‘外科医生’，但我杀的是个人渣。每个人似乎都遗忘了这一点。**帕切科是人渣**。我能得勋章吗？”她站起来，把椅子朝办公桌重重一推，“行政事务。马凯特调我去做一个该死的办公室文员。真是非常感谢你呀。”

在静默之中，他看着里佐利离开，一时找不到合适的话语开口，对修补他们俩之间的裂缝无能为力。

摩尔走回自己的工位，陷进椅子里。他想，我是只恐龙，在一个说真话就会被鄙视的世界里艰难笨拙地前行。他现在没空去考虑里佐利。案子关于帕切科的线索已经断了，他们现在重又回到原点，要抓捕一个不知其名的杀手。

三个被强奸的女人。案件不停地被拉回到这一点上。“外科医生”是如何找到她们的？只有霓娜·佩顿报了警。埃琳娜·欧提兹和黛安娜·斯特林都没有。这是一种私密的创伤，只有施暴者、受害者以及治疗她们的专业医护人员知晓。但这三个女人在不同的地方求医：斯特林在后湾区一个妇科医生的办公室；欧提兹在朝圣者医院急诊室；霓娜·佩顿在森林山妇科诊所。没有人员上的重叠，无论是医生、护士还是接待员，都只接触过上述三人中的某一个。

以某种方式，“外科医生”知道这些女人受伤了，并被她们的痛苦所吸引。性杀手在最脆弱的社会群体中挑选猎物。他们寻找自己能够掌控、能够贬低，并且不会构成威胁的女人。还有谁会比一个被侵犯过的女人更脆弱？

当摩尔走出门时，他在照片墙旁停住了脚步，墙上钉有斯特林、欧提兹、佩顿的照片。三个女人，三起强奸案。

还有第四起。凯瑟琳是在萨凡纳被强奸的。

他眨了眨眼，脑海里突然闪过凯瑟琳的脸庞，他不由自主地把她的面容也列在照片墙上。

不知何故，一切复归于萨凡纳那个案发之夜，复归于安德鲁·卡普拉。

第十六章

在墨西哥城的中心地带，人血曾经聚流成河。在这座现代大都会的地基之下，遗存着大神庙的废墟，这是宏伟的阿兹特克遗址，它在古代高耸于特诺奇蒂特兰。在这里，成千上万的不幸者被迫献身祭神。

这一天，我漫步在庙宇所在的那片土地上，可见附近一座赫然耸立的大教堂里，天主教徒正点燃蜡烛，对着天国仁慈的上帝低声祈祷，我觉得有点可笑。他们就跪在那些曾洒满鲜血的石头旁边。我是在一个周日去参观的，事前并不知道场地在周日是免费对外开放的，孩子们挤满了大神庙博物馆，他们的声音在大厅里嘹亮地回响着。我不喜欢孩子，也不喜欢他们引发的混乱；如果我再来参观，会牢记别在周日去博物馆。

可那是我在墨西哥城的最后一天，所以得忍受令人恼火的噪音碎片。我想去看发掘现场，还想去看二号大厅——仪式和献祭展厅。

阿兹特克人相信死亡是生命的必需。为了维持世界的神圣能量，为了躲避灾难，为了确保日月运转、天道循环，神明须以人心供养。我站在仪式展厅，看见玻璃箱里放着一把割肉用的祭刀，刀名叫作提克帕托·伊克斯库阿（Tecpatl Ixcuahua），即“前部宽阔的刀”。刀刃由燧石制成，刀柄是一个跪状男人的造型。

我在想，只靠一把燧石做的刀，如何将人的心脏挖出来？

下午晚些时候，走在阿拉米达中央公园时，这个问题依然困扰着我，让我心力交瘁，因而没有心思理会那些跟在身后向我讨要硬币的脏兮兮的顽童。片刻之后，他们意识到我不会被棕色眼眸、露齿微笑打动，就离开了。最后，我终于得到某种意义上的平静——如果这种事情在嘈杂的墨西哥城内是可能的话。我找了一家咖啡店，坐在室外小口小口喝浓咖啡，是唯一一个在高温时节还愿意待在外面的顾客。我渴望热量，它能抚慰我干裂的皮肤。我寻找它就如同爬行动物寻找温暖的岩石。所以，在这酷热难耐的日子里，我一边喝咖啡，一边考虑人的胸膛，苦苦思索着如何才能最好地接近体内跳动着的宝藏。

阿兹特克人的祭祀仪式被描述为快速、痛苦极少，由此产生了一个左右两难的问题。我知道打穿胸板、分离胸骨并非易事，它像一张盾牌保护着心脏。心外科医生沿着中心垂直向下切开胸膛，用锯子将胸骨劈开。他们有助手的帮助，将骨头一分为二，然后用各种精密复杂的工具来拓宽胸骨分离距离——每一件工具都由闪闪发光的不锈钢制成。

阿兹特克族的祭司，只有一把燧石制的小刀，用这样一种取心方式就会遇到问题。他需要拿凿子敲胸骨，才能将其从中间分开，那势必会引发无尽的挣扎和无数的尖叫。

不对，肯定有另一种取心的手段。

在某侧，从两条肋骨间横向切开？这也会产生问题。人体骨架是一个稳定的结构，为拓宽两条肋骨之间的距离，宽到足够放下一只手，需要耗费巨大的力气并使用专门的工具。难道从下面进去更合理一些？迅速在肚皮上划一刀，就能打开腹腔，祭司所要做的就是切开横膈膜，然后向上伸手直取心脏。啊，但这是一个不利落的选择，肠子会溢出来，流到祭坛上。在阿兹特克人描绘献祭者的雕刻中，可没有一圈圈散落一地的肠子。

书籍真是一个奇妙的东西；它们会告知你任何事情，所有一切，甚至是，如何以最少的麻烦，用一柄燧石刀切出一颗心脏。我在一本题为《人祭与战争》的教科书中找到了答案，这是由一个叫舍伍德·克拉克的学者写的（现在的大学真是十分有趣的地方！），很希望有一天能见到他。

我想我们可以教会彼此很多东西。

克拉克先生说，阿兹特克人运用横断式胸廓切开术取出心脏。切口贯穿正前胸，始于胸骨一侧的第二根和第三根肋骨之间，横切过胸骨至另一侧。胸骨横向折断，可能是凿子猛烈击打所致。由此胸腔出现了一个巨大的空洞。暴露在外界空气中的肺立即萎缩。献祭人很快便丧失了意识。心脏还在跳动，祭司把手伸进胸腔，切断动脉和静脉。他抓住还在颤抖的心脏，从血淋淋的肉体摇篮里拿出来，向天空举去。

贝尔纳迪诺·德萨哈贡的“佛罗伦萨手抄本”《新西班牙事物通史》中有此类描述：

> 祭献祭司举着鹰杖，
>
> 将其立在俘虏胸前心脏原本所在之处，让仪仗沾满鲜血，半浸泡在血液里。
>
> 接着，他把鲜血向空中扬洒，奉给太阳。
>
> 据说：“他是献给太阳饮用。”
>
> 然后捕掠者随即把俘虏的血取走，
>
> 用一个绿色镶羽毛边的碗。
>
> 供奉祭司们帮助捕掠者将血倒入碗里，
>
> 并将那根空心的、也饰有羽毛的鹰杖插入碗里，
>
> 然后捕掠者离开，拿血去喂恶魔。

恶魔的滋养品。

血液的意义是多么强大啊。

就在我看见它，宛如丝线，被吸进针一般细的移液管里时，我这样想着。我被一架子一架子的试管包围着，空气里充斥着机器的嗡嗡声。古人相信血液是神圣的存在、生命的维系品、妖怪的食物，我和他们一样，沉迷于它，虽然我知道血不过是一种生物流

体，一种在血浆中的细胞悬浮液。我每天要处理的东西。

一个七十公斤左右的人体只含有五升血液。其中，45%是细胞，剩余的都是血浆——一种95%是水，5%是蛋白质、电解质和营养物质的化学汤。有人会说，把它简化成生物构件会剥除它神圣的本性，但我不同意这种说法。通过研究这些构件本身，你才能意识到它不可思议的本质。

机器发出哔哔声，是分析完成的信号，接着一份报告从打印机里滚出来。我撕下纸片，研究分析结果。

不过一眼，我就能知道许多关于苏珊·卡迈克尔太太的事情，虽然我与她素未谋面。红细胞比容数值很低——只有28，正常值是40。她贫血，缺少足够的红细胞（即氧载体）供应。血红蛋白里面塞满了圆盘状细胞，让我们的血液变红，让甲床变粉，让年轻女孩的脸颊有红晕。卡迈克尔太太的甲床是灰黄色的，如果有人掀开她的眼睑，就会发现她的结膜是淡贝壳粉色。因为贫血，所以她的心脏必须全力加速，将稀薄的血液泵进动脉，所以她每走几步楼梯，就要停下来喘口气，去平复疾速的脉搏。我能想象，她俯身向前，手捂着喉咙，胸膛像风箱一样起伏。楼梯上，所有从她身边经过的人都看得出她十分不舒服。

我只要看看这张纸片就能知道。

还有更多。在她的口腔顶部有一些红色斑点——出血点，血液通过破裂的毛细血管渗出来，积在黏膜上。或许她没注意到这些轻微出血。或许是在身上其他部位发现了，比如指甲下、小腿上。或许她在胳膊、大腿上发现了连自己也无法解释的触目惊心的瘀青，曾努力回想过自己是在何时弄伤的。是撞到车门了？还是孩子攀在腿上时抓得太紧了？她寻求外在理由，然而真正原因却潜藏在血液里。

她的血小板计数是两万；正常值是它的十倍。没有血小板（帮助凝血的微小细胞），就连最轻微的碰撞也会留下瘀伤。

从这张小薄纸上还能知道更多东西。

看到她的白细胞分类计数，就知道她痛苦的原因。机器检测到成髓细胞（不属于血液的早期白细胞前体细胞）的存在。苏珊·卡迈克尔患上了急性髓细胞白血病。

能想象到未来几个月她的生活会如何。我看见她趴在治疗台上，当骨髓穿刺针扎进臀部时，她疼得紧闭双眼。

我看见她大把大把地掉头发，直到她无可奈何地向电动剃须刀投降。

我看见她清晨蹲在抽水马桶前，接下来一整天只盯着天花板，她的世界缩小到只剩房间四壁。

血液是生命的给予者，维系我们生存的神奇液体。但苏珊·卡迈克尔的血液已经转为攻击她了，像毒药流淌在她的血管里。

我了解她所有私密的细节，虽然我与她不曾谋面。

我把急诊化验结果传真给她的医生，接着把化验报告放到发件篮里，以便后续移交，然后拿起下一个样本。另一个病人，另一管血。

自人类起源，血液与生命的联系便为人所知。古人不知道血液产生于骨髓，也不知道血液大部分其实是水，但是他们重视它在仪式和献祭中的力量。阿兹特克人用骨制穿孔器和龙舌兰针去扎自己的皮肤并抽血。他们在自己的嘴唇、舌头或胸膛上戳洞，流出的血就是他们献给神的祭品。在今天，这种自残方式会被认为是病态怪癖，是精神错乱的标志。

不知道阿兹特克人是怎么看我们的。

我坐在无菌的环境里，穿着白大褂，手上戴着手套以防血液意外飞溅。我们已经偏离本质多远了？不过瞟一眼血，某些人就会晕倒；人们匆匆把惨状隐藏于公众视线之外，用水管冲刷沾上血的人行道，或者当电视上播放暴力事件时，捂住小孩的眼睛。人类已经与真正的自我和本质失联。

然而，我们中的某些人还没有。

我们行走在芸芸众生之中，各方面都很正常；可能比其他人还要正常，因为我们不允许自己被文明无菌的绷带包裹成木乃伊。我们看见血，不会调头离开。我们能感受它光辉灿烂的美丽，能感应它原始的吸引力。

每一个驶过车祸现场就情不自禁地找血的人，都会明白这一点。在厌恶和逃离的欲望之下，涌动着一股更强大的力量。吸引力。

我们都想看，但并非谁都能承认这一点。

走在已经麻木了的人群中，我很孤独。在这个下午，我漫步在这座城市，嗅着厚重的空气，几乎能看到它了。它如同加热过的糖浆温暖着我的肺。我在街上寻找着人们的面孔，猜想着他们中的哪一个是我最亲爱的血盟兄弟，就像之前的你。还有谁没有失去流淌于我们全身的古老力量？我在想，如果见面，我们是否能认出彼此；恐怕不能，因为我们已经把自己深深地隐藏在所谓正常的外衣之下了。

所以我只能踽踽独行。我想你了，唯一懂我的人。

第十七章

作为医生，凯瑟琳已经见过太多次死亡，所以很熟悉它的样子。她凝视病人的脸庞，看着生命之光从眼睛里褪去，它们变得空白和呆滞。她见过皮肤暗淡成灰色，灵魂离开，像鲜血一样渗出。行医既关乎生也关乎死，而许久之前，凯瑟琳就已经通过病人冰冷的遗体与死神相识。她不害怕尸体。

然而，当摩尔转入奥尔巴尼街，她看见法医办公楼那栋整洁的砖墙建筑时，手心还是冒出了汗。

他把车停在大楼后面的停车场，旁边是一辆白色面包车，侧面印着“马萨诸塞州，法医办公室”的字样。她不想下车，直到摩尔走过来，为她打开车门时，她才下来。

“你准备好了吗？”他问。

“我不期待，”她承认，“但让我们完成它吧。”

虽然她已经看过很多次尸检，但是当他们走进解剖室时，她还是没准备好面对血腥和破裂的肠子。在自己的职业生涯中，她觉得，这是第一次看到尸体会感觉恶心。

一个戴着塑料面罩以保护眼睛的年长绅士转过身来，看着他们。她认出这是法医阿什福德·蒂尔尼，六个月前她在一个法医病理学会议上认识了他。创伤外科医生的失败是，病人最终出现在了蒂尔尼医生的解剖台上。她上一次和他聊天是在一个月以前，事关某个死于脾脏破裂的孩子，那情形真是令人不安。

蒂尔尼医生温柔的微笑与他手上血迹斑斑的橡胶手套形成了突兀的对比。“科德尔医生，很高兴又见面了。”他停顿了一会儿，好像意识到这句话的讽刺意味，“虽然我们本可以在更愉快的环境里相见。”

“你已经开始解剖了？”摩尔诧异地说。

“马凯特警官急着要结果，”蒂尔尼说，“警察每开一枪，媒体就会掐着他的喉咙不放。”

“但是我事前打电话安排了这次旁观。”

“科德尔医生以前看过尸检。对她来说没什么新鲜的。等我完成这个切除，她就能去瞧瞧那张脸了。”

蒂尔尼把注意力转回尸体腹部。他用解剖刀切断小肠，再把一圈圈的肠子拉出来，扔进一个钢制托盘里。然后他离开解剖台，朝摩尔点点头。“去吧。”

摩尔碰了碰凯瑟琳的胳膊。她不情不愿地走近那具尸体。最初，她把注意力集中在那个敞开的切口上。开放的腹部是她熟悉的领域，器官并非个人标志，块状组织可以属于任何人。器官没有情感上的意义，也没有个人身份的印记。她可以用一种专业的冷静眼光来打量它们，她这么做了。她注意到胃、胰腺和肝脏仍留在原处，等着被一起切走。Y 形切口，从脖子一直延伸至耻骨，让胸腔和腹腔显露。心脏和肺已经被剥离，留下一个空荡荡的胸腔，像只空碗。胸壁上有两个肉眼可见的子弹创口，一个在左乳头上面一点点，一个在距前者几根肋骨的下方。两颗子弹都射进了胸腔，扎穿了心脏或肺。在左上腹的位置，还有第三处子弹伤口，直指脾脏。又一个致命伤。向卡尔·帕切科开枪的人打算杀了他。

“凯瑟琳？”摩尔开口了。她回过神来，发现自己已经沉默太久了。

她深深地吸了一口气，吸进了血腥和冷冻肉的味道。现在她已经弄清楚卡尔·帕切科的内部病理了，是时候面对他的脸了。

她看见一头黑色头发，一张窄脸，鼻子如刀刃一样锋利。下巴肌肉松弛，嘴巴张得巨大。牙齿整齐。最后，她把目光转到眼睛上。关于这个男人，摩尔什么都没告诉她，只说了他的名字和拒捕时被警察枪杀的情况。你是“外科医生”吗？

他那双眼角膜因死亡而变得浑浊不清的眼睛，唤不起她丝毫的记忆。她端详他的脸庞，试图感受卡尔·帕切科尸体上剩余的几分邪恶，但是她什么都感受不到。这具肉体已成空壳，从前住在里面的灵魂已经毫无影踪。

凯瑟琳说：“我不认识这个男人。”然后就离开了房间。

当摩尔走出大楼时，她已经等候在他的车边。她的肺被解剖室的恶臭给弄脏了，她正大口大口地呼吸着灼热的空气，好像在洗去污染。虽然她现在汗流浃背，但是大楼里空调的寒意已经扎根于骨头，渗入骨髓。

“谁是卡尔·帕切科？”她问。

他眺望着朝圣者医疗中心的方向，听到一辆救护车渐渐变强的尖号声。“性捕食者。”他说，“专门对女性下手。”

“他是‘外科医生’吗？”

摩尔叹了一口气。“看起来不是。”

“但你觉得他可能是。”

“DNA 比对把他与霓娜·佩顿联系在了一起。两个月前，他强暴了她。但是我们没有证据证明他和埃琳娜·欧提兹、黛安娜·斯特林有联系。她们的生活与他没有交集。”

“我与他也没有交集。”

“你确定从来没见过他？”

“我只能确定我不记得他。”

太阳把汽车烘烤得像个火炉，他们站在旁边，开着门，等着车里凉快下来。隔着车顶看摩尔，她忽然发现他是多么疲惫。汗水弄脏了衬衫。他消磨周六下午时光的“好”方法是，送一个目击者去停尸间。在许多方面，警察和医生过着相似的生活。工作时间很长，没有 5 点钟准时下班之说。他们看见了人性最黑暗、最痛苦的时刻。他们目睹了噩梦，还要学会与这些图景共处。

那他记忆里留存着怎样的图景？他载她回家时，她一路思考着。有多少张受害人的脸，多少个犯罪现场，像照片档案一样储存在他的脑海里？她只是这桩案子的一个要素，她很好奇，其他的女人，不论是活着的还是死去的，哪些能引起他的兴趣呢？

他把车停在她的公寓楼前，关掉引擎。凯瑟琳抬头望着公寓的玻璃窗，不情不愿地走下车，不情不愿地离开他。在过去的几天里，他们在一起度过了很多时光，以至于她已经开始依赖他的保护和善良了。如果他们能在更愉快的环境下相遇，仅凭帅气，他就能抓住她的眼球。现在对她而言，最重要的不是他的魅力，也不是他的智慧，而是内心。他是那个可信赖之人。

她在考虑接下来要说什么，以及这些话将会带来怎样的后果。然后她决定，让后果见鬼去吧。

她轻声问："上来喝一杯吗？"

他没有立刻回答，她觉得自己的脸涨得通红，因为他的沉默不语令人难堪。他在挣扎着做决定；他也明白两人之间到底发生了什么，只是不确定该怎么做。

最后，他看着她，说："好的。我很乐意。"他们都知道，彼此心里想的不仅仅是一杯酒。

他们走到大堂门口，他的胳膊伸过来抱住她。这不只是一种保护的姿势，他的手随意地搭在她的肩膀上，但是他手心透出的暖意，以及她的反应，让她在输入进门密码时手忙脚乱。期待让她的动作变得迟缓、笨拙。上楼，她用颤抖的手打开公寓门，然后他们走进去，走进她那间极其凉爽的公寓。他短暂停留了一会儿，关上门，拧好门栓。

然后，他把她搂在了怀里。

她已经很久没有让人拥抱过了。曾经，一个男人把手放在她的身上，她光是想想就十分惊慌失措。但是摩尔的拥抱，让她一点也感觉不到慌张。她带着一种让两个人都备感惊讶的需求来回应摩尔的吻。爱已经被剥夺太久，以至于她失去了一切的渴望。直到此刻，身体的每个部分都活过来了，她才记起欲望是什么感觉，她的嘴唇饥渴地搜索着摩尔的嘴唇。她是那个把他从走廊拖到卧室里的人，两人激吻了一路。她是那个解开他的衬衫和皮带的人。他知道，毫无理由地知道，他不能做那个主动进攻的人，这样会让她感到害怕。这是他们的第一次，必须由她来引导。但是他没法掩饰自己的兴奋，她一拉开他的拉链，他的裤子滑落下去时，她便感受到了。

他伸手去解她衬衫上的扣子，又停住了，用目光搜索她的眼睛，征询她的同意。她给予的眼神，急促的呼吸，表明这是她想要的。衬衫被慢慢地解开，从她的肩膀上滑落。胸罩在地板上低语。他非常温柔地完成了这件事，不是卸下她的防备，而是一种受欢迎的释放。一种解脱。她闭上双眼，当他弯腰亲吻她的胸口时，愉悦地舒了一口气。他这样不是侵犯，而是尊敬。

这是两年来第一次，凯瑟琳允许一个男人向她求爱。她和摩尔一起躺在床上时，她没有想起安德鲁·卡普拉的侵犯。他们褪掉最后一件衣物，摩尔把她压在床垫上时，她脑海里也没有闪过一丝的焦虑，没有浮现骇人的记忆。另一个男人对她的所作所为是如此残忍，与此时此刻、与她所占据的身体毫无关系。暴力不是性，性也不是爱。摩尔进入她的身体，双手捧着她的脸，眼里只有她一人时，她感觉到了爱。她已经忘记一个男人能带给她多大的欢愉，而在那一刻，她迷失了自己，仿佛第一次体会到这种感觉。

她在他的臂弯里醒来时，天已全黑。她感觉他动了一下，随后听见他问:“几点了？”

“8 点 15 分。”

“哇。”他发出了一阵迷糊的笑声，翻了个身，“真不敢相信我们居然睡了一下午。我想是瞌睡追上了我。”

“你最近也没怎么休息。”

“谁需要休息？”

“说得自己跟医生似的。”

“我们有相似之处，”他说，手慢慢地抚摸她的身体，“压抑得太久了……”

他们又静静地躺了一会儿。然后，他轻声问:“怎么样？”

“你是在问我，你这样的一个爱人有多好吗？”

“不是，我的意思是，你怎么样。我碰你的时候。”

她笑了笑。“非常好。”

“我没有做错什么吧？没有吓到你吧？”

“你让我备感安心。这正是我最需要的东西。有安全感。我想你是唯一懂得这点的男人。你是我唯一信赖的男人。”

“有些男人也值得信赖。”

“是吧，但是哪一些呢？我从来都不知道。”

“等到紧要关头你就会知道。他会是那个一直站在你身边的人。”

“那么我想我一直也没找到他。我听其他女人说过，只要你一告诉某个男人你的遭遇，一说‘强奸’这个词，他就会立马离开。好像你是个次品。男人不想听这些，他们宁愿你沉默，也不想你坦白。但是沉默蔓延开来，接管了一切，最后你什么都说不出口。生活的全部都成了禁忌话题。”

“没有人可以用那种方式过活。”

“只有我们保持缄默，别人才能与我们和平共处。但是即便我们不谈论它，它都在那里。”

他亲吻了她，这个简单的动作比任何示爱的行为都要来得亲昵，因为这发生在她自白之后。

“你今晚会留下来陪我吗？”她低声问道。

他的呼吸在她的头发间温暖地吹拂。“如果你让我带你吃晚饭的话。”

“啊，我完全忘记吃晚饭这件事了。”

“这就是男人与女人之间的区别。男人永远都不会忘记吃饭。”

她笑着坐起来。“那你给我们弄点酒。我给你做饭。”

他调了两杯马提尼，她拌了一盘沙拉，把牛排塞进烤箱里，然后两人小口小口地喝起酒来。有男子气概的食物，她欢乐地想着。

给她生命中的新男人吃红肉。做饭从来没有像今晚这般愉快，摩尔笑着给她递盐和胡椒瓶，她的头因杜松子酒的后劲而嗡嗡作响。她也记不清上一次吃饭吃得这么香是什么时候了。就像是她刚刚从一个密封的瓶子里放出来，第一次体验到充满活力的味道和气味。

他们在厨房的桌子上吃着晚饭，小口地抿着酒。她的厨房贴的是白色瓷砖，摆的是白色橱柜，现在突然变得光彩夺目、五彩缤纷。宝石红的酒，鲜绿的生菜，以及蓝色的格纹餐巾。还有摩尔正坐在她的对面。她一度认为他枯燥无味，就像所有与你在城市街道上擦肩而过的平平无奇的路人一样，在平整的画布上只有一个简略的轮廓。直到现在，她才真正看到他，温暖红润的皮肤，眼睛四周的笑纹。所有迷人的不完美都在一张脸上完美地存在着。

她想，我们有一整晚的时间。一想到对未来的展望，笑意就浮现在唇边。她站起来，把手伸向他。

朱克博士停止了波洛恰克医生会面过程录像带的播放，然后转身面向马凯特和摩尔。“这可能是一段错误的记忆。科德尔可能召唤出了一个根本不存在的声音。你们看，这就是催眠的问题。记忆是流动的，可以改变，为了符合期望而重写。她参加那次催眠时，相信卡普拉有个同伙。马上，记忆就出现了！有第二个人的声音。有第二个人在屋子里。”朱克摇了摇头，“这不可靠。”

“不只是她的记忆证明现场有第二个罪犯，”摩尔说，“嫌犯还寄来了一缕头发，只能是在萨凡纳剪的。”

“头发是在萨凡纳剪的，这是她的一面之词。”马凯特指出。

“你也不相信她？”

“警督提出的观点很合理。”朱克说，“我们面对的是一个情感非常脆弱的女人。即使是遇袭两年之后，她可能也没有完全稳定下来。”

“她是一名创伤外科医生。”

“是的。她在工作中很出色。但是她受伤了，你知道这一点。袭击留下了烙印。”

摩尔沉默不语，想起第一次见到凯瑟琳时的情景。她的一举一动是多么小心翼翼，如临深渊，当时的她与催眠过程中出现的那个在祖父母家的码头上晒着太阳的无忧无虑的女孩简直判若两人。还有昨晚，那个青春欢乐的凯瑟琳重又出现在他的臂弯里。她一直都在那儿，被困在脆弱的壳里，等待着获释。

“所以我们对催眠怎么看？”马凯特问。

朱克回答：“我不是说她不相信那段记忆，不是说她记不清了。就像你告诉一个小孩，后院有头大象。过了一阵子，小孩就会笃信她能描绘出大象的鼻子、背上的稻草碎、折断的象牙。记忆变成了现实，即便这一切从未发生过。”

“我们不能完全忽视记忆，”摩尔说，“你可能认为科德尔不可靠，但她却是嫌犯兴趣焦点之所在。从卡普拉开始，跟踪、杀戮不曾停止。还跟着她来到了这里。”

“盲目的模仿者？”马凯特说。

“或者是合作者。”摩尔说，“之前有先例。”

朱克点点头。“合作杀人案不少见。我们通常以为连环杀手是独狼，但实际上有四分之一的连环杀人案是同伙作案。亨利·李·卢卡斯[①]有一个。肯尼斯·比安奇[②]也有一个。这使他们的一切行动都变得很轻松，无论是绑架还是囚禁。为了确保成功，合作狩猎。”

“狼通常成群结队地捕猎，”摩尔说，“或许卡普拉也是如此。”

马凯特拿起录像机的遥控器，按下倒带键，然后又让带子继续播放。屏幕上，凯瑟琳坐在椅子上，紧闭双眼，手臂无力地垂着。

凯瑟琳，这句话是谁说的？是谁说“轮到我了，卡普拉”？

我不知道，我不认识这个声音。

马凯特按下暂停键，凯瑟琳的脸定格在屏幕上。他看着摩尔。“自她在萨凡纳遇袭之后，已经过去了两年时间。如果他是卡普拉的同伙，为何等那么久才来找她？事情为何到现在才发生？”

摩尔点点头。“我思考过相同的问题。我想我知道答案。”他打开带进会议室的文件夹，拿出一张从《波士顿环球报》上撕下的纸，“这篇文章刊发于埃琳娜·欧提兹遇害的十七天前。文章写的是波士顿的女外科医生。其中三分之一的篇幅与科德尔有关。她的成

① 亨利·李·卢卡斯，美国连环杀手，被称为“史上第一杀人王”。

② 肯尼斯·比安奇，美国连环杀手，与其堂兄并称“山坡绞杀者”，曾杀害12名女性。

功，她的成果。还附有一张彩色照片。”他把纸递给朱克。

“现在事情就有意思了。”朱克说，“你从这张照片上看到了什么，摩尔警探？”

“一个有魅力的女人。”

“除此之外呢？她的动作、表情传递给你什么信息？”

“自信。”摩尔顿了顿，“距离感。”

“这也是我所看到的。一个处在事业顶峰的女人。高高在上。手臂交叉抱胸，高昂的下巴。大多数凡人无法企及。”

“你的意思是？”马凯特问。

“想想是什么让我们的嫌犯兴奋起来的。是受伤的女人，被强奸玷污了的女人。象征性地被摧毁了的女人。这就是凯瑟琳·科德尔，一个杀了他同伴安德鲁·卡普拉的女人。她看起来没有受伤，看起来不像受害人。不，在这张照片上，她看起来像胜利者。你要是他，看到这张照片时会感觉如何？”朱克看着摩尔。

“愤怒。”

“不只是愤怒，警探。是十足的、无法控制的狂怒。在她离开萨凡纳之后，他跟着她来到了波士顿，但是他找不到她，因为科德尔把自己保护得很好。于是他伺机而动，先杀死其他的目标。他可能把科德尔想象成一个受伤的女人。一种非人生物，只能是作为祭品等着被收割。然后某一天，他翻开报纸，与她——不是以牺牲品，而是以得胜的‘婊子’的身份——面对面相遇。”朱克把文章递回给摩尔，“我们的犯人试图把她拉回深渊，他正在制造惊恐以达到目的。”

“他的最终目的是什么？”马凯特说。

“把她拉到自己再次能应付的某个水平。他只会攻击那些举止像受害人的女性。从那些遭受伤害和羞辱的女性身上，他感觉不到威胁。还有，如果安德鲁·卡普拉确实是他的同伙，那么我们的嫌犯还有另一个动机。报复她所破坏的一切。”

马凯特说：“所以如果真有这么个同伙，我们要去哪里找他？”

“如果卡普拉有个同伙，”摩尔说，“那就又把我们带回到了萨凡纳。我们在此一无所获。到目前为止，我们已经进行了近一千次的询问，连个像样的嫌疑人都没找到。我想是时候调查一下与安德鲁·卡普拉有关联的人士了。看看那些名字是否出现在波士顿。弗罗斯特已经联系了萨凡纳那边的负责人辛格警探，他会飞过去，复查证据。”

“为什么是弗罗斯特飞过去？”

“为什么不行？”

马凯特看着朱克：“难道我们要瞎追一只野鹅，做无用功？”

“有时候，你确实能抓到一只野鹅，有意外之喜。”

马凯特点点头。“行吧，那就去萨凡纳。”

摩尔起身，准备离开，却被马凯特叫住了。“你能留下来一会儿吗？我要和你谈谈。”等到朱克离开办公室，马凯特关上门，说：“我不想让弗罗斯特去萨凡纳。”

“我能问原因吗？”

“因为我想让你去。”

“弗罗斯特准备出发了。他把一切都收拾好了。”

“不关弗罗斯特的事，是你。你得和这案子保持点距离。”

摩尔陷入沉默，他知道事情的走向了。

“你花费太多的时间和凯瑟琳·科德尔待在一起了。”马凯特说。

“她是调查的关键。”

“和她待在一起的夜晚太多了。周二半夜你还和她在一起。”

里佐利。里佐利知道这事。

“还有周六，你一整晚都和她待在一起。到底发生了什么？”

摩尔无言以对。他能说些什么？是的，我越界了。但是我情难自己。

马凯特重重地瘫坐在椅子上，一脸巨大的失望。“真不敢相信我居然会和你说这些。在所有人之中，居然是你。”他发出一声叹息，“是时候把你拉回来了。我们会派其他人去与她对接。”

“但是她信任我。”

“你们之间只有，信任？我听闻的远不止这些。不用我说，你也知道有多不合适。听着，我们之前见过这种事，发生在别的警察身上。从来就没有过好结果，这一次也不例外。现在，她需要你，你正好在身边。你们俩会陷入热恋几个星期或一个月。然后，在某天清晨醒来时，砰，一切都结束了。无论是你还是她，都会受伤。对这种事，每个人都会感到遗憾。”马凯特停下来，等待回应。但是摩尔没开口。

“除了个人问题，”马凯特继续说，“这还会使调查变得复杂。还有，让整个小组都面临尴尬。”他粗暴地朝门口挥挥手。“去萨凡纳，离科德尔远一点。”

“我需要对她解释——”

“别给她打电话。我们会让她知晓此事。我派克罗去代替你。”

“别派克罗。”摩尔脱口而出。

“那派谁？”

“弗罗斯特，”摩尔叹息，“让他去。”

“行吧，弗罗斯特。现在就去搭飞机。出去走走，让头脑冷静下来。现在你可能会生我的气。但是你知道的，我只会要求你做正确的事情。”

摩尔的确知道，而有面镜子正立在他面前，观照着他的所作所为，真是令人痛苦。他看见镜子里的“圣人托马斯”已经堕落，被自己的欲望打倒。真相令他愤怒，因为他无法反驳，无法否认这一点。一直到走出马凯特的办公室，他都没有再说一句话。但是，当见到正坐在桌前的里佐利时，他再也无法抑制住内心的怒火。

“恭喜啊，”他说，“反击成功了。伤人的感觉真好，是不是？”

“我？”

“你告诉马凯特了。”

“对，是的。如果我做了，那我不会是第一个告发同伴的警察。”

反驳如针一般扎人，并且达到了预期的效果。在无言的冷漠中，摩尔转身离开了。

走出办公大楼，他停在前面的通道上，一想到自己今晚见不到凯瑟琳，就心生凄凉。然而，马凯特是对的，自己必须这么做。从一开始就应如此，两人要小心翼翼地守住彼此间的界线，要将吸引力弃在一边。但是，她太脆弱了，而他，又太傻了，才会为此沉迷。多年来，他一直安分守己、循规蹈矩，现在他发现自己进入了一个陌生的领域——一个由激情而非逻辑支配的令人不安的地带。在这个新世界，他很不舒服。不知道有何办法从中逃离。

凯瑟琳坐在车里，正在积蓄勇气，准备走进施罗德广场1号。整个下午，在一连串的诊疗中，她一边检查病人，咨询同事，处理日常工作中总是会出现的小麻烦，一边装模作样地说着客套话。她的笑容很空洞，在亲切的面具之下涌动着绝望的暗流。摩尔没有回复她的电话，她也不知道原因。在一起不过一个晚上，他们俩的关系就变质了。

最后，她走下车，迈进波士顿警察局总部。

虽然她之前来过这里，为的是波洛恰克医生的催眠，但是这幢大楼看起来仍然像一座令人望而生畏的堡垒，她不属于这里。当那个坐在前台后身穿制服的警察盯着她看时，这种印象就更强烈了。

“有什么可以帮你？”他问，面无表情。

“我来找凶案专办小组的托马斯·摩尔警探。”

“我打电话确认一下。请问你的姓名是？”

“凯瑟琳·科德尔。”

那个人打电话时，凯瑟琳在大厅等着，感觉自己被锃光瓦亮的大理石以及所有从身边经过时向她投来好奇目光、身穿制服或便衣的男人弄得不知所措。这是摩尔的世界。她是陌生人，闯进了一个有硬汉死死盯着、枪在枪套里闪闪发光的地方。突然，她意识到来这里是个错误，就不应该来，于是她开始向出口走去。就在她走到门口时，一个声音喊住了她。

“科德尔医生？”

她转过身，认出那个刚刚从电梯里出来、面容温和讨喜的金发男人，是弗罗斯特警探。

“为何我们不上楼去聊？”他说。

“我来找摩尔。”

“是，我知道。所以我下楼来接你。”他指了指电梯，“搭电梯吧？”

到第二层时，他领着她穿过走廊，走进凶案专办小组的办公室。她以前没来过这里，感到非常惊讶，这里的布局竟如此像商业办公室，电脑、办公桌一应俱全。他带着她来到一把椅子旁，示意她坐下。他的眼里充满善意，看得出她在这个陌生的地方感到很不自在，于是尝试让她放松下来。

“来杯咖啡？”他问。

“不了，谢谢你。”

“那我给你来点什么？苏打水？白开水？”

“不用。”

弗罗斯特也坐了下来。“所以，你需要聊些什么，科德尔医生？”

“我想见摩尔警探。我一整个上午都在做手术，我以为他会试着联系我……”

“实际上……”弗罗斯特停顿了一会儿，眼里流露出明显的不安，“中午时我在你办公室的前台留了言。从现在开始，你有什么问题都可以联系我。不用联系摩尔警探了。”

“是，我收到留言了。我只是想知道……”她把泪水生生地憋了回去，“想知道为什么变了。”

“嗯，这是为了提高调查的效率。”

“什么意思？”

“我们需要摩尔专注于案子的其他部分。”

“这是谁决定的？”

弗罗斯特看起来越来越不高兴了。“科德尔医生，我真的不知道。”

“是摩尔决定的吗？”

又一阵停顿。“不是。”

“所以并非他不想见我。”

“我确定不是这个原因。”

她不知道弗罗斯特告诉她的是真相还是仅仅为了让她好受一些。她注意到在另一个工作间的两个警探正朝她的方向打量着，顿时气得满脸通红。除了她，其他所有人都了解真相了吗？她从他们眼里看到的是同情？整个上午她都在回味昨晚的记忆。她在等着摩尔的电话，渴望听见他的声音，渴望知晓他对她的思念。但是他没有打过来。

在中午的时候，她接到了弗罗斯特的电话留言，告诉她，以后有问题就与他联系。

她现在唯一能做的就是抬起头，忍住盈眶的泪水，问道：“是有什么原因让我不能和他说话吗？”

“恐怕他现在不在波士顿，他下午就走了。”

“我知道了。”不用别人说，她就明白了，他只会透露那么多。她没问摩尔去哪里了，也没问怎样才能找到他。她已经因为自己盲目到这里来而感到羞耻了，现在骄傲的自尊又占据着上风。在过去两年，自尊一直是她力量的主要来源。它日复一日鞭笞着她大步向前，绝不让她披上受害者的外衣。别人眼里的她，外表冷漠，有距离感，因为她只允许别人看到这一面。

只有摩尔看见了真正的我。受伤和脆弱的我。这就是敞开心扉的后果。所以我不能再软弱了。

于是她站起身离开，脊背直挺，目光坚定。她走出工作间时，路过了摩尔的办公桌。通过上面的名牌，她知道这是他的桌子。桌上摆着一个相框，照片上的女人面带微笑，阳光洒在她的发丝上。她盯着照片愣了一会儿。

然后，她转身离开，离开摩尔的世界，悲伤地退回到自己的世界里去。

第十八章

摩尔以为波士顿的热已经是令人忍无可忍的了，却没料到萨凡纳更甚。下午晚些时候走出机场，他觉得自己就像直接泡进了一缸热水；当他满身疲惫地走去租赁汽车停车场时，四肢仿佛在涉水，停车场里潮湿的空气在碎石路面上袅袅娜娜。等他到旅馆办理入住时，衬衫已经湿透了。他脱下衣服，打算在床上躺一会儿，小憩几分钟，结果睡了一整个下午。

等他醒来时，天色全黑。在凉意十足的空调房里，摩尔被冻得瑟瑟发抖。他起来坐在床边，脑袋嗡嗡直响。

随后他从行李箱扯出一件干净的衬衫换上，然后离开旅馆。

即便到了晚上，空气也如同蒸汽，但是他把车窗打开了，边开车，边呼吸着南方潮湿的气味。虽然他以前没来过萨凡纳，但已经听闻过它的迷人之处。漂亮的老房子、熟铁制的长凳，还有《午夜善恶花园》。可他不是为旅游景点而来。他正要驾车去城市东北角某个地址。这个社区非常宜人，有许多精致的小房子，都带有门廊、围着篱笆的花园，还有枝繁叶茂的树木。他找到了去朗达街的路，到达之后，把车子停在了房子门口。

里面的灯正亮着，能瞧见电视机发出的蓝光。

他在想，现在住在里面的人是谁？他们是否知道这栋房子的历史？当他们晚上关了灯，爬到床上时，是否会想起那个房间曾遭遇的事情？躺在黑暗中，他们会不会听见在四壁间回荡的恐怖声音？

一个影子从窗边走过——是个女人，身材苗条，长发飘飘，与凯瑟琳非常相似。

现在，通过想象的眼睛，他看到那时的场景。那个年轻人站在门廊上，敲着前门。门打开了，金色的灯光洒进黑暗里。凯瑟琳就站在那里，被灯光包裹着，正邀请这个在医院认识的年轻同事进门，从未想过他准备对她实施的恐怖行动。

还有第二个声音，第二个男人——他是从哪里进去的？

摩尔在车里坐了很久，上下打量着这座房子，留意窗户和灌木丛。他走下汽车，沿着人行道慢慢地走，观察房子四周的环境。灌木丛极其繁茂，以至于他无法透过它看清后院。

这时，马路对面房子的门廊灯亮了起来。

他转过身，看见一个胖女人正站在窗前盯着他，并将电话举到了耳边。

他马上回到车里，离开了。还有一个地方，他想要去看看。在州立大学附近，往南走几英里。他不知道凯瑟琳曾有多少次开车经过这条路，不知道左边的比萨小铺或右边的干洗店，是否她频繁光顾过的地方。环顾四周，似乎在哪里都能看见她的脸庞，弄得他心烦意乱。这意味着他放任自己的情感与调查纠缠不清，再这样下去，对谁都没好处。

他抵达自己要找的街道了。路过几个路口之后，他在本应是个住址的地方停了下来。他发现这里已是一片空荡荡，长满了茂盛的杂草。他以为这里会有一座房子，业主是斯特拉·普尔太太，寡妇，58 岁。三年前，普尔太太把自己楼上的公寓租给了外科实习医生安德鲁·卡普拉，一个总是按时交租的安静年轻人。

他下了车，站在人行道上，安德鲁·卡普拉肯定也在这里走过。他来回打量着卡普拉曾住过的这一条街。州立大学就在几个街区之外，他猜这里有许多房子出租给学生——这些短租客或许不知道他们恶名昭彰的邻居的事迹。

一阵风搅动着浓稠的空气，他不喜欢这升腾而起的气味。是潮湿、腐烂的味道。他抬头看了看在安德鲁·卡普拉的旧住处前庭里生长着的某棵树，有一丛松萝凤梨从枝丫上垂下来。他打了个激灵，心想，*这果实真奇怪*，同时回想起童年时一个怪诞的万圣节，当时有个邻居拿了一根绳子套在稻草人的颈脖上，又将稻草人挂在树枝上，觉得那是吓唬“不给糖就捣蛋”的小孩子的好手段。摩尔的爸爸一看到就气得面色铁青，立刻冲到隔壁，不顾邻居的抗议，砍倒了稻草人。

摩尔现在有了同样的冲动，想爬到树上，把摇摇晃晃的长须扯下来。

然而，他没有这样做，而是转身回到车里，驾车返回旅馆。

马克·辛格警探把一个硬纸箱放在桌上，拍了拍手上的灰。“这是最后一个。我们花了一整个周末去找它们，都在这里了。”

摩尔瞧着在桌上一字排开的十二个证据箱，说道：“我应该带个睡袋来，然后住在里面。”

辛格哈哈笑了。“如果你想把这堆资料一页一页地看完，倒是可以这么做。什么资料都不能离开这栋楼，知道吗？复印机就在大厅那头，登记一下你的名字和单位就行。卫生间往那个方向走。大多数时候，小休息室里会有甜甜圈和咖啡。如果你拿了甜甜圈，往罐子里投几个硬币，男孩们会很感激的。”虽然他说话时面带微笑，但摩尔听得出来，这南方人用慢悠悠的腔调说出来的话还有别的意思：*我们有我们的规矩，即便是你这个从波士顿来的大人物也得遵守*。

凯瑟琳不喜欢这个警察，摩尔现在明白原因了。辛格比他预想的要年轻一些，不到 40 岁，肌肉过分发达，不愿意接受批评。一群狗里只能有一只领头，摩尔姑且让辛格先当着。

“这里有四个箱子，装着所有调查管理档案，”辛格说，“或许你会想从它们开始。交叉索引档案在那个箱子，行动档案在这里。”他走到桌旁，边说话，边拍了拍箱子。“这些是亚特兰大多拉·西科恩案的档案。不过只是复印件。”

“原件在亚特兰大警察局吗？”

辛格点点头。“第一个受害人，只有一个是他在那儿杀的。”

“既然它们是复印件，我能把这只箱子带走，拿到旅馆去看吗？”

“只要你带回来就行。”辛格叹了一口气，左右看了看箱子，“你知道吗，我不明白你在找什么。没有比这更一目了然的案子了。每个人身上都有卡普拉的DNA。我们搜到了相匹配的纤维，有了时间线。卡普拉住在亚特兰大时，多拉·西科恩在亚特兰大被谋杀。他搬到萨凡纳之后，这里的女孩开始接连不断地死去。地点、时间都对得上。”

“我从来没怀疑过卡普拉的杀手身份。”

“那你现在为何要把陈年旧案挖出来？其中有的都是三四年前的东西了。”

摩尔听出了辛格话里的警惕，知道必须要采取点交际策略了。如果暗示辛格他在卡普拉案的调查中犯了错，他遗漏了卡普拉有个同伙的重要细节，那么与萨凡纳警局的合作则想都别想了。

于是摩尔选了一个完全不带责备意味的回答。“我们有个模仿作案猜想，”他说，“出现在波士顿的嫌犯可能是卡普拉的追随者。他正绞尽脑汁地重演罪行。”

“他是怎么知道细节的？”

“或许在卡普拉还活着的时候，他们就有联系。”

辛格看起来放松了，甚至大笑起来。“一个变态的粉丝俱乐部？啊哈。非常好。”

“既然嫌犯非常熟悉卡普拉的犯罪经过，那我也需要像他一样了解卡普拉。”

辛格在桌旁挥挥手。“那么，你加油吧。”

等辛格离开房间之后，摩尔研究了一番证据箱上的标签。他打开一个标记为“萨凡纳调查管理档案1号”的箱子。里面有三个手风琴状的折叠式文件夹，全都塞得满满当当。这还只是四个调查管理档案箱子中的一个。第一个文件夹包含萨凡纳三起袭击案的事件报告、目击者证词和逮捕令。第二个文件夹装着嫌犯档案、犯罪记录审查资料和检验报告。光是第一个箱子里的东西，就够他看上一整天了。

而那里还有十一个箱子要看。

他从辛格的结案陈词着手。针对安德鲁·卡普拉的证据是如此无懈可击，再一次震惊了他。一共有五次袭击记录在案，其中有四人死亡。第一个受害人是多拉·西科恩，在亚特兰大被杀。一年之后，杀手开始在萨凡纳行凶。有三个女人在同一年被杀害：丽莎·福克斯、鲁思·沃利斯和珍妮弗·托雷格罗萨。

卡普拉被射杀于凯瑟琳·科德尔的卧室后，杀戮才停止。

在每一起案件中，警方都在被害人的阴道里找到了与卡普拉DNA相吻合的精液。在福克斯和托雷格罗萨的案发现场遗留有卡普拉的头发丝。第一个被害人西科恩被杀害的同年，卡普拉完成了他在亚特兰大埃默里大学医学院最后一年的学业。

谋杀跟着卡普拉来到了萨凡纳。

一条条证据编织成了一个紧密的图样，这块织物坚不可摧。但是摩尔意识到，他看的只是一份案件概要，它把所有支持辛格结论的要素都扯到了一起。矛盾的细节或许被忽视了。微小却关键的矛盾，他希望能从证据箱里搜出来。他觉得，在里面的某处地方，“外科医生”一定留下了他的足迹。

他打开第一个折叠式文件夹，开始看起来。

就这样，当他从椅子上站起来，抻抻扭作一团的背部时，三个小时过去了。已经是中午时分，这堆资料他才只看了一点点。甚至连“外科医生”的一丝气味都没有嗅到。他沿着桌子走，看那些还未开封的箱子，有一只上面标记着：“12 号，福克斯 / 托雷格罗萨 / 沃利斯 / 科德尔，剪报 / 录像带 / 杂项”。

他打开箱子，在一沓厚厚的文件夹上发现了六盘录像带。他把标记着“卡普拉住所”的录像带取出来。日期是 6 月 16 日，正好是他袭击凯瑟琳的那一天。

摩尔找到了辛格，他正在自己桌边吃三明治——是熟食店的特色食品，上面堆满了厚厚的烤牛肉。办公桌本身就能透露辛格的做派。文件垒得整整齐齐，每一张纸连边边角角都要对齐摆放。一个过分注重细节的警察，与他共事可能会非常头疼。

“有我能用的录像机吗？”摩尔说。

“我们锁起来了。”

摩尔等着，下一个请求如此明显以至于他连口都懒得开了。随着一声夸张的叹息，辛格伸手进办公桌的抽屉里，拿出钥匙，站起身。“我猜你想现在就要，对吧？”

辛格从储藏室里推出装有录像机和电视机的小推车，将其推到摩尔办公的房间。他插上电源，按下电源键，一切开始运作，他发出了两声心满意足的哼哼。

“谢谢。”摩尔说，“我可能需要用好几天。”

“你有什么重大发现了吗？”辛格言辞里的嘲讽清晰可辨。

“我才刚刚开始。”

“我看见你拿了卡普拉的录像带出来。”辛格晃了晃脑袋，“天啊，那房子有一堆奇怪的狗屎。”

“我昨晚路过那个地方。现在只剩下一片空地了。”

“那房子在一年前已被烧毁。卡普拉的案子见报后，房东太太没法把楼上的公寓租出去了。于是她开始收费，让游客来参观，真是见鬼了，生意居然还不错。你知道吗，那些病态得像安妮·赖斯[①]一样的愚民，来朝拜怪物的巢穴。该死的，房东太太本身就有点古怪。”

“我需要和她谈谈。”

“除非你能和死人对话。”

“在火灾中死了？”

“被烧成了焦尸，”辛格笑了，“吸烟确实有害健康。她证明了这一点。”

等到辛格离开，摩尔才把写着“卡普拉住所”的录像带插进机

① 安妮·赖斯，美国作家，“吸血鬼纪事”系列小说的作者。

器里。

第一个画面是在室外，白天，卡普拉住过的房子前一景。摩尔认出了庭院里的那棵挂有松萝凤梨的树。房子本身平平无奇，就像一个两层高需要刷漆的盒子。摄影师的画外音给出了拍摄的日期、时间和地点。他自称是萨凡纳警探斯皮罗·帕塔基。根据日光来判断，摩尔猜测影片应摄于清晨。摄像机镜头摇到了街上，摩尔看见一个慢跑者跑过，脸转向镜头，带有几分好奇。交通拥挤（可能是早高峰时间？），有几个邻居站在人行道上盯着摄影师。

现在，画面回到了房子上，手持式摄像机摇摇晃晃，离前门越来越近。进去之后，帕塔基警探简单地扫了一遍一楼，那是房东普尔太太住的地方。摩尔瞥见了褪色的地毯、暗沉的家具和一个装满烟蒂的烟灰缸。这个致命的习惯害得她以后被烧成了焦尸。摄像机走上了一段狭窄的楼梯，穿过一扇装有沉重门栓的门之后，就进入了楼上安德鲁·卡普拉的公寓。

摩尔光是看着就感觉得了幽闭恐惧症。第二层被切割成许多个小房间，不管是谁做的“装修”，肯定是因为那时的木镶板很便宜。每一面墙都贴上了深色的胶合板。摄像机移到了一条极其狭窄的走廊上，看起来就像在钻隧道。“卧室在右边。”帕塔基在视频里说，镜头在门口一闪而过，捕捉到了一张收拾得整整齐齐的双人床，一个床头柜，一张梳妆台。所有的家具都与这个阴暗的小洞很和谐。

“现在走到后面的生活区去。”帕塔基说，摄像机猛地再次回到

“隧道”里。接着它出现在一个更大的房间里，有几个人围站着，表情严肃。摩尔认出壁橱门边的辛格。这里是警方的着手点。

摄像机对准了辛格。“这扇门原来用挂锁锁上了，”辛格边说，边指着一把被破坏的锁，“我们不得不撬开锁扣。我们在里面发现了这个。”他打开壁橱的门，猛地拉了一下灯绳。

摄像机短暂地失了焦，然后画面突然再次锐化，清晰得惊人的图像充斥屏幕。是一张黑白的女人面部照片，眼睛瞪得巨大且死气沉沉，脖子的割口很深，以至于气管软骨都被切开了。

“我相信这个就是多拉·西科恩，”辛格说，“好，现在把镜头对准这个。”

摄像机移到右边。另一幅照片，另一个女人。

“这些似乎是四个受害人死后拍的照片。我相信我们正在看的分别是死者多拉·西科恩、丽莎·福克斯、鲁思·沃利斯和珍妮弗·托雷格罗萨的照片。”

这是安德鲁·卡普拉的私人照片陈列馆。一个重温杀戮之乐的“世外桃源”。比照片本身更让摩尔愈加不安的是，墙上还留有许多空白之处，架子上放有一小包图钉。还剩很多的空间，可以贴更多的照片。

摄像机镜头让人晕眩地晃过壁橱，还是在那个大一点的房间。帕塔基慢慢地摇着镜头，用摄像机记录下沙发、电视、桌子和电话。书架上摆满了医学书籍。摄像机继续拍着，一直拍到了厨房。现在，它的镜头对准了冰箱。

摩尔倾着身子靠近屏幕，他的喉咙突然变得很干。他已经知道冰箱里藏着什么，然而当看到辛格走近冰箱时，他发现自己脉搏加速了，胃也不由得在恐惧中翻滚。辛格停下了脚步，盯着镜头。

“这就是我们在里面找到的东西。”他边说话，边打开了冰箱。

第十九章

他绕着街区走了一圈，这个时候已无暇顾及高温，他对录像带上的影像仍心有余悸。一走出会议室，摩尔就觉得自己好受了一些，现在那个地方已经与恐惧紧紧地联系在了一起。萨凡纳甜腻腻的空气和柔和的绿光弄得他十分不舒服。波士顿有着锐利的棱角和刺耳的噪声，每一栋建筑，每一张怒脸，都对焦精准，异常清晰。在波士顿，你知道自己是活着的，因为你会生气愤怒。而这里，一切都失去了焦点。他仿佛在透过一层纱看萨凡纳，这座城市充斥着假斯文的微笑和困顿的声音，摩尔想知道这表象之下到底隐藏着什么黑暗。

他回到休息室，发现辛格正在笔记本电脑上打字。“等等。”辛格说，然后点了一下拼写检查。上帝保佑他的报告里可不要有什么拼写错误。完事后，他满意地看着摩尔：“怎么了？”

“你找到卡普拉的通讯录了吗？”

“什么通讯录？”

“大多数人会在电话机旁边摆一本通讯录。我没有在拍摄他公寓的视频里看到。也没有在你们的物品清单里发现。”

“你说的是两年前的事了。如果不在我们的清单里，那就是没有这个东西。”

“或者说，在你们到他的公寓之前，就被拿走了。”

“你在旁敲侧击地打听些什么？我以为你是来研究卡普拉的作案手法，而不是重翻旧案的。”

“我对卡普拉的朋友感兴趣。所有熟悉他的人。”

“见鬼，没人了解他。我们询问了所有与他共事的医生、护士。还有房东太太、邻居。我还开车去了亚特兰大，和他的姑妈谈话。她是他唯一还活着的亲人。”

“是的，我看了那些谈话记录。”

“那你就会知道，他骗了所有人。我听到的评价一致是：‘心慈的医生！有礼貌的年轻人！’”说完，辛格轻蔑地哼了一声。

“他们根本不知道卡普拉的真面目。”

辛格把头转回他的笔记本电脑。“见鬼，没人知道怪物是谁。”

是时候看这最后一盘录像带了。摩尔把这一盒留到了最后，因为他还没准备好去面对那些图像。看其他的带子时，他可以很淡然，一边研究丽莎·福克斯、珍妮弗·托雷格罗萨、鲁思·沃利斯的卧室，一边做笔记。他把血液喷溅形状、受害者手腕上的尼龙绳结、死气沉沉的眼睛观察了一遍又一遍。他之所以可以冷静理智地看这些带子，是因为他不认识她们，记忆中没有她们的回声。他没有把注意力集中在受害人身上，而是集中在了穿进她们房间的邪祟上。摩尔把记录沃利斯凶案现场的录像带弹出来，放在桌面上。接着他不情不愿地拿起剩下的那盘带子，上面贴的标签写着日期、案件号和“凯瑟琳·科德尔住所”几个字。

他想推迟到明天早晨再看，那时候他正精神。现在是晚上9点，他已经在这个房间里面待了一整天。他拿着录像带，掂量着要怎么做。

过了好一会儿，他才察觉到，辛格正站在门口，看着他。

“伙计，你还在这里。”辛格说。

“我还要重温好多材料。”

“你看完了所有的录像带？”

“除了这一盒。”

辛格扫了一眼标签。“科德尔？”

“是的。”

“继续，播放吧。或许我可以补充一些细节。”

摩尔把带子插进录像机，然后按下播放键。

凯瑟琳房子的前庭出现在他们面前。午夜时分。门廊上的灯亮起来了，屋子里的灯也全都亮着。在视频里，他听到了拍摄者给出的日期和时间——凌晨2点，还有他的名字。还是斯皮罗·帕塔基，他似乎是大家最喜欢的摄影师。摩尔听到大量嘈杂的背景音，有说话声、渐弱的警笛声。帕塔基照例把四周的环境扫视了一遍，摩尔看见一堆表情冷漠严肃的邻居聚集在一起，隔着案发现场的隔离带张望，他们的脸被停在街上的几辆警车的车灯照得忽明忽暗。这让他很震惊，因为当时已经是半夜了，一定是一场相当严重的骚乱，才会吵醒那么多的邻居。

帕塔基把镜头转回房子，慢慢走近前门。

“枪响，”辛格说，“我们最初接到的报告是这么描述的。街道对面的女人听到了第一声枪响，然后一阵长时间的停顿，接着是第二声枪响。她打了 911。七分钟之后，第一个警察到达了现场。两分钟之后叫了救护车。”

摩尔记得街道对面的那个女人，之前站在窗前紧盯着他。

“我看了这个邻居的证词，”摩尔说，“她说没看见任何人从前门出来。”

“没错。她只听到了两声枪响。听到第一声之后她就下了床，往窗外看去。然后，大概五分钟之后，她听见了第二声枪响。”

五分钟，摩尔思索着，是何种原因造成了两枪的时间差？

屏幕上，摄像机进入了前门，现在就在屋子里。摩尔看见了一个柜子，柜门大开，里面有几件外套挂在衣架上，有一把雨伞、一台吸尘器。现在视角变了，慢慢地扫过客厅。紧挨着沙发的茶几上放着两个玻璃杯，其中一杯还装着看起来是啤酒的液体。

“科德尔邀请他进了家门，”辛格说，“他们一块喝了几杯。然后她去了一趟洗手间，回来之后，把啤酒一饮而尽。不到一个小时，迷奸药就起作用了。”

沙发是桃色的，织物上编有碎花图案。摩尔以为凯瑟琳不是那种喜欢碎花织物的女人，但是事实却摆在眼前。窗帘上有花，远端椅子的靠垫上也有花，充满色彩。在萨凡纳，她过着五彩缤纷的生活。他想象着，她与安德鲁·卡普拉坐在沙发上，同情地倾听着他关于工作的担忧；慢慢地，迷奸药从她的胃流进血液中。药物成分打着旋儿进入她的大脑。卡普拉的声音逐渐消失。

他们现在去厨房了，摄像机扫过房子，记录下他们在那个周六凌晨 2 点检查的每一间房。厨房水槽里放着一只玻璃杯。

忽然摩尔倾着身子向前看。“这个杯子——你们做了残留唾液的 DNA 分析吗？”

“我们为什么要做？”

“你们不知道是谁用过这杯子？”

“第一个到现场的警察说，当时屋子里只有两个人，卡普拉和科德尔。”

“茶几上已经有两个杯子了。第三个杯子是谁用的？”

“见鬼，它可能已经在厨房的水槽里泡了一整天。这跟我们发现的情况毫无关系。”

摄影师已经完成对厨房的扫视，现在转向走廊。

摩尔抓起遥控器，按下倒带键，把带子倒回到了刚刚进入厨房的那一段。

“怎么了？”辛格说。

摩尔没吱声，他靠得更近了一些，观察屏幕上再次播放的画面。冰箱上贴着闪亮的水果形状磁铁。厨房柜台上摆着面粉罐和糖罐。水槽里有一只玻璃杯。然后摄像机扫过厨房门，朝走廊而去。

摩尔又倒回去看了一遍。

“你究竟在看什么？”辛格问。

录像带倒回到水杯的画面。摄像机开始移动至走廊。摩尔按下暂停键。“这里，”他说，“厨房门，通向哪里？”

“嗯——后院。通向草坪。”

“后院的外头是什么？”

“相邻的庭院。另外一排房子。”

“你和隔壁院子的户主谈过话吗？他或者她有没有听到枪声？”

“那又有什么关系呢？”

摩尔站起来，走到屏幕前。“厨房门，”他轻轻敲着屏幕说，“这是一条门链，不是固定的。”

辛格一时没发话。“但门是锁着的呀。看到球形把手按钮的位置了吗？”

“是的。这种按钮你可以先按下，出去的时候把门带上，就锁起来了。”

“你的意思是？”

“为何她按下按钮却没有扣上门链？通常夜间人们锁门时会一次性把所有步骤都做完。他们按下按钮，滑上锁链。她遗漏了第二步。”

“可能她忘了。”

“已经有三个女人在萨凡纳被杀了。她害怕得要放一支枪在自己的床底。我不认为她会忘记。”他看着辛格，“可能有个人从厨房门走了出去。”

“屋子里只有两个人，科德尔和卡普拉。”

摩尔思考了一番接下来要说什么。如果他直截了当地挑明，不知会得到更多还是失去更多。

到这时，辛格才明白对话会推进到哪个方向。“你是说，卡普拉有个同伙？”

“是的。”

“从一扇没滑上链条的门，得出这样一个结论，是不是太荒谬了？”

摩尔吐了一口气。“不止这些。凯瑟琳·科德尔被袭击那晚，她在房子里听到了另外一个声音。男的，和卡普拉说着话。”

“她从来没和我说过这些。”

“这是在司法催眠过程中发现的。”

辛格突然哈哈大笑。“你找了个灵媒来作证？要是那样的话我真相信了。”

“这就解释了为何‘外科医生’会对卡普拉的手法如此了解。这两个男人是搭档。‘外科医生’继承了他的风格，跟踪他们毒手下唯一的幸存者。”

“满世界都是女人，为什么独独关注她？”

“未竟的事业。”

“噢，好的，那我有个更好的推测。”辛格从椅子上站起来，“科德尔忘记把厨房的门链扣起来了。你们波士顿的嫌犯模仿从报纸上学来的手法。而你们的司法催眠师催出了一段错误的记忆。”他摇摇头，朝门口走去，又扔回一句讽刺的临别话：“你抓到真凶了记得告诉我一声。”

摩尔没让这段对话困扰自己太久，很快就释怀了。他知道辛格正替自己在办案时的所作所为辩解，他也无法责备辛格的怀疑。他甚至开始对自己的直觉感到疑惑了。他大老远跑到萨凡纳来，是为了验证同伴猜想，要么对，要么错，然而到目前为止，一丁点儿的证据都没找到。

他集中精神对着屏幕，按下播放键。

摄像机离开厨房，沿着走廊向前移动。中途停顿下来看了看浴室——粉红色的毛巾，有着五彩斑斓小鱼图案的浴帘。摩尔的手已经濡湿。他害怕看到接下来发生的一切，但是没法把目光从屏幕移开。镜头离开浴室，继续在走廊上前进，经过了一幅挂在墙上的带框的粉色牡丹水彩画。木地板已经被第一批到达现场的警察和随后到来的紧张忙乱的救护人员踩得满是脚印、血迹斑斑。地上只剩下一个令人困惑的红色抽象轮廓。一扇门隐隐约约在前方出现，镜头因手在颤抖而随之晃动。

现在，摄像机移进卧室了。

摩尔感到自己的胃液在翻滚，并非他眼前所见比之前的犯罪现场更骇人。不，这种恐惧来自内心深处，因为他认识并且深深在乎那个在此经受痛苦的女人。他曾经研究过这个房间的静态照片，但是它们没有表现出视频那般的恐怖。虽然凯瑟琳不在画面里——这时候她已经被送去医院了——但证明她饱受折磨的证据正在电视屏幕上朝他嘶吼。他看见曾绑住她手腕、脚腕的尼龙绳，仍系在四根床柱上。还看见留在床头柜上的医用器械——手术刀和牵开器。他看见的一切，冲击力是如此巨大，以至于他摇晃着向椅背靠去，好像被拳头推了一下。

最后，镜头终于转向了躺在地上的安德鲁·卡普拉，摩尔内心几乎没有荡起一点儿波澜；他已经被前几秒钟看到的一切弄得麻木了。卡普拉的腹部伤口在大量地流血，躯干下漫着一摊血泊。第二枪的子弹射进他的眼睛，造成了致命伤。摩尔记得两枪之间有五分钟的间隙。他所看到的画面巩固了时间线。从积血量来判断，卡普拉至少还活了几分钟。

视频播到了尾声。

摩尔盯着空白屏幕，终于从麻痹状态里苏醒过来，随后关掉录像机。他精疲力竭，难以从椅子上站起来。最后他终于站了起来，只为逃离这个地方。他拿起装着亚特兰大案件调查的影印文件的箱子。因为这些是存档于亚特兰大的材料的复印件，而非原件，所以他可以拿到别的地方去查阅。

回到旅馆，他冲了个澡，吃了一份客房服务员送来的汉堡和薯条，又看了一个小时的电视来减压。但是，他坐在那儿不停地换台时，手痒得直想给凯瑟琳打电话。看完犯罪现场的最后一段视频，他已明白到底是何种怪物在跟踪她，自己无法做到高枕无忧。

他两次抓起电话，都放了下去。然后又拿起来，这次手指自然而然地拨了一个异常熟悉的号码。电话铃响了四声，然后转到了凯瑟琳家的电话答录机。

他没有留下任何口信就挂了电话。

摩尔定眼望着电话，为自己的决心如此轻易地破碎而深感羞愧。他保证过自己能坚持住，也答应了马凯特的要求——在调查期间与凯瑟琳保持距离。*当一切尘埃落定时，我会让我们的关系恢复如常。*

他盯着桌上那堆亚特兰大案的文件。已经是三更半夜了，工作还没开始。他疲惫地叹了一口气，打开从箱子里取出的第一份资料。

多拉·西科恩，她是安德鲁·卡普拉刀下的第一个牺牲品，卷宗读起来让人不太开胃。他已经知道大致的细节，这些内容被辛格概括在总结报告里了。但是摩尔没有看过来自亚特兰大警方的原始报告，现在他得回顾一遍，研究安德鲁·卡普拉的早期手法。亚特兰大，那里是一切开始的地方。

他先看最初的犯罪报告，然后再看询问档案。证词有西科恩邻居的，她最后一次现身的当地酒吧的酒保的，以及发现尸体的女性朋友的。还有一份嫌疑人的名单和照片，卡普拉不在其中。

多拉·西科恩当时 22 岁，是一名就读于埃默里大学的研究生。她死亡当晚，最后一次露面是在午夜时分，正在小酒馆喝着玛格丽特酒。四十个小时之后，她的尸体在家中被发现，浑身赤裸，被尼龙绳绑在床上。子宫被切除，颈脖被割开。

他找到了警方写的时间线。这只是一份简述，字迹模糊不清，好像亚特兰大警察把它拟出来，只是为了应付某种内部检查。从这一页页纸中，从警探颓靡的字迹里，摩尔几乎能嗅到失败的气息。这种感觉他自己也曾经历过，过了二十四个小时，然后是一星期，再是一个月，仍然毫无头绪，随之而来的是沉重的无力感涌上心口。这便是亚特兰大警方所拥有的东西——一无所有。谁是杀害多拉·西科恩的凶手，仍是未解之谜。

他打开了尸检报告。

对多拉·西科恩的残杀不像卡普拉之后的杀戮那么快速、熟练。伤口边缘的锯齿表明卡普拉没有信心在下腹部切出一个干净利落的切口。相反，他十分犹豫，又把刀刃倒划了回去，拉破了皮肤。一旦穿过皮肤层，他的手法就退化成业余的了，在他挖出“战利品”——子宫时，刀划得太深，以至于割破了膀胱和肠道。而且，他没用任何缝合线来缝补第一个受害人的动脉，导致血流成河，而卡普拉可能一直在盲目操作，因子宫被淹没在不断上涨的深红色血泊之中。

只有最后的致命一击操作得还算有些技巧。他从左至右，干净利落地划了一道，好像他的饥饿感现在得到满足，狂怒消失，他终于控制住自己，能够以冷静的姿态高效地完成操作了。

摩尔把尸检报告丢在一边，看着放在旁边托盘上的剩饭剩菜，突然觉得恶心，于是站起来把托盘拿到门口，搁在外面的过道上。然后他回到桌边，打开一个装有案件检验报告的文件夹。

第一张是显微镜检查结果：**被害人的阴道拭子中发现精子**。

他知道，后来DNA分析结果证实精液来自卡普拉。在杀害多拉·西科恩之前，他强奸了她。

摩尔翻到下一页，发现了一堆毛发与纤维的检验报告。在被害人阴部采集到的毛发已经检验过。在样本中，有一根棕红色的毛发与卡普拉的吻合。他还翻阅了后面几页的报告，它们对在犯罪现场找到的各种零散毛发作了分析。大部分样本是受害人自己的阴毛或头发。还有一根金色短毛，是在毛毯上发现的，后来根据发髓的复杂结构纹理，证实它不属于人类。一条手写的附录说："被害人的母亲养了一条金毛寻回犬。在被害人的汽车后座上也找到了相似的毛发。"

他翻到最后一页，却愣住了。是另一份毛发分析报告，这根毛发来自人类，然而所属人未知。是在枕头上找到的。在任何一个家庭，都能找到各式各样的毛发。人每天都会掉好几十根头发，只要客人在你家待够一定时间，毛毯、地毯或沙发便会根据你做家务的勤快程度和你使用吸尘器的频率，积攒客人留下的细微物记录。这根在枕头上发现的毛发，有可能来自情人、留宿宾客或亲戚。反正不属于安德鲁·卡普拉。

一根人类头发，浅棕色，A0（卷曲），毛干长度：5厘米。

头发生长休止期。套叠性脆发。来源未知。

套叠性脆发。竹节状毛发。

“外科医生”在现场。

摩尔往后一靠，惊得目瞪口呆。这天早些时候，他看过萨凡纳实验室为福克斯、沃利斯、托雷格罗萨和科德尔做的检验报告，没一个犯罪现场发现有套叠性脆发。

但是卡普拉的同伴却一直在场。他像个隐形人，没有留下精液、没有留下DNA。唯二能证明他出现过的证据是这根毛发，以及凯瑟琳深埋的记忆里有他的声音。

他们的合作杀人关系，从亚特兰大就开始了。

第二十章

彼得·法尔科的手肘上都是血。当凯瑟琳推开创伤处理室的门时，他抬头瞥了一眼。无论两人之间关系有多紧张，无论她面对彼得时有多不安，这些烦乱立刻被推到一边了。他们在一场激战中扮演了两个并肩作战的专业人员的角色。

“又一个病人要送来了。”彼得说，“这样就有四个了。急救员正把他从车子里拽出来。”

鲜血不断地从伤口喷涌出来。他抓起一把止血钳，将其固定在敞开的腹部里。

“我来当助手。”凯瑟琳边说，边撕开了一包无菌手术服的封条。

“不用，我自己可以处理。金博尔需要你，在第二处理室。”

像是为了强调他的话似的，一阵救护车的哀号穿透了房间里的喧嚣。

“那个是你的。”法尔科说，“玩得开心。”

凯瑟琳冲到救护车停车区。金博尔医生和两个护士已经在外面候着，那辆车正嘟嘟地倒着车。在金博尔还没拉开救护车的后门时，他们就听到病人的尖叫声了。

他很年轻，手臂和肩膀布满了文身。急救员把担架床推出来时，他又打又骂。凯瑟琳扫了一眼他下肢部位被血渗湿了的床单，就知道他为何厉声哀号了。

“我们在现场给他注射了大量的吗啡。”急救员一边把他推进第二创伤处理室，一边说，“似乎一点效果也没有。”

“剂量是多少？”凯瑟琳问。

“四十、四十五毫克静脉注射液。他的血压开始下降以后，我们就停止了。”

“听我数数，把他移过去，”一个护士说，“一、二、三！”

“去他的耶稣基督！好痛啊！”

“我知道，小可爱，我知道。”

“你知道个屁！”

“你等会儿就能好受一些。你叫什么名字，孩子？”

“里克……噢，上帝啊，我的腿——”

“里克什么？”

“罗兰！”

“里克，你对什么过敏吗？”

“你们这些该死的家伙是不是有什么毛病啊！”

“测量过生命体征了吗？”凯瑟琳一边套上手套，一边插话问道。

“血压102/60。脉搏130。”

“给他静脉注射十毫克吗啡。”金博尔说。

“呸！给我一百！”

在其他医护人员忙着抽血、挂静脉输液袋时，凯瑟琳剥开了被鲜血浸湿的床单，不禁猛吸一口凉气，紧急止血带绑着的地方几乎认不出是腿了。“给他三十毫克。”她说。病人右小腿差不多都断了，只有几块皮粘连着。几乎被切断的下肢一片血肉模糊，整只脚几乎向后折着。

她碰了碰脚趾头，石头一样冰凉。它们当然不会有知觉。

“他们说当时动脉正在往外喷血，”急救员说，“第一个到现场的警察给他绑上了止血带。”

“那个警察救了他的命。”

“吗啡注射完毕。”

凯瑟琳把灯对准伤口。“看起来腘窝神经和动脉都被切断了。他这条腿失去了血液供应。”她看着金博尔，两人都明白接下来将要干什么。

“把他送去手术室，”凯瑟琳说，“他现在病情稳定，可以转移。这下能把创伤处理室空出来了。”

这时他们又听到一辆救护车的鸣笛声呼啸而来。“正是时候。”金博尔说，他转身，准备离开。

“喂，喂！”伤员一把抓住金博尔的胳膊，“你不是医生吗？我就要痛死了！告诉这些婊子做点什么呀！”

金博尔抛给凯瑟琳一个揶揄的目光，说：“小伙计，对她们好一点。这些‘婊子’掌控着局势。”

截肢是凯瑟琳轻易不会做的选择。如果能保住一条腿，她会拼尽全力把它接上。但是，半个小时后当她拿着手术刀站在手术室里，俯视着病人剩余的右小腿时，选择显而易见了。小腿肚成了一团血肉模糊的烂泥，胫骨和腓骨都被压碎了。从没受伤的左腿看，他的右腿曾是健美均匀、肌肉发达，皮肤被太阳晒成了深古铜色。光着的脚——非常奇怪，是完好无损的，尽管弯曲的角度令人震惊——上面有凉鞋带子留下的印痕，脚趾甲缝里塞有沙子。她不喜欢这个病人，也不理解病人在痛苦挣扎中对她以及其他女性医护人员的谩骂和侮辱；然而，当手术刀划过他的肉体，划出一个后侧皮瓣时，当锯掉胫骨和腓骨的锋利边缘时，她心里满是悲伤。

手术室护士把残肢从手术台上拿下来，用一块布将其裹住。一只曾踩在温暖沙滩上的脚很快就要化为灰烬，与其他切下来送到医院病理科的器官、肢体一起被焚烧。

手术让凯瑟琳筋疲力尽，情绪低落。她脱下手套和手术服走出手术室，不乐意地看见简·里佐利在等她。

她走到水池边，洗去手上的滑石粉和乳胶味。“已经半夜了，警探。你不用睡觉的吗？”

“大概和你一样。我有一些问题想问你。”

“我以为你不办这件案子了。”

“无论其他人怎么说，我绝不会放弃这桩案子。”

凯瑟琳擦干手，转身看了一眼里佐利。“你不太喜欢我，是吧？”

“我喜不喜欢你，这不重要。”

“是我对你说了什么，或者做了什么吗？”

“你今晚的工作结束了吗？”

“因为摩尔，对吧？这就是你讨厌我的原因。”

里佐利挺了挺下巴。“摩尔警探的私生活与他人无关。”

“但是你不赞成。”

“他从来没问过我的意见。”

“你的意见表达得很清楚了。”

里佐利用一种毫不掩饰的厌恶瞧着她。“我之前很钦佩摩尔。我以为他是独一无二的。一个从不会越界的警察。结果证明他也没好到哪里去。我不敢相信他犯错居然是因为一个女人。”

凯瑟琳一把扯下手术帽，扔进垃圾箱。“他知道这是个错误。”她说完话，就冲出手术区，来到走廊上。

里佐利紧追不舍。“从什么时候开始的？”

“从他一声不吭离开波士顿市开始。我猜我只是他一时的判断失误。”

“对你而言，他也是吗？判断上的失误？”

凯瑟琳站在走廊上，泪光闪闪。*我不知道，我不知道该怎么想。*

“你似乎是万物中心，科德尔医生。就站在舞台上，吸引着所有人的注意。摩尔的，‘外科医生’的。”

凯瑟琳愤怒地转身，对准里佐利。“你以为我想要这些？我从来没要求成为一个受害者！”

“但是这些事一直发生在你左右，不是吗？你与‘外科医生’之间存在着一条不可思议的纽带。起初我没发现，以为杀手不过是为了释放他病态的幻想。现在我觉得，一切都是因为你。他就像一只猫，杀死小鸟，把猎物带回家，献给女主人，去证明他作为猎人的价值。那些受害人就是为了让你留下深刻印象的祭品。你越害怕，他就越感觉成功。这就是为什么等到霓娜·佩顿住进医院，得到你的照顾之后，他才下手。他想让你亲眼见证他的手段。你是他的心魔。为何？我想知道个中缘由。”

“只有他自己才能回答。”

“你不知道？”

“我怎么会知道？我甚至都不知道他是谁。”

“他和安德鲁·卡普拉一起出现在你的房子里。如果你被催眠时说的是事实的话。”

“安德鲁是我当晚唯一见到的人。安德鲁是唯一……”她停住了。“或许我不是他真正的心魔，警探。你想过这一点吗？或许安德鲁才是。”

里佐利皱起眉头，讶异于这番话。凯瑟琳忽然意识到自己已经触到了真相。“外科医生”世界的中心不是她，而是安德鲁·卡普拉——这个他效仿，甚至可能是崇拜的男人。凯瑟琳从他身边夺走了这个搭档。

此时，医院的广播系统里响起凯瑟琳的名字，她抬起了头。

“请科德尔医生马上到急诊室，请科德尔医生马上到急诊室。”

上帝啊，他们就不能让我安静一会儿吗？

她按下了电梯的下行键。

“科德尔医生？”

“我没有时间回答你任何问题，我还有病人要看。”

“你什么时候有时间？”

电梯门滑开，凯瑟琳走了进去，像一个困倦的战士拖着疲惫的躯体应召重返前线。“我的夜晚才刚刚开始。”

通过血，我就能了解他们。

我打量着放置架上的试管，像一个贪食者沉迷于盒装巧克力，想知道哪个才是最可口的。我们的血是独一无二的，我的肉眼能识别出深浅不一的红色，从光鲜的枢机红到暗沉的樱桃红。我很清楚是什么赋予了颜色丰富多彩性；也知道红色源自血红蛋白，在不同的氧化状态下呈现不同的色调。这不过是化学反应而已，但是，啊，这种化学反应有震撼人心、令人恐惧的力量。只需要看一眼，就会为之感动。

虽然每天都能见到血，但是它总会让我心颤不已。

我饥渴地扫视着放置架。上面的试管来自整个大波士顿地区，从医生办公室、诊所和相邻医院汇集而来。这里是这座城市最大的诊断实验室。在波士顿任何地方，只要你伸出胳膊，迎接抽血员的针头，你的血液就有可能流到这里。流到我手上。

我登记了第一个样本架。每根试管上都有一个标签，写着患者姓名、医生姓名和日期。架子旁边放着一捆随附的化验申请单。我伸手去拿那沓单子，一页一页翻着，浏览上面的名字。

翻到一半时，我停住了。化验申请人是凯伦·索贝尔，25岁，住在布鲁克莱恩克拉克路7536号。白人，未婚。这些都写在表格上了，所以我能知道，表上还有社保号、雇主信息和承保公司的信息。

医生为她申请了两项血液检查：艾滋病病毒筛查和梅毒血清学试验。

在诊断那一栏写着："性侵。"

我在架上找到了装着凯伦·索贝尔血液的试管。受伤猎物的血，是一种深沉阴郁的红色。我用手握住，在抚摸之下，试管变得温暖起来，我注视、感受着这个叫凯伦的女人，她身心破碎，走路踉踉跄跄，正等着被猎杀。

然后，一个声音突然吓了我一跳，让我不由得抬起了头。

凯瑟琳·科德尔刚才走进了实验室。

她站得如此之近，以至于我一伸手就能碰到她。我很讶异会在这里看到她，尤其是在黑暗与黎明交界的人烟稀少的时分。鲜少有医生会冒险进入我们这个地下的世界，现在看见她，真是令人出乎意料地激动，就像珀耳塞福涅坠入冥府一般引人注目。

我在想着是什么把她带到了这里。接着看见她拿着几管淡黄色的液体，递给隔壁工位的技术员，然后我听到“胸腔积液”四个字，就知道她屈尊来我们这儿的原因了。正如许多医生一样，她不放心把某些珍贵的液体交给医院的跑腿工，必须亲自拿着它们穿过连接朝圣者医疗中心和因特帕斯实验室的通道，来到这里。

我看着她走出大门。她离开时正好路过了我的工作台。她肩膀耷拉着，身体摇摇晃晃，双腿踉踉跄跄，好像正在泥潭深坑里挣扎。疲惫和日光灯让她的皮肤看起来像是一层牛奶色的液体，冲洗着她的精致脸部骨骼。她消失在门后，永远不会知道我正在观察着她。

我低头看仍然握在手里的凯伦·索贝尔的试管，突然觉得里面的血变得枯燥乏味、死气沉沉。一个不值得猎杀的猎物。与刚刚从我身旁走过的人相比，根本不值一提。

我还能闻到凯瑟琳的气味。

我登录系统，在“医生姓名”一栏下方输入“凯瑟琳·科德尔”。屏幕上随即显示在过去二十四小时之内所有她要求做的检测。我看到，自打昨晚10点起，她就一直在医院。现在已经是凌晨5点30分，是个周五。她还要花一整天的时间去接待门诊病人。

我的工作日现在就要结束了。

我走出办公楼时，已经是早上7点，晨光直直地照进我的眼里。天气已经非常暖和了。我走到医疗中心的停车场，搭电梯到五层，顺着一排车走到541号停车位，她的车就停在这儿。那是一辆柠檬黄色的梅赛德斯，今年的车型。她把它保养得闪闪发亮。

我从口袋里拿出钥匙扣，已经放在那儿有两周的时间了；我挑出一把钥匙，插进她的汽车后备箱锁孔。

后备箱开了。

我扫了一眼内部，发现里面有解锁手柄，一个防止儿童意外被锁在后备箱的绝佳安全装置。

此时，一辆车冲上停车场的陡坡，呼啸而来。我迅速关上后备箱，离开现场。

残酷的特洛伊之战持续了十年。自伊菲革涅亚的处子之血洒在奥利斯港后，数以千计的希腊黑船乘着顺风驶向特洛伊，但希腊人没能直捣黄龙，快速取得大捷，因为奥林匹斯山上的众神分成两派，意见各异。站在特洛伊这边的是阿佛洛狄忒、阿瑞斯、阿波罗与阿尔忒弥斯。而支持希腊人的则是赫拉、雅典娜和波塞冬。胜利在双方之间翻来覆去，犹如微风变化无常。英雄们互相残杀，诗人维吉尔说大地血流成河。

最后，使特洛伊人屈服的不是武力，而是狡诈。特洛伊城最后一日的黎明时分，她的士兵们醒来，发现一座巨大的木马，被遗弃在斯坎城门那里。

每当我想起特洛伊木马，就会对特洛伊士兵的愚蠢感到困惑。他们将这尊巨兽推进城里时，又怎么会不知道敌人已经藏身于内？

为何他们要将它带进城里去？为何他们要以狂欢的方式度过那一夜，在庆祝胜利的酩酊大醉里乱了心智？我想，要是我面对此情此景，会更清醒一些。

可能是他们坚不可摧的城墙把他们哄骗得骄傲自大。一旦城门紧闭，壁垒固若金汤，敌人要如何进攻？他被那些城墙拒之门外。

没人停下来想一想敌人就在门里面的可能性。他就在这里，在你身边。

我一边想着木马，一边搅拌咖啡里的奶油和糖。

紧接着，我拿起电话。

“你好，这里是外科办公室，我是海伦。”接线员回答。

“可以预约今天下午科德尔医生的诊疗吗？”我问。

“很紧急吗？”

“不算很紧急。我发现我的背上有个软软的疙瘩。不疼，但是我想让她帮忙看看。”

“我可以给你排到两周以后。”

“今天下午不能看吗？排在最后一个预约之后。”

“很抱歉，先生——请问您贵姓？”

“特洛伊。”

“特洛伊先生，科德尔医生的预约排到5点了。之后她就直接回家。我能做的只有帮你排到两周之后。”

“那算了。我去找找别的医生。”

挂断电话，我现在了解了，5点之后某个时间，她会离开办公室。她太累了，肯定会直接开车回家。

现在是上午9点。这将是充满等待和期待的一天。

希腊人围攻特洛伊，花费了惨烈的十年时间。在这十年里，他们坚持不懈，冲到敌人的墙根底下战斗，然而他们起起伏伏的时运、胜利与否的结局，却取决于众神的喜好。

为了去拿战利品，我只等了两年。

时间已经够长了。

第二十一章

埃默里大学医学院学生事务办公室的秘书长得很像多丽丝·戴[1]。这个开朗的金发女郎，已经逐渐长成一个和蔼可亲的南方妇女。温妮·碧利斯总会在学生邮箱旁放一壶煮好的咖啡，在自己的办公桌上放一水晶碗的奶油糖果，摩尔能想象得到，一个压力巨大的医学院学生能在这个房间找到几分放松。温妮已经在此工作了二十年，因为她没有自己的孩子，所以把所有的母爱都投注到了每日来这里取信的学生们身上。她请他们吃饼干，提供租房信息，指导如何应对失恋和“挂科”。在每一年的毕业典礼上，她都要为 110 个即将离去的孩子伤感落泪。她用温柔的佐治亚口音告诉摩尔这一切，又请他吃饼干、给他倒咖啡，于是他相信了她。温妮·碧利斯是一朵木兰花，而非钢铁。

“两年前萨凡纳警察打电话来时，我简直不敢相信，”她优雅地靠在椅子上说，“我告诉他们肯定是弄错了。我看见安德鲁每天都来

① 多丽丝·戴，美国著名歌手、演员，有着阳光的形象。

办公室收信，他是那种你所希望见到的最好的男孩。彬彬有礼，一句坏话都不会说。摩尔警探，说话时我一定会注视人们的眼睛，让他们知道我确实在看着他们。我在安德鲁的眼里看到，他是个好男孩。”

摩尔想，这证明了我们多么容易被邪恶欺骗。

“卡普拉在这儿读书的四年里，你记得他有哪个关系好的朋友吗？”摩尔问。

“你的意思是，爱人？”

“我更感兴趣的是他的男性朋友。我和他亚特兰大的前房东聊过，她说有个年轻小伙子时不时来探望他。她以为他也是医学院的学生。”

温妮站起来，径直走到文件柜前，拿出一份打印的资料。“这是安德鲁那届学生的花名册。一年级班有 110 个人，大概有一半是男性。”

“在这些人当中，有他亲近的朋友吗？”

她翻了三页纸，随后摇了摇头。“很抱歉。我不记得名单上有谁是和他特别亲近的。”

“你是说他没有朋友？”

“我是说我不知道他有什么朋友。”

“我能看看名单吗？”

温妮把花名册递给摩尔。他顺着那页纸往下看，除了卡普拉，没有哪个名字让他觉得熟悉。“你知道现在这些学生都住在哪里吗？”

“知道。我会更新他们在校友通讯录上的地址。”

“有谁是住在波士顿地区的吗？”

“让我查一查。”她把脸转向电脑，亮粉色的指甲在键盘上跳动。温妮·碧利斯天真无邪的表情使她看起来像是一个来自更优雅的旧时代的人，见到她如此熟练地调看电脑文件，实在是很古怪。“有一个住在马萨诸塞州的牛顿市。那儿离波士顿近吗？”

“近。”摩尔身体前倾，脉搏突然加速，“那个男生叫什么名字？”

“是个女生。勒蒂莎·格林。一个非常好的女孩。她以前常给我带几大包山核桃来。当然，她确实很淘气，因为她知道我要保持身材，但是我觉得，她喜欢‘投喂’所有人。这是她的做派。”

“她结婚了吗？或者她有男朋友吗？”

“噢，她有一个非常棒的老公！我从来没见过那么高大的男人！ 6.5 英尺高，还有一身漂亮的黑色皮肤。”

“黑色的。”他重复了一声。

“是的。像漆皮一样漂亮。”

摩尔叹了一口气，又看回名单。“据你所知，卡普拉的班上还有没有别的人住在波士顿附近？”

“我的名单上没有了。”她转向他，“噢，你看起来很失望。”她说这话时带着一点苦恼的语调，好像让他失望自己要担起责任来。

“我今天一无所获。”他承认。

“吃块糖吧。”

“谢谢你，我不吃。”

“你也在控制体重吗？”

“我不想有蛀牙。”

“警探，你肯定不是个南方人。”

他情不自禁地笑起来。温妮·碧利斯用她大大的眼睛和温柔的声音把他吸引住了，她肯定也吸引住了每一个走进她办公室的学生，无论男女。他的目光抬到了温妮身后的墙上，那儿挂着一排合照。“那些是医学院的班级合影吗？”

她回身看着墙壁。“我让我的丈夫每年毕业典礼都去拍一张。把每个学生都召集在一起，可不是件易事。这就像把猫赶在一起一样。但是我想要照片，于是就让他们拍了。他们真是一群绝佳的年轻人，不是吗？”

“哪一个是安德鲁·卡普拉所在的班级？”

“我把年刊拿出来给你看，上面也有名字。”她站起来，走到一个装着玻璃门的书柜面前。她毕恭毕敬地从架上取下一本薄薄的册子，又轻轻用手抚过封面，好像在擦拭上面的灰尘。“这是安德鲁毕业那年的年刊。所有学生的照片都在这里了，它还告诉你学生们都去哪里实习了。”她顿了顿，随后把册子递给摩尔，“我只有一本。所以，你如果要看的话，就在这里看，别带出去可以吗？拜托。”

“我会坐在那边的角落看，不妨碍你做事。你可以监督我。你觉得如何？”

“噢，我不是说不相信你。”

“其实，你是不应该信任我。”他边说，边眨眨眼。她的脸唰一下就红了，像个害羞的女学生。

他把年刊拿到房间角落，这小小休息空间里摆着咖啡壶和一碟小饼干。摩尔一屁股坐在那张老旧的安乐椅上，翻开埃默里大学医学院的学生年刊。中午下课时间到了，穿着白大褂、朝气蓬勃的学生们开始陆陆续续进来拿自己的邮件。从什么时候开始小屁孩们也当医生了？自己磨损的中年身体居然要交给这些年轻人来护理，真是难以想象。他瞧见了他们好奇的眼神，又听见温妮·碧利斯在窃窃私语：“他是一个专门办凶杀案的警察，从波士顿来的。”是的，就是那个坐在角落里的老家伙。

摩尔往椅子里面缩了缩，将注意力放在那些照片上。每张照片旁边都写着学生的名字、籍贯以及实习的接收单位。当摩尔翻到卡普拉的照片时，愣住了。卡普拉正面直视镜头，他面带笑容，年轻朝气，热情真挚，毫无隐藏。这就是最让摩尔感到毛骨悚然之处——捕猎者以这副装扮伪装在猎物群中。

卡普拉照片旁边写有他的实习医院名称。**佐治亚州，萨凡纳，河谷医疗中心，外科。**

摩尔想知道，卡普拉班上还有没有别的人也去了萨凡纳实习，在卡普拉大开杀戒时，还有谁住在那座城里。他飞快地翻了几页，浏览了一番清单，找到三个同样在萨凡纳地区实习的学生。两个是女性，一个是亚裔男性。

又是一条死胡同。

他失望至极，往椅背上一靠。年刊摊开在他的大腿上。随后，他瞥见医学院院长正在照片上冲着他微笑。照片下方印着毕业致辞，标题是“悬壶济世”。

今天，有108名年轻人走完了漫长而艰辛的旅程，将在此庄严宣誓。然而，作为医生和治愈者，这个誓言绝非那么轻易就能许下，因为它将伴随终生……

摩尔挺直上身，又读了一遍院长的致辞。

今天，有108名年轻人……

他起身，走到温妮的办公桌前。“碧利斯夫人？”

“怎么了，警官？”

“你刚才说安德鲁那届入学时有110个学生。”

“我们每年都招收110个学生。”

“这儿，院长的演讲里，他说有108个学生毕业。另外两位发生什么事了？”

温妮悲伤地摇了摇头。“对于那个可怜姑娘身上发生的事，我到现在都还没释怀呢。”

“哪个姑娘？”

“劳拉·哈金森。她当时在海地的一家诊所实习。这是我们的一门选修课程。唉，我听说那里的路况很糟糕。卡车冲进沟渠，侧翻了，把她压在了下面。”

“所以这是一场交通事故。”

“她当时正好坐在卡车的后面。工作人员花了十个小时也没能把她解救出来。”

“另一个学生是什么情况？班里还有一个人也没毕业。”

温妮目光垂落到办公桌上，看得出来，她不太想谈论这个话题。

“碧利斯夫人？”

“学生退学这种事不时会发生，”她说，“我们想方设法让他们留下来，但是，你知道吗，有些人就不是学医的那块料。”

“所以这个学生——他叫什么名字？”

“沃伦·霍伊特。”

“他退学了吗？”

“对，你可以这样说。”

“是因为学习上的问题吗？”

“呃……”她环顾四周，好像在寻求帮助，却又什么也没找到，“或许你可以去和我们的一位教授聊聊，卡恩博士。他能为你解疑。”

“你不知道个中缘由？”

“这是一件……私事。卡恩博士是那个能告诉你答案的人。”

摩尔扫了一眼手表。他本打算搭今晚的飞机回萨凡纳，但是看来事不遂人愿了。“我在哪里能找到卡恩博士？”

“解剖实验室。”

在走廊上他就闻到了福尔马林的味道。摩尔在门牌上写着“解剖室”的房间前停住了脚步，为接下来所看到的一切做好准备。虽然他以为自己准备好了，但他踏进门时，还是顿时被眼前的场景惊得目瞪口呆。二十八张桌子，被摆成了四排，把房间铺得满满当当。桌上摆着一具具解剖到尾声阶段的尸体。不似摩尔往常在法医解剖实验室看到的那样，这些尸体看起来像假的，皮肤坚韧如塑料，暴露的血管做了防腐处理，呈现出亮蓝色或者红色。今天，学生们把注意力集中在头部，理清面部的肌肉。每张解剖台有四个学生，教室里充斥着互相大声朗读课文、交流问题、提供建议的声音。如果不是因为桌上骇人的实验对象，这些学生看起来宛如厂里的工人，正在机器零件上辛苦作业。

一个年轻姑娘好奇地抬头，瞥了一眼摩尔这个西装革履地走进他们房间的陌生人。“你找谁？”她问道，手中的刀已经摆好姿势，正准备切开尸体的脸。

“卡恩博士。”

“他在房间的另一头。看见那个长着白胡子的大块头了吗？”

“看见了，谢谢你。”他沿着一排桌子继续走下去，目光不可避免地触碰到途经的每一具尸体。这个在解剖台上的女人四肢瘦骨嶙峋，像几截干枯朽木。那个黑人大腿上的皮层张开，显露着粗壮的肌肉。在最后一排，一群学生正聚精会神地听一个外表酷似圣诞老人的老师点明面部神经的精细纤维。

“卡恩博士？”摩尔开口问道。

卡恩抬眼，所有圣诞老人的幻影都消失了。眼前的男人眼眸漆黑深邃，不带一丝幽默。“是的。”

“我是摩尔警探。学生事务处的碧利斯夫人让我来找你。”

卡恩挺直身子，摩尔仰视着这个突然变成一座山的男人。解剖刀在他宽大的手里显得格外纤细。卡恩放下器具，脱掉手套。他背身在水槽里搓洗着手时，摩尔看见他的白发被扎成了一个马尾。

“有何贵干？”卡恩边问，边伸手去拿纸巾。

“我有几个问题想咨询，事关你七年前教过的医学院新生，沃伦·霍伊特。”

卡恩把身子转了回来，但粗壮的手臂却停留在水槽上，滴着水。接着卡恩从自动分发器里抽出纸巾，默默地擦干手。

“你还记得他吗？”摩尔问。

“记得。”

“印象深刻吗？”

“他是一个令人印象深刻的学生。”

“能告诉我多一点他的信息吗？”

“不见得能。”卡恩把揉得皱巴巴的纸巾扔进垃圾桶里。

“卡恩博士，这可是刑事犯罪调查。”

这时，有几个学生看向他们。“刑事犯罪”这个词把他们吸引住了。

“去我的办公室吧。”

摩尔跟着他走进相邻的房间。透过玻璃隔断，整个实验室以及二十八张解剖台一览无余。真是个死尸部落。

卡恩关上门，面向他。“你为何要询问沃伦的事情？他做了什么？”

“我们还不清楚。我只要知道他和安德鲁·卡普拉的关系。”

“安德鲁·卡普拉？”卡恩不屑地哼了一声，“我们最‘著名’的毕业生。现在的医学院乐于让此广为人知——教会一些精神病怎么去片肉切丁。”

“你觉得卡普拉是精神病？”

“我不能确定能不能给卡普拉这种人诊出什么精神病来。”

“那你对他有什么样的印象？”

“看不出有什么异样。我记忆中的安德鲁相当正常。”

摩尔每一次听到此类描述，恐惧感似乎都会加剧。

“那沃伦·霍伊特呢？”

“你问他干吗？”

“我得知道他们俩是不是朋友。”

卡恩思索了一会儿。“我不知道。我无法告知你发生在实验室以外的事情。我只能知晓这个房间里的一切。学生们将无以计数的信息塞进他们过度工作的大脑里。不是每个人都能应付好这些压力。”

“沃伦也遭遇了这些？这就是他中途从医学院退学的缘故？”

卡恩转身面向玻璃隔断，注视着解剖实验室。“你有没有想过尸体是从哪里来的？”

“不好意思，你说什么？”

“医学院是怎么得到尸体的？尸体又是怎样出现在外面的桌子上，等着被切开的？”

“我猜是人们自愿把自己的身体送到学校来的。”

“没错。每一具尸体生前都是一个做出了慷慨决定的人。他们自愿将遗体捐赠给我们。与其选择在一些红木棺材里度过永恒，他们宁愿将遗体用于益事。这些人正在教导后一辈的医者。没有真尸体，是干不成事的。学生们需要从立体维度去观察人类尸体方方面面的差别。需要拿着解剖刀去探索颈动脉的分支、面部的肌肉。对，可以在电脑上了解这些知识，但这和实际用刀切开皮肤、梳理精细的神经是两码事。为此，你需要一个人，需要有人慷慨解囊，交出他们最隐秘的部分——身体。我认为外面的每一具尸体都曾是一个了不起的人。我是如此对待他们的，并期望学生们也能对尸体报以尊敬。那个房间里没有玩笑或胡闹。学生们要以敬畏之心对待尸体及其每个部位。解剖结束之后，遗体会被火化，并妥善处置。”他转身看着摩尔，“这就是我实验室的处理方式。”

“这和沃伦·霍伊特有什么关系？”

“这一切都与他有关。”

“这是他退学的原因？”

“是的。”卡恩又把身体转回窗口。

摩尔的目光落在了教授宽阔的背部，他等待着，让对方有足够的时间组织最恰如其分的语言。

“解剖，”卡恩说，“是个相当漫长的过程。一些学生没法在预定的课时内完成任务。他们中的某些人需要一些额外时间来复习这复杂的解剖学。所以我允许他们全天候二十四小时都能来实验室。每个人都有这栋楼的钥匙，如果他们需要，即使是半夜，也能进来操作解剖。有人确实这么干了。”

“沃伦也是？”

卡恩停顿了一会儿。“是的。”

忽然一股令人心惊胆战的怀疑如利针袭击了摩尔的脖子。

卡恩走到文件柜前，拉开抽屉，接着开始翻找塞得满满当当的资料。“是个星期天。我整个周末都待在城外，到了晚上，不得不赶回来为星期一的课程准备好标本。要知道，很多孩子解剖时相当笨拙，把标本弄得如肉馅一样支离破碎。所以我尽量在解剖时做一个比较好的展示，让他们看看他们在尸体上可能损坏的结构。我们当时正在研究生殖系统，而他们也已经开始解剖这些器官了。记得我回到学校时，夜很深了，已经是午夜之后。看见实验室窗户透着光，我猜想着应该是某个沉迷学习而无法自拔的学生，到这里来赶超他的同窗。于是走进大楼，穿过走廊，打开实验室的门。”

“沃伦·霍伊特在这里。”摩尔大胆猜测。

“是的。”卡恩在文件柜抽屉里找到了那份自己想要的东西。他抽出资料夹，转向摩尔。“在我看清他正在干的事儿时，我……好吧，我失控了。我死死抓住他的衬衫，把他推到水槽边。我承认，我很粗鲁，但那时我生气到丧失自控力。现在回想起来，还是会怒火中烧。”只见他长长地吁了一口气，即便是现在，近七年过去了，依旧无法心如止水。“然后——我朝他吼完之后，把他拖到了这里，我的办公室里。我让他坐下来，签了一份次日早 8 点即从学校退学的保证书。他不需要给出任何理由，但必须退学，不然我就会将在实验室所见到的一切写成报告，公之于众。他同意了，当然他别无选择。他对整件事情甚至没有丝毫忧心。最令我感到奇怪的是，他平静得刀枪不入，万事万物都无法打扰。他冷静又理性地接受这一现实。但那就是沃伦，非常理智，从不为任何事烦心伤神。他几乎就是一个……”卡恩顿了一会儿，“机器。”

“你看见什么了？他在实验室里做着什么？”

卡恩把资料夹递给摩尔。“都写在这里了。这些年来，我一直留着这个档案，以防出现任何与沃伦有关的法律纠纷。你知道吗，现在的学生不管大事小事，动不动就起诉你。如果他想再来这间学校读书，我得要事先做好准备去应对。”

摩尔接过资料夹。封面上的标签简简单单地写着：“沃伦·霍伊特”。里面有三张打印好的纸。

“分配给沃伦的是一具女性尸体，”卡恩说道，“他和他的实验室搭档从骨盆解剖开始下手，将膀胱和子宫显露出来。器官是不能被移走的，只能裸在光天化日之下。星期天那晚，沃伦进了实验室，完成扫尾工作。但是，本应是小心细致的解剖变成了毁尸。他抓着解剖刀的手，似乎不受控制。他不仅仅暴露了人体器官，还把它们从尸体身上切了下来。他先把膀胱割下来，置于尸体两腿之间，然后又切掉子宫。他在进行这些操作时，没有戴任何手套，好像要让自己的肌肤去触碰、体味器官的质感。这就是我看见时他的样子。一只手攥着不断滴血的器官，另一只手……”卡恩的话音生发着厌恶，低沉下去了。

卡恩难以启齿的话印在了摩尔现在正看的那页纸上。摩尔替他说完了未能说出口的句子。“他在自渎。”

卡恩走到办公桌，颓然陷在椅子上。“这就是我不让他毕业的原因。上帝啊，他会成为哪种医生啊？他对待尸体尚且如此，面对活生生、有血有肉的病人，又会怎么做？”

我知道他会怎么做，我亲眼见证了他的作品。

摩尔翻到了霍伊特档案的第三页，阅读起卡恩博士写的最后一段报告。

> 霍伊特先生已同意，他自愿从学校退学，从明早 8 点起生效。我会以保密此事作为交换条件。由于尸体已被损坏，他实验室 19 号台的搭档们将会被重新分到其他小组，以完成这一阶段的解剖。

实验搭档们。

摩尔看向卡恩。“沃伦有几个搭档？”

“四个学生共用一张实验台。”

“另外三名学生是？”

卡恩皱起眉头。“我记不起来了。都过去七年了。”

“你没保存那些作业的记录？”

“没有。”他稍稍顿了顿，“但是我还记得他其中的一个搭档，是个年轻女孩。”他转过身去，对着电脑，调出医学院的学生花名册。沃伦·霍伊特大一时的班级名册赫然出现在屏幕上。卡恩费了一会儿工夫浏览完名单，接着他开口说：

“在这里。艾米丽·约翰斯通。我对她印象很深。”

“为何？”

“嗯，首先是因为她真是太可爱了。跟梅格·瑞恩[①]一个模子刻出来似的。其次是在沃伦退学之后，她找过我，想要了解其中缘由。我不愿意告诉她真相。于是她追出了教室，并猜测是不是因为桃色纠纷。好像沃伦在学校里正对她穷追不舍呢，她为此而惶恐不安。毋庸置疑，沃伦从学校的离开也让她得以从牢笼里逃了出来。”

“你觉得她会记得另外两个搭档的名字吗？”

“有可能。”卡恩拿起电话，打给学生事务处。“喂，温妮？你有艾米丽·约翰斯通目前的联系方式吗？”他抓了一支笔，写下号码，然后挂断电话。“她在休斯敦一家私人诊所上班。”卡恩说完，又打了一个电话。“她那边的时间是 11 点，所以现在她应该在诊所……你好，是艾米丽吗？……我是你的故人，埃默里医学院的卡恩博

---

① 梅格·瑞恩，美国演员，在 20 世纪 90 年代有“美国甜心”之称。

士……对，解剖实验室那位。真是历史久远呀，是吧？”

摩尔朝前倾着身子，脉搏跳得飞快。

当卡恩挂断电话，盯着摩尔时，摩尔从他眼里读到了答案。

“她还记得另外两个实验室搭档，”卡恩说，“一个叫芭布·李普曼的女生，还有一个叫……”

“卡普拉？”

卡恩点头。“第四个搭档是安德鲁·卡普拉。”

第二十二章

凯瑟琳在彼得办公室的门口停住了脚步。他坐在办公桌前，完全没意识到她此刻在望着他，正用笔在病历上写着什么。她之前从来没有劳心费时地观察过他，眼前此景，令她嘴角涌上一抹浅淡的微笑。他正在聚精会神地工作着，一副专心致志的好医生形象，除了某个怪诞的存在——正随意地躺在地板上的纸飞机。彼得和他滑稽可笑的飞行器。

她叩了叩门框。彼得抬眼，从眼镜上方瞥了一眼门口，惊讶地发现她站在那里。

“能和你聊聊吗？”

“当然可以。请进。”

她坐在彼得办公桌前面的椅子上。他沉默不语，只是耐心地等着她先开口。印象中，她无论要花多长时间，他都一直在原地，等着她。

“我们的关系变得……紧张了。”她说道。

彼得点点头。

“我知道这件困扰我的事也在困扰着你。我已经深受其害了。我一直都很喜欢你，彼得。看起来似乎并非如此，但是我确实是。”她深深地吸了一口气，艰难地组织着最合适的词，“我们之间的问题，错不在你。都是因为我。如今我的生活发生了翻天覆地的变化。个中缘由，难以解释。”

“你不必解释。”

“只是我发现我们之间的关系正在土崩瓦解。不仅是搭档关系，还有我们的友情。可笑的是，我从来没意识到我们之间有这种东西。直至它要溜走了，才觉察它于我而言是多么珍贵。”她站起来，“总而言之，我很抱歉。这就是我要说的。”她开始向房门走去。

“凯瑟琳，”彼得柔声说，“我知道发生在萨凡纳的那件事。”

她回过身，凝视着彼得。他的目光，非常坚定。

“克罗警探告诉我的。”他说。

“什么时候？”

“几天前，就在我和他谈起这里的非法入室事件时。他以为我已经知晓了。”

“你什么都没说。”

“这不是我该提的。我想等你准备好了，再和我说。我知道你需要时间，我愿意等，只要你愿意相信我。”

她猛然呼了一口气。“好吧，那么，现在你知道我最糟糕的那一面了。”

“不，凯瑟琳。”他站起来面对着她，“我了解你最完美的那一面！你有多坚强，你有多勇敢，我再清楚不过了。一直以来，我都不知道你在克服些什么。你本可以告知我。你本可以相信我。”

“我觉得这会使我们俩的关系发生翻天覆地的变化。”

“怎么会？”

“我不想让你为我感到难过。我不想被人可怜。”

“可怜什么？可怜你反击？可怜你在绝境中突出重围？见鬼了，我为什么要可怜你？”

她眨了眨眼睛，挤掉泪珠。“其他男人会。”

“那是他们并非真正了解你。不像我这么了解你。”他绕过办公桌，让他们中间不再有阻隔，“你还记得我们初见的那一天吗？”

“我来面试的时候？”

“对此，你还记得什么？”

她疑惑地摇了摇头。“我们讨论了业务，以及我该如何融入这里。”

“所以在你的记忆中，这只是一次公事会议？”

“性质是这样的。”

“有趣。我的回忆却大不一样。我几乎不记得我问你或你问我的任何问题。记得我在桌子前抬起头来，看见你走进我的办公室。然后，我就不知所措了。我想不出任何听起来不老套、愚蠢或平平无奇的语言。我不愿成为一个庸人，那样配不上你。我想，这个女人两者兼具。睿智、美丽。而此刻她正站在我眼前。”

“啊，你完完全全地错了。我并没有这些。”她眨了眨眼睛，挤去眼泪，“从来都没有过。我快撑不住了……”

彼得一言不发，将她搂到怀里。一切发生得如此自然，如此容易，不带一丝初次拥抱的尴尬。他只是抱着她，没有提出任何诉求。朋友之间的安慰。

“告诉我，我能帮上什么忙，”他说，“任何事都行。”

她叹了一口气。“彼得，我好累。你能陪我走到我的车子那里吗？”

“只有这个？”

“当前，这个就是我真正所需。有个我能信任的人陪我一起走走。”

他往后退了退，冲凯瑟琳微笑。“那我的的确确是你能信任的人。”

医院停车场的第五层空无一人，水泥地上回响着他们的脚步声，像尾随的鬼魂。如果独自一人，一路上凯瑟琳就会不断地回头看。但是彼得在她身边，她就不感到害怕了。他陪着她走到她的梅赛德斯汽车旁边。在她滑坐到方向盘前时，彼得侧身站在了一旁。接着，他关上车门，又指了指门锁。

凯瑟琳点头示意，按下锁车键，听到了所有车门都关好时发出的令人安心的咔嗒声。

“我等下给你打电话。”他说。

她驾车离开时，从后视镜中看到了彼得，他正举起手臂挥动着。随后车驶下坡道，他的身影从凯瑟琳的视野里滑走了。

她开车回后湾区的家时，发现自己的脸上竟挂着笑意。

有些男人值得相信，摩尔告诉过她。

“是吧，但是哪一些呢？我从来都不知道。”

“等到紧要关头你就会知道。他会是那个一直站在你身边的人。”

无论是作为朋友还是作为爱人，彼得都会是那些男人中的一个。

她在联邦大道上减速，拐进通向自己居住的那栋大楼的车道，按下车库遥控键。安全门轰隆隆开启，她开车穿了过去。通过后视镜，她瞧见大门在身后重新合上。直到这时，她才将车驶入车位。谨慎是她的老习惯，之前从未放弃过这些例行公事。进电梯前，她先检查了一遍。出电梯前，又扫视了一番走廊。一进家门，她就把锁统统都锁上了。如城堡般安全。直到此时，她才能把剩余的紧张感丢掉。

凯瑟琳立在窗前，小口呷着冰茶，一边尽情享受公寓的凉爽，一边观察街上来来往往的行人，此时他们的前额上渗着细细的汗珠。在过去的三十六小时中，她只睡了三小时。这一刻的舒适是我应得的，她边想着，边把冰玻璃杯贴在脸颊上。我挣回了一个早睡的夜晚和无所事事的周末。她不会想起摩尔，不会让自己感受到痛苦。起码现在还不会。

她将杯中茶一饮而尽，刚把杯子放在厨房柜台上，寻呼机的哔哔声猛然响起。处理医院的通知是她最不想做的事情。她回电给朝圣者医院的接线员时，说话声里有抑制不住的愤怒。

“我是科德尔。我知道你刚刚找我了，但我今晚不值班。实际上，我现在正准备关我的寻呼机。”

“科德尔医生，很抱歉打扰你，但这个电话是一个叫赫尔曼·格瓦多夫斯基的人的儿子打来的。他坚持要约你在今天下午面谈。”

“不可能了。我已经到家了。”

“是的，我告诉他你这周末休息。但是他说，今天是他在城里的最后一天，在拜访律师之前，想见见你。”

律师？

凯瑟琳倚靠在厨房的柜台上。上帝啊，她没力气去处理这些。现在不行。在她累得大脑几乎无法清醒思考的时候不行。

“科德尔医生？”

“格瓦多夫斯基先生想什么时候见面？”

“他说他会在医院的自助餐厅等到 6 点钟。”

“谢谢。”凯瑟琳挂断电话，呆呆地盯着厨房地板闪闪发亮的瓷砖。她在保持这些瓷砖整洁上是多么周到细致！但是，无论她多么努力地把瓷砖擦干净，无论多么彻底地把自己的生活打理得井井有条，还是无法预见伊凡·格瓦多夫斯基这样的人。

她抓起钱包和车钥匙，又一次离开公寓这座避难所。

乘电梯时她瞄了一眼手表，着急地发现已经是 5 点 45 分了。她没法按时赶到医院，而格瓦多夫斯基会以为他被“放鸽子”了。

一坐到车子里，她就拿起车载电话，打给朝圣者医院的接线员。

“还是科德尔医生。我需要联系格瓦多夫斯基先生，告诉他我会迟到一会儿。你知道他是用哪个分机号打来的吗？”

“让我查一查电话记录……在这里。不是医院的分机号。”

“是手机吗？”

电话那边一阵停顿。“嗯？有点奇怪。”

“怎么了？”

“他是用你现在用的号码打过来的。”

凯瑟琳呆住了，恐惧似一股冷风，蔓延上脊背。*我的车。电话是从我的车里打出去的。*

“科德尔医生？”

下一秒，她就看见他了，像眼镜蛇一样在后视镜里升起来。她深吸一口气，大声尖叫，喉咙随即被氯仿灼伤。

听筒从她手里掉落。

杰里·斯利珀在机场行李提取处外面的马路边上等候着。摩尔将手提行李扔进后座，跨进车里，砰一声关上车门。

“你找到她了吗？”这是摩尔问的第一个问题。

“还没有。”斯利珀一边回答，一边把车驶离路边，“她的梅赛德斯不见了。她的公寓里也没有打斗或翻动的痕迹。无论发生了什么，它都来得很快，就发生在车里或者车子附近。彼得·法尔科是最后一个看见她的人，大概是5点15分，在医院停车场。约半小时后，朝圣者医院的接线员传呼了科德尔，并跟她通了电话。科德尔随后又通过车载电话回拨过去。通话突然间被打断。接线员称一开始是赫尔曼·格瓦多夫斯基的儿子先打过来的。”

“确认了吗？”

“伊凡·格瓦多夫斯基中午12点正在去加利福尼亚的飞机上。他没打这个电话。”

无需说这个电话是谁打来的，他们都清楚。摩尔焦虑不安地盯着前面那排尾灯，在夜色中，它们像串得密密麻麻的珠子，显得越发鲜红。

他下午6点就把她控制住了。在过去四小时里，他对她干了什么？

“我想要去看看沃伦·霍伊特的住所。”摩尔说。

“我们现在正要去那里。我们了解到他今早7点左右从因特帕斯实验室下班。10点时，他打电话给主管，声称自己家里有个突发状况需要处理，至少一周不能回去工作。打那之后，没有人再见过他。不在公寓，也不在实验室。”

“那家里的突发状况呢？”

“他没有家人，唯一的姑姑在二月份去世了。”

那排尾灯虚化成一道红色条纹。摩尔眨了眨眼，转过头去，不让斯利珀看见他的泪水。

沃伦·霍伊特住在北角区，一个由狭窄的街道和红砖墙屋子组成的古朴的迷宫，构成了波士顿资格最老的居住区。多亏了在此地开了不少商铺的意大利裔居民们警觉的目光，这里被认为是城里的安全地带。在这儿，一条游客和居民都不用担心有犯罪事件发生的街上，住着一个怪物。

霍伊特的公寓位于一栋无电梯的砖墙建筑的三楼。几个小时前，调查团队已经在这里搜查过证据，当摩尔走进屋子里，看见零落的家具、光秃秃的架子时，感觉到自己正站在一个灵魂已经被扫去的房间。不管沃伦·霍伊特是什么人——或什么东西——他都找不到任何痕迹。

朱克博士从卧室走出来，对摩尔说："这儿不对劲。"

"霍伊特是我们的嫌犯吗？"

"我不知道。"

"我们手里有什么线索？"摩尔看着刚刚候在门口的克罗。

"我们在鞋码上中奖了。8 码半，与在欧提兹案犯罪现场发现的足迹相符。我们在枕头上找到了几根头发——短发、浅棕色，看起来同样吻合。此外，我们在浴室地板上发现了一根黑色长发。及肩长度。"

摩尔皱了皱眉。"有个女人在这儿？"

"可能是朋友。"

"或者是另一个受害人，"朱克说，"一个我们尚不知道的人。"

"我已经和住在楼下的女房东谈过，"克罗说，"她最后一次见到霍伊特是在今天早上，他下班回家时。她不知道霍伊特现在在哪儿。你肯定能料到她是怎么评价他的。‘绝佳房客。安静之人，从不惹麻烦。’”

摩尔看着朱克。“你刚说这里不对劲是什么意思？”

“这里没有作案工具。没有器械。他的车停在外面，车上也没有工具。”朱克用手指了一番近乎空荡荡的客厅，“这间公寓几乎没有居住痕迹。冰箱里只有寥寥几件东西。浴室里只有肥皂、牙刷和剃须刀。这里像旅馆客房。除了睡觉，别无他用。这里并非他存续幻想之地。”

“这里是他住的地方，”克罗说，“邮件寄到这儿。他的衣服也在这儿。”

“但是这个地方缺少了一个最为重要的东西，”朱克说，“他的‘战利品’。这里没有一个‘战利品’。”

恐惧感悄然渗进了摩尔的骨头。朱克是对的。“外科医生”从每个受害人身上都切下了一个构造作为“战利品”，他会把它们放在身边，提醒自己的杀戮，使其平稳度过狩猎间隔。

“我们还没有看到他的全部。”朱克说，他转过身去对着摩尔，“我需要到沃伦·霍伊特工作的地方看一看。去瞧瞧实验室。”

巴里·弗罗斯特坐在电脑键盘前，输入病人的名字：“霓娜·佩顿”。一个新页面出现在屏幕上，密密麻麻都是数据。

“这个终端就是他的钓鱼洞，”弗罗斯特说，“他从这里寻找受害者。”

摩尔凝视着显示屏，震惊于眼前此景。在实验室的别处，机器嗡嗡作响，电话铃声此起彼伏，医技人员正着手处理架上被碰得叮当响的血液样本。这里，在这个不锈钢和白大褂组成的无菌世界，一个致力于治疗科学的空间，“外科医生”正潜藏着，悄然寻找着猎物。在这个电脑终端，他能调出在因特帕斯实验室送检血液或体液的每一个女性的名字。

“这里是本市较为重要的诊断实验室，”弗罗斯特说，“在波士顿，任一医生办公室或诊所的化验样本都有可能被送到这里来进行分析。”

就在这里，送给沃伦·霍伊特进行检测。

“他拿到了她的家庭住址，”摩尔边浏览霓娜·佩顿的信息边说，“她雇主的名字，年龄和婚姻状况——”

“还有她的诊断结果。”朱克说。他指着屏幕上的两个字：“性侵”。“这正是‘外科医生’要找的，这令他兴奋无比。情感上受过伤害的女人，被打上了性暴力的烙印。”

摩尔从朱克的语调里听出了些微的兴奋。这是让朱克欲罢不能的智力上的较量。至此，他终于能够看清对手的招式，能够看透这个在背后操作一切的“天才”了。

“他在这里，”朱克说，“处理她们的血。他了解她们最为羞耻的秘密。”他挺直上身，环顾了一番实验室，仿佛是第一次见到。“你有没有想过一间医疗实验室对你能有多少了解？”他说，“当你张开双臂，让他们把针头扎进你的血管，你就已经把个人信息全都给了他们。你的血液，能够暴露你最为隐私的秘密。你会死于白血病或艾滋病吗？在过去几个小时里，你有没有抽过烟或喝过酒？你是不是因为抑郁症而服用百忧解，或者因为无法勃起而使用伟哥？他捏着这些女人的命脉。他能研究她们的血液，摸一摸、嗅一嗅。而她们对此一无所知。她们从来都不知道自己身体的某部分会以这种方式被陌生人抚摸。”

“那些受害人从来都不知道他，”摩尔说，“素未谋面。”

“但是‘外科医生’知道她们，以一种最为亲密的方式。”朱克的双眸兴奋得闪闪发亮，“‘外科医生’不似我遇到过的任何连环杀手。他是一个特别的存在。他隐藏在视线之外，因为他在看不见目标的情况下选择猎物。”他惊讶地盯着摆在柜台上的一架子试管。“这个实验室就是他的狩猎场。他是以这种方式找到她们的。通过她们的血，通过她们的伤痛。”

摩尔走出医疗中心，夜晚的空气比前几周更凉爽、更舒适。横穿波士顿市，能看到，打开的窗户越来越少，容易受到伤害的女性也会越来越少。

但是今夜，“外科医生”不会出门狩猎。今夜，他将会享用最新捕获的猎物。

摩尔在自己的车旁突然停了下来，绝望地伫立着。现在，沃伦·霍伊特可能正伸手去拿他的手术刀。现在……

一阵脚步声临近。他鼓足力气抬起头，看到有个男人正站在几步之外的阴影中。

“他抓住她了，是吗？”彼得·法尔科问道。

摩尔点点头。

“天啊，噢，上帝啊。”法尔科极为痛苦地望着夜空，“我陪着她走到车边。她当时就和我在一起，然后我让她回家了。我让她驾车离开了……”

“我们正尽最大所能去寻找她。”这是一句说辞。即使这么说，摩尔还是听出了自己话语里的空洞苍白。这是在形势严峻时，在你知道即使竭尽全力也可能徒劳无功时才会说的话。

“你们在做什么？”

“我们知道了他是谁。”

“但你们不知道他把她掠到哪里去了。”

“找到他需要时间。”

“告诉我，我能做什么。什么都行。”

摩尔努力让声音保持平静，试图隐藏自己的恐惧、绝望。“我知道袖手旁观是件难事。但这应该由我们这些受过专业训练的人士去做。”

“啊，对，你们是专业的！所以，到底是哪里出了问题？”

摩尔哑口无言。

在激动中，法尔科走向摩尔，来到停车场的路灯下。灯光打在他因担心而憔悴暗淡的脸上。“我不清楚你们俩之间发生了什么，”他说，“但我知道的是，她信任你。我希望你明白个中的意义。我希望她不仅仅是又一个案例，不仅仅是列表上的另一个名字。”

“她不只是这些。”摩尔回答。

两个男人互相凝视着对方，相顾无言，默认他们所知的一切，所感的一切。

“我比你所认为的更在意她。”摩尔说。

法尔科轻柔地接话。“我也是。”

第二十三章

“他准备让她多活一阵子。”朱克说，“用那种让霓娜·佩顿多活了一整天的方式。他现在彻底掌控了全局，可以为所欲为。”

“为所欲为”，意识到其中的含义，一阵战栗袭遍了里佐利全身。她深思，人体拥有多少柔软敏感的神经末梢，要忍受多少无边的痛苦才能等到死神怜悯地降临。她望了望会议室，看见摩尔把头埋进了自己的手里。他看起来是如此愁苦悲痛，心力交瘁。已过午夜，她看见围坐在会议桌旁的人面色蜡黄，垂头丧气。里佐利站在这个会议圈之外，背抵着墙。这个被忽视的隐形女人，可以旁听却不准参与讨论。她只能做一些行政工作，手枪也被收回了。虽然她现在只是一个观察员，却比桌上的任何人都了解案情。

摩尔的目光朝她的方向看过来，却越过了她，没有与她对视。好像他并不想看着她。

朱克博士总结了他们对沃伦·霍伊特即“外科医生”的了解。

“长期以来，他一直朝一个目标前进，”朱克说，“现在，他达成目的了。他会竭尽所能延长这份愉悦感。”

“所以说，科德尔一直是他的目标？”弗罗斯特说，“别的受害人——她们仅仅是为了练手？”

“不，她们也给他带来了快感。她们让他渡过了难关，帮助他在拼命获取‘战利品’的同时，缓解性焦虑。在任何狩猎中，捕猎者在面对难度系数最高的猎物时，兴奋感最为强烈。科德尔可能就是那个不容易到手的女人。她总是处于警觉状态，总是时刻注意安全。她将自己封闭在锁和报警系统之后，逃避亲密关系，除了在医院值班，晚上几乎不出门。她是他所追踪的最具挑战性的，也最想要得到的猎物。他通过让科德尔知道她自己是猎物，来增强捕猎难度。他把恐惧设置成了游戏的一部分。他试图让她觉察他的临近。其他女人都是‘前菜’，科德尔才是‘主菜’。”

“还不是，”摩尔开口，声音因为愤怒显得紧绷，“她还没死呢！”

房里突然鸦雀无声，所有人的目光都避开了摩尔。

朱克点头同意，冷冰冰的理智没有被打断。“谢谢你纠正我。”

马凯特问：“你看完他所有的背景资料了吗？”

“看完了，”朱克答道，“沃伦是独生子，生于休斯敦，很显然是个受人宠爱的孩子。父亲是位研究火箭的科学家——我没骗你们。母亲来自一个古老的石油家族。现在他们俩都去世了。所以说，沃伦拥有聪明的基因和数不尽的遗产。孩童时期没有犯罪记录。没有被逮捕过，没有收过交通罚单，可以说是安分守己。除了在医学院解剖实验室那个事故，我找不到任何警示标签。没有任何一条线索能指出他必定成为一个杀人犯。总而言之，他是一个相当正常的男孩。彬彬有礼，非常可靠。”

“平常，”摩尔轻声说，“平平无奇。”

朱克颔首同意。“一个从不露锋芒、从不让任何人担心的男孩。这是最为可怕的杀手，因为没有病态表现，也没有精神病诊断。他就像泰德·邦迪。聪明伶俐，井井有条，而且从表面上看非常健全。但是他性格上有个怪癖：喜欢折磨女性。这是某个你每天与之共事的人。你从没想过，当他看着你，冲你微笑时，他正思考着用一种新颖、有创造性的方式去撕碎你的内脏。”

里佐利被朱克话音里的嘶嘶声吓坏了，看了看房间四壁。*他的话属实。我每天都能见到巴里·弗罗斯特。他看起来像个老好人，有幸福的婚姻，从不会沮丧。但我却摸不透他到底在想什么。*

弗罗斯特捕捉到了她的眼神，脸涨得通红。

朱克继续说道：“在医学院的事故发生之后，霍伊特被迫退学。而后他参加了一个医疗技术培训项目，跟随安德鲁·卡普拉来到萨凡纳。他们的搭档关系似乎持续了好多年。航空公司和信用卡的记录显示，他们经常结伴出行。去希腊和意大利。他们还去了墨西哥当地一家乡村诊所当志愿者。这是一个由两个猎人携手组成的联盟。金兰之交互相分享类似的暴力幻想。”

“肠线。”里佐利说。

朱克给了她一个疑惑的眼神。“什么？”

“在第三世界国家，他们还在使用肠线进行缝合。这就是他手上有这个东西的原因。”

马凯特点头。“她可能是对的。”

我就是对的，里佐利想着，怒火中烧。

“科德尔杀了安德鲁·卡普拉，”朱克说，“实际上是摧毁了‘最完美杀手二人组’。她带走了霍伊特心灵上最亲近的那个人。这就是她成了他的终极目标、最终牺牲品的原因。”

“如果卡普拉死亡那晚，霍伊特也在屋子里，为什么他不继续动手杀了她？”马凯特问。

“我不知道。萨凡纳那晚，遗存了很多只有沃伦·霍伊特清楚的事。我们所知的是，两年前凯瑟琳·科德尔来波士顿不久后，他也搬来了。此后不到一年，黛安娜·斯特林死了。”

最后摩尔开口了，声音里满是忧心忡忡。“我们怎样才能找到他？”

“你可以一直监视他住的公寓，但是我不觉得他会在短时间内回去。那里不是他的巢穴，不是他释放幻想之地。”朱克往后靠了靠，目光涣散，正在将他对沃伦·霍伊特的了解转换成文字与图像，“他真正的老巢会是一个与日常生活截然分离的地方。他的藏身之所，可能与公寓相距甚远。租房人用的可能不是他的真名。”

“你租了房，就得付租金。”弗罗斯特说，“我们可以从钱下手。”

朱克颔首同意。“当你们找到那个地方时，一眼就能认出是他的老巢，因为他的‘战利品’会摆在那里。从杀戮中带回的‘战利品’。甚至有可能，他准备将这处巢穴作为受害者的最终祭坛，作为终极酷刑室。这个地方，有绝对的私密性，他不会被打搅。是独栋建筑，或者是隔音效果绝佳的公寓。”

所以，没人能听见科德尔的呐喊，里佐利心想。

“在这个地方，他得以显露本性，摇身变成真正的自己。他感觉到无比轻松，无拘无束。在犯罪现场他没有留下过精液，这意味着他能够延迟性满足，直至处在一个安全的场所。这处老巢就是这个地方。可能时不时他就会去看一看，重新体验一番杀人的快感，在杀戮间隔保持自我。”朱克看了看房间四周，“这就是他带凯瑟琳·科德尔去的地方。”

希腊人把脖子正前部或喉部叫作“dere”，那是女人身体最美丽、最脆弱的那部分。咽喉处搏动着生命与呼吸，在伊菲革涅亚如牛奶般白皙的皮肤下，蓝色血管会在她父亲的刀尖下跳动。当伊菲革涅亚直挺挺地躺在祭台上时，阿伽门农有没有停下来欣赏过女儿颈脖上精致的线条？或者他有没有研究过下刀位置，在用刀刃刺破她的肌肤前，选择最为有效的落点？虽然痛苦于女儿的牺牲，但他手起刀落的瞬间，当刀割进肉体之时，他有没有感受到腰间有一股极其轻微的性愉悦的颤动？

即使是古希腊人，在他们父母吞食后代、儿子与母亲乱伦的可怕故事里，也从未提及过此等堕落的细节。他们不需要提及；这是我们无须借助语言就能明白的秘密真相之一。那些在少女的尖叫声中面无表情、铁石心肠地伫立着的士兵，那些看着伊菲革涅亚被扒光，雪颈赤裸地对着利刃的士兵，他们中有多少人会感受到一股意想不到的快感充斥着腹股沟，感觉到自己的老二变硬了？

又有多少人盯着一个女人的喉咙时，没有割断它的冲动？

她的喉咙如同伊菲革涅亚一般苍白。就像许多红发女孩一样，她使其免于阳光照射，只有几点雀斑玷污了这半透明的雪白肌肤。在过去两年间，她为了我把颈脖保护得很好。我感激涕零。

我颇有耐心地等着她恢复意识。我知道她醒了，而且已经认出我来了，因为她的脉搏加快了。我抚摸她的喉咙，就在胸骨上方的凹陷处，然后她倒吸了一口凉气。我摸着她颈脖的一侧，探寻颈动脉的轨迹时，她依旧绷得紧紧的。她的脉搏在跳动，皮肤随着有节奏的颤动上下起伏。她的汗水在我的指尖下散发着光泽，如同雾花一般在皮肤上绽开，她的小脸蛋熠熠生辉。等我摸到下巴时，她终于把之前憋住的气释放出来了；一声呜咽想散逸出来，又被嘴巴上的胶带裹住了。这呜咽听起来不像是我的凯瑟琳的。其他人是愚笨的瞪羚，但凯瑟琳是一只母老虎，是唯一一个发起反击并使对手挂彩的人。

她睁开双眼，看着我，我看出她明白了。我赢得了最终胜利。她，最价值连城的猎物，被征服了。

我摆出我的工具。把它们放进床边的金属托盘时，它们发出一阵悦耳的叮咚声。我能感觉她在盯着我，也知道她的目光被不锈钢锐利的反光所吸引。她了解每一件工具的用途，因为她肯定已经用过这些工具很多次。牵开器用来扩宽切口。止血钳用于夹紧组织和血管。还有手术刀——噢，我们都知道手术刀是用来干什么的。

我把托盘放在了她的头旁边，以便她能看到并盘算接下来的步骤是什么。我不必言语，那闪闪发光的工具已经说明了一切。

我碰了碰她赤裸的腹部，腹肌绷得紧实。这是一块处女地，平坦的表面没有任何伤疤，刀刃会像切黄油一样划开它。

我抓起手术刀，把刀尖按在她的腹部。她倒吸一口凉气，瞪大了眼睛。

有一次，我看见一张斑马的照片，狮子把獠牙插进了斑马的喉咙，而斑马因巨大的恐惧翻着白眼。对此情景，我难以忘怀。这就是我现在在凯瑟琳的眼中，所看到的样子。

天啊，天啊，天啊。

当凯瑟琳感到手术刀要划破她的皮肤时，她的呼吸变得极为急促。她浑身被汗水浸湿，紧闭双眼，担忧着即将到来的疼痛。一声抽泣从她的喉咙里冒出来，是祈求上天怜悯的哭诉，祈求让她死个痛快，而不是这样受折磨。不是这样被割肉。

随后，手术刀又举起来了。

她睁开双眼，打量着他的脸。平平无奇，容易遗忘。一个可能她见了十几次，却从未留下过任何印象的男人。他却知道她。他徘徊在她世界的边缘，将她置于自己宇宙的明亮中心，而又环绕在她的四周，隐藏在黑暗之中。

我从来都不知道他就在那里。

他把手术刀放回托盘。他面带微笑，说：“还不是时候。”

直到他走出房间，她才反应过来，折磨人的酷刑被推迟了，而后，她如释重负地松了一口气。

所以，这就是他的游戏。延长恐惧，延长快感。现在他会让她继续活着，给她时间去思考接下来会发生什么。

多活一分钟，就多一分钟时间去逃跑。

氯仿的影响已经完全消失，她现在处于完全警觉的状态，思绪在恐慌的燃料助推下正飞速运转。她正四仰八叉地躺在一张钢架床上。衣服被扒光；手腕和脚踝被胶带绑在床架上。虽然她拼命拉扯绑带，但直到肌肉因疲惫而颤抖，还是没能挣脱束缚。四年前，在萨凡纳，卡普拉用尼龙绳绑住她的手腕，她设法松脱了一只手；“外科医生”不会重蹈覆辙。

汗流浃背，累得无法继续挣扎，于是她把关注点放到了周围环境上。

一个光秃秃的灯泡孤零零地悬挂在床的上方。泥土和潮湿石头的气味告诉她，自己正身处地窖。转过头去，透过一圈光晕，她能辨认出，石头地基的表层铺满了鹅卵石。

脚步声在头顶嘎吱作响，她听到椅子腿的刮擦声。木地板，老房子。楼上，一台电视机正发出声响。她已不记得自己是怎么到这个房间的，也不记得车开了多久才到这里。他们可能远离波士顿，在一处无人在意的地方。

托盘的光亮抓住了她的目光。她盯着排列整齐的工具，它们俨然已经为即将到来的“手术”做好准备。她曾无数次使用过这些工具，觉得它们是用来救死扶伤的。她用手术刀和钳夹取出肿瘤和子弹，止住破裂的动脉出血，排空胸腔里的积血。现在凯瑟琳正看着她用于挽救性命的工具，从它们身上看到了自己的死亡。他把工具放在离床边很近的地方，所以她能够研究它们，看清手术刀锋利的刀、止血钳尖利的钢齿。

别慌，想一想，想一想。

她闭上双眼。恐惧就像一个活物，不断地用触角缠绕她的喉咙。

你以前就打败过他们。你可以再来一次。

她感觉到一滴汗水从胸膛滑落，落在了已经湿透的床垫上。总会有办法逃出去的。一定会有逃出去的办法，一定会有反击的办法。不然另一个结局太可怕了。

她睁开眼睛，凝视着头顶上的灯泡，并将她如手术刀般锐利的思绪集中到下一步的行动上。她想起摩尔曾告诉过她：“外科医生”通过吞食恐惧获得餍足感。他只袭击那些受过伤害的女人，从而获得心理上的优越感。

在征服我之前，他不会杀我。

她深深地吸了一口气，明白现在必须玩什么样的游戏了。战胜恐惧，迎接暴怒，告诉他，无论他如何对待你，你都不会被打败。

即便是死亡来到了跟前。

第二十四章

里佐利猛地醒过来，脖子犹如被刀刺过一般疼。上帝啊，怕不是又落枕了，她一边想一边缓慢地抬起头，窗外的阳光正耀眼。工作间里，其他工位空无一人；只有她一个人坐在桌前。大概6点钟的时候，她疲惫不堪，趴在了桌面上，允诺自己只是小憩一会儿。现在已经是9点半了。那沓作枕头用的打印资料被口水浸得湿漉漉的。

她瞥了一眼弗罗斯特的工位，看见他的夹克外套正搭在椅子后背上。克罗的桌上放着一个装着甜甜圈的袋子。所以，其他人一定是在她睡着的时候进来的，肯定也瞧见了她那副睡得嘴巴大张、直流口水的丑样。那情景一定非常滑稽。

她站起来，抻了抻身子，试图让脖子上睡僵的肌肉恢复正常，但是，可想而知，这是徒劳无功的。她不得不顶着歪斜的脑袋过一天。

“嗨，里佐利。睡美容觉？”

她转过身去，看见其他小组的一个警探正在她对面的工作区冲她咧嘴笑。

“我看起来不像吗？”她咆哮道，“其他人在哪？”

“你们组 8 点就开会了。”

“什么？”

“我以为会议刚刚结束呢。”

“没人愿意通知我。”她走向过道，最后一点昏昏欲睡已经被愤怒炸飞。啊，她知道发生了什么。他们就是这样把你赶出去的，不是正面攻击，而是一点一点地羞辱。把你排除在会议之外，排除在圈子之外，让你变得一无所知。

她走进会议室。那里只有巴里·弗罗斯特一个人，正在收拾桌上的文件。他抬起头，当看见里佐利时，脸上瞬间泛满了绯色。

“谢谢你让我知道这次会议。”她说。

“你看起来精神萎靡。我想着等你休息好了再告诉你。”

“什么时候？下周？”

弗罗斯特低着头，避开她的目光。他们搭档时间太长了，长到她能从弗罗斯特脸上看出愧疚。

“所以我被排挤了，”她说，“马凯特的决定？”

弗罗斯特不高兴地点点头。“我极力反对的。我告诉他，我们很需要你。但是他说，随着掏枪杀人，一切都……”

“他说了什么？”

弗罗斯特心不甘情不愿地说出后面的话。“对小组来说，你不再是有价值的人了。”

不再是有价值的人。换言之：她的事业完蛋了。

弗罗斯特离开了房间。突然，睡眠不足和饥肠辘辘引起了一阵眩晕，她瘫坐在椅子上，只是坐着，呆呆地望着空桌子。有那么一瞬间，她的思绪闪回到了九岁，她是那个被轻视的妹妹，拼了命想要被接纳，成为男孩帮中的一员。但男孩们一如既往地拒绝了她。她知道，帕切科的死并不是她被踢出局的原因。用枪不当并不会毁掉其他警察的事业。然而，如果你是女人，做得比其他人更出色，还敢让大家知道，哪怕只是犯了像帕切科事件这样的一个小错，都会被人拿捏。

她回到办公桌前，工作间空无一人。弗罗斯特的外套已经被拿走了，克罗的甜甜圈袋也一样。那就你们走你们的独木桥，我走我的阳关道。实际上，既然她在这里没有任何未来，就应该马上清理干净桌子。

她打开抽屉，拿出钱包，又愣住了。埃琳娜·欧提兹的尸检照片正在一堆乱七八糟的文件中盯着她。她思绪万千，*我也是被他伤害的人*。无论对自己的同事抱有何种怨恨，她都不能忘记“外科医生”应该对她的倒霉负责。“外科医生”让她蒙羞了。

她啪一下合上抽屉。*还没有，我还没做好投降的准备*。

她扫了一眼弗罗斯特的桌子，看见了那沓他从会议室收回来的文件。观察了一下四周，确定没人在看她。房间里其余的警探坐在另一端的工作间。

她抓起弗罗斯特的文件，带回办公桌，坐着看了起来。

是沃伦·霍伊特的财务记录。这件案子的调查可以用一个词概括：纸上追凶。顺着钱，找到霍伊特。她看到了信用卡支出、银行结账单、存取款记录。一大堆天文数字。霍伊特的父母让他成了一个家财万贯的年轻人，他热衷于每年冬季到加勒比海和墨西哥旅行。她没找到他有其他住处的证据，记录上没有租金结账单，没有固定的月付记录。

肯定没有。他又不傻。如果他要供养一处巢穴，就付现金。

现金。你无法每次都预估到现金花完的时间。在 ATM 机取款，通常是计划外或者自发性的行为。

她翻找银行记录，搜索每一处 ATM 机的使用情况，并把它们单独写在一张纸上。霍伊特大多数是在住处或医疗中心附近地区提取现金，这属于正常活动范围。她要找的是不寻常、不符合他的行为模式的情况。

她找到了两处。一处是在新罕布什尔州纳舒厄市的银行，日期是 6 月 26 日。另一处是在马萨诸塞州利西亚市霍布斯食品超市的 ATM 机，日期是 5 月 13 日。

她往椅背上一靠，思索着摩尔是否已经找出这两条线索。有那么多的细节需要跟进，还要对霍伊特的实验室同事进行询问，这两条 ATM 机的取款记录在小组待办事项清单上可能会被排到后面。

她听见了脚步声，吓得抬头瞄了一眼，害怕自己被发现在偷看弗罗斯特的资料，但走进工作间的只是一名实验室的职员。职员朝里佐利笑了笑，放了一个文件夹在摩尔桌上，又走了。

片刻之后，里佐利站起来，走到摩尔的桌前，悄悄打开文件夹，看里面的内容。第一页是一份来自毛发与纤维检验室的报告，分析的是在沃伦·霍伊特枕头上找到的那几根浅棕色头发。

套叠性脆发症，与在受害人埃琳娜·欧提兹尸体伤口边缘处找到的毛发相吻合。没错，霍伊特就是他们要找的人。

她翻到第二页。同样是一份来自毛发与纤维检验室的报告，分析的是在霍伊特家的浴室地板上发现的那根毛发。这根毛发没有用。不匹配。

她合上文件夹，向检验室走去。

艾琳·沃曲科正坐在伽马技术棱镜前，翻看着一些显微照片。里佐利一走进检验室，艾琳就举起一张照片向她炫耀道："快说！这是什么？"

里佐利皱起眉头，看那张有鳞带状物的黑白照片。"真丑。"

"确实，但这是什么？"

"可能是什么恶心玩意儿。比如说蟑螂腿。"

"这是鹿的毛发。很酷，是不是？它不像人的头发。"

"说起人的头发，"里佐利把刚看过的那份报告递给她，"你能给我多说一点这个吗？"

"在沃伦·霍伊特公寓里发现的？"

"是的。"

“这几根在霍伊特枕头上发现的短棕色头发显示其主人有套叠性脆发症。他似乎确实就是你们要找的嫌疑人。”

“不，我说的是另一根。那根黑色的，在浴室地板上找到的。”

“我给你看看照片。”艾琳伸手去拿一捆显微照片。她像洗纸牌一样抽出一张，然后放在桌上。“这是来自浴室的头发。你看见这里的数值评分了吗？”

里佐利凑近看艾琳写在纸上的清晰笔迹：“A00-B00-C05-D33”。“看到了，是什么意思？”

“前面的两个评分，A00和B00，告诉你的是这根毛发是直的、黑色的。在复合显微镜下面，你能看到更多的细节。”她把照片递给里佐利，“看看毛干。在粗的一侧。请注意，横切面几乎是圆形的。”

“意味着什么？”

“这是一个帮助我们区分种族的特征。比如说，非洲人的毛干，几乎是扁平的，像丝带。现在再瞧瞧色素，你能注意到这非常浓重。看到厚厚的毛鳞片了吗？所有特征都指向一个结论。”艾琳看着她，“这根头发是一个东亚人遗留下来的。”

“你说的东亚人是什么意思？”

“中国人或者日本人。印度次大陆的人。也可能是美洲原住民。”

“不能确认吗？有足量的发根做DNA检测吗？”

“没有，真倒霉。似乎头发是被剪下来的，不是自然脱落的。

这根头发上没有毛囊。但我能肯定头发的主人不是欧裔，也不是非裔。”

一个亚洲女人，里佐利边走回凶案专办小组边思索着。这究竟和案子有什么联系？她在通往大楼北翼的玻璃幕墙走廊上停住了，迎着阳光，眯起疲惫的双眼俯瞰罗克斯伯里社区。还有一个受害人的尸体没有被他们找到？霍伊特剪下了她的头发作为纪念品，如同剪下凯瑟琳·科德尔的那样？

她回过身，惊讶地看到摩尔与她擦身而过，正走向南翼。如果不是里佐利叫住他，他可能永远不会理会有她这么一个人在场。

他停下步子，不情不愿地转身对着她。

“在霍伊特家浴室地板上找到的那根黑色长发，”她说，“检验室的人说是一个东亚女人的。我们可能遗漏了一个受害人。”

“我们已经讨论过这种可能性。”

“什么时候？”

“今早，在会议上。”

“该死的，摩尔！别把我踢出局！”

他冷若冰霜的沉默在里佐利爆发的怒火上浇了一把油。

“我也想要抓住他。”她说着，行动缓慢、不可制止地步步逼近摩尔，直至与他的脸正面交锋，“我和你一样想要抓住他。让我回队伍去。”

“这不是我下的决定。是马凯特做的。”他转身离开。

“摩尔？”

他不得不又停下了脚步。

“我受不了我们之间这场争吵了。”她开口道。

“现在谈论这些不合时宜。”

“听着，我很抱歉。因为帕切科的事情而生你的气。我知道，这是给我的所作所为找了一个糟糕借口。我把你和科德尔的事情告诉了马凯特。”

他转身面向她。“你为什么要这么做？”

“我刚才告诉你原因了。我不高兴。”

“不，不仅仅因为帕切科。事关凯瑟琳，是不是？你从第一天起就很讨厌她。你无法忍受——”

“无法忍受你和她坠入爱河？”

接着是一场持久的沉默。

当里佐利再次开口时，语调里的嘲讽无法抑制地冒了出来。“摩尔，你总是站在道德高地，谈论尊重女性的思想，钦佩女性的能力，但你不能免俗，和其他男人一样，都沉沦于同样的东西。奶子和屁股。”

他恼怒得脸色煞白。“所以你是因为她的外表讨厌她。我对她的外表着迷，你很生气。但你知道吗，里佐利？如果你连自己都不喜欢，那又会有谁来爱你呢？”

她又羞又恼，痛苦地盯着摩尔离开。就在几周前，她还觉得摩尔绝对不是个会恶语伤人的人。他的话较之于其他人说的，更刺耳。

他说的或许是肺腑真言，但她拒绝接收，不予考虑。

下楼，穿过大堂，她在波士顿警局的殉职警察纪念碑前停住了脚步。从 1854 年的以西结·霍德森开始，死者的名字按时间顺序被刻在了墙上。花岗岩地板上放着一瓶鲜花，以示敬意。让自己在执行任务时被杀害，你就是英雄。多么简单直接，多么永垂不朽。她对这些名垂千古的警察一无所知。据她了解，里面有些警察可能不太干净，但是死亡让他们的名字和声望变得毋庸置疑。站在这面墙前，她差点要嫉妒他们了。

她走近自己的车。在副驾驶座前的储物箱里翻来找去，找到了一幅新英格兰地区的地图。将其摊开在座位上，映入眼帘的是两个选择：新罕布什尔州的纳舒厄市或马萨诸塞州西部的利西亚市。沃伦·霍伊特在这两个地方都使用过 ATM 机。要去哪个地方纯靠猜测了。抛个硬币决定。

她启动汽车。已经是 10 点 30 分了，她要到中午才能抵达利西亚市。

水。凯瑟琳脑海里唯一的念头，就是凉爽、干净的水流进她的嘴巴里。她想起了自己喝过的所有饮用水，想起医院走廊不锈钢龙头喷出的冰水溅湿了她的嘴巴、下巴。又想起碎冰，以及手术后的病人伸长脖子，张开干裂的嘴巴，像幼鸟般接着珍贵的碎冰渣那副模样。

她还想起了被绑在卧室里的霓娜·佩顿，知道自己行将就木，然而唯一的念头却是渴得喉焦唇干，无法自拔。

他就是这样折磨我们的，就是这样打败我们的。他想要我们去向他乞求水，乞求他饶我们一命。他想要掌控全局。想要让我们臣服于他的权力。

一整夜，她都只能直勾勾地盯着那只孤灯看。有好几次打瞌睡了，又被吓醒，在惊恐中她的胃不断翻腾。但是恐惧无法持续，随着时间流逝，再多的挣扎也无法解开束缚，她的身体似乎进入了一种假死状态。她在否认和现实之间的噩梦般的暮光之中徘徊，她的意识只强烈地专注于对水的渴望。

脚步声响起，门嘎吱一声打开了。

她忽然间彻底清醒过来了。心脏怦怦直跳，像一只动物快要从胸腔里跳出来。她大口大口地吸着潮湿的空气，地窖的凉气里散发着泥土与潮湿石头的味道。随着走下楼梯的脚步声临近，她的呼吸也变得越来越急促。他就在那里，临于她的上方。孤灯发出的光在他的脸上投下阴影，把他变成了一个眼眶空洞的微笑头骨。

“你想要喝的，是吗？”他说。那么轻柔、那么正经的嗓音。

她说不了话，因为嘴巴被胶带封住了，但是他能从她那极其渴望的眼神里读到答案。

“看看我有什么，凯瑟琳，”他举起杯子，接着她听到了冰块碰撞美妙的叮当声，看见冰冷的玻璃杯壁上冒着亮晶晶的水珠，“你不想来一小口吗？”

她点点头，眼睛盯着杯子，而不是他。饥渴快要把她逼疯，但是她把思考放在了首位，甚至超过了曼妙的第一口喝到的水。规划行动，掂量机会。

他转动着杯子，冰块撞击着玻璃，像钟一样鸣响。“只要你听话。”

我会的。她用眼神向他保证。

胶带撕下来的时候，皮都扯痛了。她被迫完全躺着，任由他把一根吸管放到她的嘴里。凯瑟琳贪婪地吮吸了一口，但对饥渴的熊熊烈火而言几乎无济于事。又喝了一口，立刻开始咳嗽起来，珍贵的水从她的嘴角淌下来。

“不要……不要躺着喝，”她喘着粗气，“拜托，让我坐起来，拜托。”

他放下水杯，仔细地打量着她，眼睛里的黑色宛如无底洞。他看到的是一个在晕厥边缘徘徊的女人。如果他要彻彻底底享受她的恐惧，就必须救活她。

他开始剪断把她的右手腕绑在床架上的胶带。

她的心怦怦直跳，她想他一定能看到自己的心脏在胸骨下汹涌澎湃。右边的结松开了，她的手瘫软地放着。她一动不动，甚至连一块肌肉都没有绷紧。

屋里寂静正在蔓延。来吧，让我的左手恢复自由，快剪！

当她意识到自己正在屏住呼吸时，已经太晚了，他先一步察觉了。在绝望中，她听见了新胶带从卷筒上剥落的刺啦声。

机不可失，时不再来。

她胡乱地从托盘里抓起一把工具，水杯被碰得飞了出去，冰块滚落到地板上。她的手指紧紧地握住了这把钢材。是手术刀！

就在他扑向她时，她挥舞起了手术刀，感觉到刀刃划破了肉。

他退缩了，边哀号着，边捂住他的手。

她扭过身体，用手术刀切断绑住左手腕的胶带。另一只手也解放了！

她从床上立起身子，视线突然模糊了。一整天滴水未进，导致她非常虚弱，努力定了定神，她把刀刃伸向绑住自己右脚踝的胶带。盲目挥刀，皮肤一阵阵疼痛。猛地一踹，脚踝也自由了。

她伸手去摸最后一个绑结。

沉重的牵开器砸向了她的太阳穴，这一击太残暴了，以至于她头脑发昏，眼冒金星。

第二击打在了脸颊上，她听见骨头碎裂的响声。

她不记得手术刀是怎么掉的。

恢复意识时，她的脸在一跳一跳地抽痛，她甚至没法睁开自己的右眼。尝试着动了动，发现自己的手腕和脚踝又重新被捆在了床架上。他却没有封住她的嘴巴，没让她闭嘴。

他俯视着她。凯瑟琳能看见他衬衫上的污渍。那是他的血，她享受到了一股来势汹汹的满足感。他的猎物进行了反击，并让他掉了点血。*我是不会那么容易就屈服的。他以恐惧为食，我一丁点儿都不会给他。*

他从托盘里抓起手术刀，向她走来。尽管她心惊胆战，还是一动不动地躺着，目光死死地盯着他。眼里充满嘲讽，向他发出挑战。此刻，她已经清楚自己的死亡不可避免，随之而来的是如释重负。死刑犯的勇气。在过去的两年里，她像一只受伤的野兽，畏畏缩缩，东躲西藏。在过去的两年里，她一直让安德鲁·卡普拉的鬼魂统治自己的生活。不能再这样继续下去了。

来吧，杀了我吧。但你赢不了我，你不会看到我死于落败。

他把刀口抵在她的腹部。她的肌肉不由自主地紧绷起来。沃伦正等着她脸上流露出恐惧。

而她表现出来的只有轻蔑。“你没有了安德鲁就干不成了，是吧？”她说，“靠你自己，连勃起都做不到。性交这件事只得让安德鲁亲自来。你所能做的只有看着他。”

他按下刀刃，割破她的皮肤。即使她很疼，即使第一滴血已经冒了出来，她还是把目光牢牢锁定在他的眼睛上，没有流露出一点恐惧，拒绝让他满意。

“你连干女人都不敢，是吗？没错，得由你的英雄安德鲁来做。他也是一个废物。”

手术刀犹豫了，又被举起来。她看见它在暗淡的灯光下徘徊。

安德鲁。软肋就是安德鲁，他崇拜的工作搭档。他的上帝。

“废物。安德鲁就是个废物，”她说，“你知道他那天晚上为什么来找我，不是吗？他来求我。”

“不是。”他说这个词时，声音接近窃窃私语。

“他让我别把他踢出小组。他来恳求我。”她笑了，在这昏沉的死亡之地发出刺耳又令人心惊胆战的声音。“真是可怜兮兮呀。这可是安德鲁，你的英雄。居然来求我帮帮他。”

拿手术刀的手捏得更紧了。刀刃又重新按在了她的肚子上，新鲜的血渗出来，沿着侧腹顺流而下。她以野蛮之力压制住退缩、哭喊的本能，而一直在讲话，声音洪亮，充满信心，仿佛拿着手术刀的人是她。

“他和我谈论过你。你不知道，是不是？他说你都不敢和女人讲话，真是个胆小鬼。他不得不给你找来一些。”

“骗子。”

“你对他而言，什么都不是。只是一条寄生虫。虫子。”

“骗子！”

刀刃刺进了她的皮肤，虽然她极力反抗，但喉咙还是忍不住发出了一声闷哼。你赢不了，混蛋。因为我不会再怕你了，我什么都不怕。

她睁着双眼，等着他划出下一刀，眼里无边的蔑视正在熊熊燃烧。

第二十五章

里佐利扫视着那一排蛋糕粉，猜想会有多少只盒子被水蜡虫寄居。霍布斯食品超市是那种典型的杂货铺——阴暗潮湿，是真正的夫妻店，你可以把两公婆想象成会卖变质牛奶给学校孩子们的卑鄙小人。“丈夫”是迪恩·霍布斯，一个在接过顾客付账用的钞票时，总喜欢用怀疑的眼睛细细研究的老北方人。他不情不愿地找回两分零钱，然后砰一下关上收银机。

“别再去追查谁用了ATM机那玩意儿，”他对里佐利说，“银行把它放在这里，是为了方便我的顾客。我可跟它一点关系都没有。”

“在五月份的时候取过一次现金。两百美金。我有那个男人的照片——”

“就像我和那个州警察说过的，那时候是五月。现在已经八月了。你觉得我还会记得那么久远之前的一位顾客？”

“州警察来过？”

“今天早上，问了相同的问题。难道你们警察之间不交流的吗？”

所以ATM机这条线索已经被跟进了，不是由波士顿警察局，而是由州警察。妈的，她在这里简直就是浪费时间。

霍布斯先生的目光突然对准正在糖果货架前仔细研究的少年。“喂，你等下会为那个士力架买单的吧？”

“呃……会的。”

“那你就把它从口袋里拿出来，好吧？”

男生把士力架放回货架，然后偷偷溜出了商店。

迪恩·霍布斯咕哝了一声。“那人总是惹麻烦。”

“你认识那个小孩？”里佐利说。

“认识他的家人。”

“你其他的顾客怎么样？大部分都认识吗？”

“你看过这个小镇长什么样子了吗？”

“匆匆扫了一眼。”

“好，匆匆扫一眼就能看完利西亚了。只有1200人的地方，没什么好看的。”

里佐利拿出沃伦·霍伊特的照片。这是他们所能找到的最好的照片了，是从他的驾照上复印出来的两年前拍的照片。他直视照相机，窄瘦脸，头发修剪得整整齐齐，脸上带着相当平常的微笑。虽然迪恩·霍布斯已经见过这张照片了，她还是递了过去。“他叫沃伦·霍伊特。”

“对，我见过。州警察给我看过。”

“你能认出他来吗？”

“今天早上认不出，现在也认不出。”

“你确定吗？”

“难道我听起来很不确定？”

确实肯定。他听起来是那种不会因为任何事而改变主意的人。

响起了迎客铃声，同时门开了，两个年轻的女孩走了进来，穿着短裤的夏日金发女郎，裸露着的长腿被晒得黑黑的。当她们路过时，迪恩·霍布斯一下失了神。两个姑娘一边咯咯笑，一边朝阴暗的商店尽头走去。

“她们的确长大了。”他在惊叹中喃喃自语。

“霍布斯先生。”

“嗯？”

“如果你看见了照片里的那个男人，请立刻给我打电话。”她把自己的名片递给他，“我二十四小时都能联系上。寻呼机或手机都可以。”

“好的，好的。”

那两个女孩，现在拿着一包薯片和六罐健怡可乐回到了收银台。她们处在十几岁不用戴胸罩的花样年华里，乳头抵着无袖 T 恤，若隐若现。迪恩·霍布斯满心满眼都是这个，里佐利猜想他是不是已经忘记她还站在这里。

这就是我人生的宿命。漂亮女孩走进来，我成了隐形人。

她离开超市，走回自己的车。就这么短短一段时间，太阳已经把车内部炙烤了一遍，所以她打开车门，等着车里的热空气散出去。在利西亚的主街上，没有一丝动静。她看到了加油站、五金店和咖啡馆，但是没有一个人。热浪把人都逼回了室内，她能听到街上高高低低的空调外机发出的隆隆声。即使是在美国小镇，也没有人坐在室外纳凉了。空调的奇迹让门廊变得无关紧要。

她听见超市关门的叮当声，看见那两个姑娘在日光下懒洋洋地散着步，她们俩是街上唯二会移动的生物了。当她们走在街上时，里佐利看见一扇窗户里的窗帘布被拉到了一边。在小城镇发生的事情容易引人关注。他们肯定注意到了如此年轻貌美的女孩。

如果有人失踪，他们会不会察觉呢?

她关上车门，返回超市。

霍布斯先生正在蔬菜柜前的过道上，狡猾地把新鲜的生菜头埋到冰柜后面，将蔫了的换到前面来。

“霍布斯先生？”

他转过身。“你怎么又回来了？”

“还有一个问题。”

“我不见得会有答案。”

“有亚裔女人住在镇上吗？”

这个问题出乎他的意料，他盯着她，一脸疑惑。“什么？”

“一个中国或者日本的女人。也可能是美洲原住民。”

“我们这里有两三个黑人家庭。”他给了一个回答，好像能蒙混过关似的。

“这个女人可能已经失踪了。黑色长直发，长度过肩膀了。”

“你说她是东方人？”

“或者是美洲原住民。”

他哈哈大笑。“见鬼吧，我不觉得她属于那个族群。”

里佐利打起精神来了。他转身回到蔬菜柜前，开始在新鲜果蔬上面铺一些老西葫芦。

“霍布斯先生，她是谁？”

“不是东方人，肯定不是。也不是印度人。”

“你认识她？”

“在这里见过她一两次。她租了旧史德蒂农场过夏天。高个子女孩。不怎么漂亮。”

是啊，他会注意到她漂不漂亮。

“你最后一次见到她是什么时候？”

他转过身，大喊：“嘿，玛格丽特！”

后屋的门打开了，霍布斯太太走出来。“什么？”

“你上周是不是去过史德蒂农场那边送货？”

“去过。”

“你觉得那个女孩看起来还好吗？”

“是她付的钱。”

里佐利问道：“自那以后，你还见过她吗，霍布斯太太？”

“没理由见啊。”

“史德蒂农场在哪里？”

“在西叉路。沿着路走到尽头就是了。”

此时，里佐利的寻呼机响了，她低头看了看。“我能用一下你的电话吗？”她问，“我的手机刚刚没电了。”

“不是长途电话吧？”

“打到波士顿去的。”

他发了一通牢骚，转回西葫芦货架前。“外面有付费电话。”

里佐利低声咒骂了几声，大步流星冲进热浪里，找到付费电话，扔了几个硬币进凹槽里。

“我是弗罗斯特警探。”

“你刚刚找我。”

“里佐利？你去马萨诸塞西做什么？”

她吃了一惊，然后意识到他通过来电显示知道了她的位置。“我四处转转。”

“你还在调查这个案子，是不是？”

“我只是来询问几个问题。小事一桩。”

“狗屁，如果——”弗罗斯特突然压低音量，“如果马凯特发现了——”

“你不会告诉他的，对吧？”

“不可能说。但你还是快回来吧。他正到处找你，发着脾气呢。”

“这里还有一个地方我需要去查一查。”

“听我说，里佐利。别查了，不然你就会失去在小组里的所有机会了。”

“你看不见吗？已经失去了。我被炒鱿鱼了！”她眨眨眼睛，挤掉眼泪，转过身，苦涩地望着空荡荡的街道，飞扬的尘土，像炽热的灰烬。“现在他就是我的一切。‘外科医生’。我现在只能抓住他。”

“州警察已经去过那里了。他们空手而归。”

“我知道。”

“所以你干吗还在那里呢？”

“去问一些他们没问过的问题。”她挂断电话。

然后，她回到自己的车上，出发去寻找那个黑发女人。

第二十六章

那条长长的土路尽头，坐落着唯一一栋建筑，那里就是史德蒂农场。这是一幢老旧的尖角顶木屋，外墙刷的白漆已经斑驳脱落，门廊中间位置被一堆木柴压得凹陷下去。

里佐利在车里呆坐了片刻，她太累了，一点都不想动。更令人沮丧的是，曾经前程似锦的事业如今已经沦落到这种田地：独自一个人待在土路上，想着自己将要徒劳无功地走上那些台阶，去敲开那扇门，和一个带着些许迷茫的黑发女人交谈。她想起了另一个波士顿警察艾德·盖格，有一天他把自己的车泊在土路上，判断眼下确实到了自己生命道路的尽头，于是在 49 岁时进行了自我了断。里佐利是第一个到达现场的人。其他的警察都围站在鲜血四溅的挡风玻璃前，摇着头悲伤地喃喃着“可怜的艾德”，而里佐利却对这个让自己脑袋开花的警察一点也同情不起来。

死太容易了，她想着，突然意识到臀部上的手枪。不是她的佩枪，那把她已经还给马凯特了，这把是她自己从家里带来的。枪可

以是你最好的朋友，也可以是最大的敌人。有时两者都是。

但她不是艾德·盖格，她不会是饮弹自尽的懦夫。她关掉引擎，不情不愿地下了车，去完成她的工作。

里佐利一直在城里生活，此处的寂静让她觉得无比诡异。她登上门廊前的台阶，木头发出的每一声吱嘎似乎都被放大了。苍蝇绕着她的头嗡嗡作响。她敲了敲门，等候着。她拧了拧门上的球形把手，发现锁住了。再次敲门，然后大喊，她的声音响亮得吓人：“有人吗？”

现在蚊子循着味道找到她了，她一巴掌拍在自己脸上，掌心里有一抹黑色的血迹。该死的乡下；在城里，吸血鬼是靠两条腿走路的，至少你能看见他们来了。

她又用力敲了几下门，多拍死了几只蚊子，随后决定放弃。似乎没人在家。

她绕到房子的后面，看看有没有强行进入的痕迹，但所有窗户都关得死死的；所有的窗帘都放下来了。对入侵者而言，窗户太高了，如果不借助梯子，是爬不上去的，因为这间房子建在一个凸起的石头地基上。

她转身背对房子，打量着后院。这里有一座旧谷仓和一个农业用蓄水池塘，水面上漂满了绿色浮渣。一只孤独的野鸭垂头丧气地游在水上——可能它是离群的弃儿。花园没有任何打理过的痕迹，只有齐膝高的杂草和无穷无尽的蚊子——很多，非常多。

有通向谷仓的车辙。近期有一辆汽车驶过，一大片草被碾平了。

只剩最后一个要检查的地方了。

她沿着草被压扁的小路缓缓来到谷仓前，又犹豫了。她没有搜查令，但又有谁会知道呢？她只是偷偷看一眼，确认一下里面有没有汽车。

她抓起门把手，推开那扇沉重的大门。

阳光倾泻下来，在谷仓的阴暗中切出了一个楔形，尘埃在突如其来的空气搅动中旋转、飘摇。她呆若木鸡，盯着泊在里面的那辆车。

是一辆黄色的梅赛德斯汽车。

冰冷的汗水顺着她的脸淌下来。四下寂静，只有一只苍蝇在阴影里嗡嗡作响，真是太安静了。

她记不清自己是什么时候打开皮套去摸手枪的了。只是突然间，就在她走向那辆车时，枪出现在了手上。她透过司机位的窗往里看，迅速扫了一眼，确认车里是空的。接着第二眼，细细地看，浏览一番内部情况。她的目光落到了放在副驾驶位上一团黑乎乎的东西上——一顶假发。

大部分黑色假发的头发来自哪里？东方。

黑发女人。

她想起了霓娜·佩顿被杀那天的医院监控视频。他们没有在录像里发现沃伦·霍伊特到过五楼西区。

因为他是以女人身份走进外科病房，然后又以男人模样走出

去的。

一声凄厉的尖叫忽然响起。

她转过身去，看着房子，心怦怦直跳。科德尔？

她像一颗子弹般冲出谷仓，加速穿过齐膝高的杂草，径直冲到屋子的后门。

门被锁起来了。

她的肺像风箱一样起起伏伏，她往后退了退，眼睛盯着门，还有门框。把门踢开需要的肾上腺素可比肌肉力量要多。作为新人警察和团队唯一的女性，里佐利曾被派去踢开嫌犯家的门。这是一项考验，其他警察预想甚至盼望她会失败。当他们站在那儿等着羞辱她时，里佐利把自己所有的怨恨和愤怒都集中在门上。只用了两脚，她就把门踢开了，然后像塔斯马尼亚恶魔般冲进屋里。

此刻，就在她把武器对准门框，并射出三枪时，相同浓度的肾上腺素正在她体内迅速汇聚咆哮。她把脚后跟对准门砰砰砰地踢了一下又一下。木头裂开。她又踹了一下。此时门猛地开了，她得以通过进到屋里，蹲下转过身去，目光和枪同时扫过房间。厨房里阴影笼罩，但有足够的光让她看清那里没人。脏碗碟堆在水槽里。冰箱嗡嗡响个不停。

他在这里吗？还是他在另一个房间，正等着我？

上帝啊，应该穿上防弹背心的。但自己没预料到这一点。

汗水从胸前滑落，浸湿了她的运动内衣。她在墙上发现了一部电话。她慢慢挪过去，把听筒从机身上拿下来。没有拨号音。没法打电话给外面请求支援。

她让听筒垂挂着，侧身走到门边。她瞥了一眼隔壁房间，是一个客厅，摆着一张破败不堪的沙发和几把椅子。

霍伊特究竟在哪？在哪？

她走进客厅。刚走到一半，寻呼机响了起来，吓得她发出了一声急促的尖叫。见鬼。她关掉寻呼机，继续穿过客厅。

在门厅那里，她停住了，凝视着前方。

前门大开着。

他不在屋里。

她踏上门廊，蚊子绕着她的头顶嗡嗡叫。她打量了一番前院，越过她的车所停在的泥泞车道，放眼望去，是高高的杂草和附近林子边缘地带向外扩展的参差不齐的小树苗。太多能藏人的地方了。就在她像一头鲁莽的公牛在后门横冲直撞时，他已经悄悄从前门溜了出去，隐藏在树林中。

科德尔还在房子里。找到她。

她回到屋里，爬上楼梯。楼上的房间宛如蒸笼，又不通风，她急得汗如雨下，匆匆地搜完三间卧室、一个浴室，还有储物间。没有科德尔。

上帝啊，她再待在这里会被闷死的。

她走下楼梯，屋里一片静悄悄，让她脖子后面的寒毛都竖了起来。突然，她回过神来：科德尔肯定已经死了。她在谷仓听到的一定是临终的哭喊，那是从一个垂死挣扎之人的喉咙里发出的绝响。

她回到厨房。透过水槽上方的窗户望出去，谷仓一览无余。

他瞧着我穿过草坪，走进谷仓。他看见我打开门，知道我会找到那辆梅赛德斯。他知道自己没有时间了。

于是他赶紧结束一切，然后逃跑了。

冰箱发出几声闷响，又恢复平静。她听见自己的心跳，像一只小军鼓似的啪嗒啪嗒响。

转过身去，她看见了那扇通往地窖的门。那是她唯一没有搜寻过的地方了。

拉开门，底下漆黑一团，什么也看不见。真该死，她讨厌这个，讨厌从光明里沿着这些台阶走下去，她知道，下面一定会有恐怖的场景在等着她。她不想下去，但是她知道科德尔只会在那里。

里佐利从口袋里摸出小手电筒。在细微的光束指引下，她一步又一步顺着台阶走下去。空气逐渐变得阴冷、潮湿。

她闻到了鲜血的味道。

有东西擦过了她的脸，她吓得猛地往后退。当意识到那只是灯的开关拉绳，在楼梯上方来回晃动时，她松了一口气。伸手去拽了拽绳子，毫无动静。

只能靠这支手电筒了。

她再次把光束对准了台阶，照亮往下走的路，同时把枪举得离自己的身体更近了一些。在经历了地面的闷热之后，这里的气温感觉像降到了冰点，贴在皮肤上的汗冷得让人打战。

她来到楼梯底部，鞋子踩在了硬土上。这里更凉了，血腥味闻起来也更浓了。空气厚重又潮湿。四周寂静无声，太安静了，静得仿佛这里没有活物一般。分贝最高的是她的呼吸，在肺里急进急出。

她用手电筒画了个弧形，当反射光照回她身上时，她吓得几乎要尖叫起来。当她看见刚刚是什么物体把光反射回来时，她站在原地，拿枪瞄准目标，心脏怦怦乱跳。

玻璃瓶。大的药物玻璃瓶，齐整地摆放在架子上。她无须查看就晓得这些瓶子里漂浮的东西是什么了。

他的纪念品。

那里放着六个瓶子，每一个瓶子身上都贴了带名字的标签。看来受害者比他们已知的还要多。

最后一个瓶子是空的，但是名字已经写于其上，这个容器做好了准备，等着迎接“战利品”。那个最好的“奖赏”。

凯瑟琳·科德尔。

里佐利转身，拿着手电筒缓缓地扫了一遍地窖，光束掠过几根巨大的柱子和地基石，忽然在远处的某个角落停住了。墙壁上有黑色喷溅状物。

血。

里佐利移动手电筒，光束径直照在了科德尔的身体上，她的手腕和脚踝被胶带绑在了床架上。鲜血在她的侧腹上闪闪发光，新鲜且尚未凝固。白色的大腿上有一个深红色的手印，是“外科医生”把手套压在了她的肉体上，好像要留下印记似的。床边还留着一个手术器械托盘，里面放着施虐者的各种工具。

上帝啊，我本来可以救你的……

她气得发抖，把光束往上移，沿着科德尔鲜血四溅的躯干，一直到颈部。没有划开的刀口，没有致命伤。

光亮忽然晃了晃。不，不是光；是科德尔的胸口在动！

她还在呼吸。

里佐利赶忙去撕开贴在科德尔嘴巴上的胶带，手背感受到一股暖风。她看到科德尔的眼皮在颤动。

太棒了！

然而，在欢欣鼓舞之后，她又感到了一阵不对劲。没时间去细究了。她必须马上把科德尔从这里救出去。

里佐利用牙齿咬住手电筒，飞快地割断捆住科德尔手腕的胶带，顺便探了探她的脉搏。她找到了一处——很微弱，但是肯定还有。

尽管如此，她还是没有办法甩掉那种不对劲的感觉。在她开始剪绑住科德尔右脚踝的胶带时，在她把手伸向左脚踝时，警报声依然在她的脑海里轰然作响。她立马反应过来了。

尖叫声。她从谷仓一路过来时听到的那声尖叫。

但是她现在发现，科德尔的嘴巴被胶带封起来了。

是他撕下来的。他想让她发出叫声。他想让我听到。

这是个陷阱！

她立即去拿刚才放在床上的枪。但是来不及了。

一根截面为 2 英寸乘 4 英寸的木条重重地砸在了她的太阳穴上，这一击如此猛烈，以至于她失去平衡，脸朝下倒在了厚实的泥地板上。她挣扎着撑起四肢。

这根木条又冲着她咆哮而来，打在了她身体的侧面。她听见肋骨的断裂声，以及自己大口呼气的声音。她打了个滚，疼得无法呼吸。

灯光亮起，一盏灯在远远的头顶上不停地晃荡。

他临于她的上方，在光线映衬之下，他的脸变成了一个黑色的椭圆形。“外科医生”，正凝视着他的新“战利品”。

她翻到没有受伤的一侧，试着支起身子。

他踢开她撑在身下的手臂，她颓了下去，又四脚朝天地躺着，撞击使她断裂的肋骨更加疼。她哀号一声，却寸步难移——即使他离她更近了，即使她看见那根木条正逼近自己的头。

他的靴子落在她的手腕上，狠狠地往地面上蹍来蹍去。

她大叫。

他伸手去工具托盘，捡起里面的一把手术刀。

不要，老天爷啊，不要。

他蹲下来，靴子还踩着里佐利的手腕，然后举起手术刀，毫不留情地在空中画了一道弧线，朝她张开的手掌插去。

这次是一声凄厉的尖叫，不锈钢刀刺穿她的肉体，径直插进了泥地板，把她的手牢牢地钉在了地上。

他又从托盘里拿起另一把手术刀。拽起她的右手，抻直她的右手臂。用脚踩着，锁死她的手腕。再一次，他举起手术刀。再一次，挥刀落下，手掌被刺穿，被串在了泥地上。

这一次，她的叫声变得微弱。她被打败了。

他站起身，凝视她片刻，就像一位收藏家欣赏他刚刚钉在板子上的崭新蝴蝶。他走到工具托盘前，拿起第三把手术刀。里佐利双臂大张，手被钉在地上，她只能眼睁睁地看着，等着最后一刀的来临。他绕到她头顶上方的位置，慢慢蹲下来。一把抓起她头顶的头发，使劲往后拉，让她的脖子伸展开来。她直勾勾地盯着他，他的脸仍然是一个黑色的椭圆形。甚至像个黑洞，吞噬所有的光。她能感觉到自己的颈动脉正在喉部怦怦乱跳，随着心跳而搏动着。血就是生命本身，在她的动脉和静脉里流淌着。她想知道，刀刃划破喉咙之后，还能清醒多久。想知道死亡是不是一个逐渐融于黑暗的过程。死神已经降临在她的眼前。一直以来她都是个斗士，一辈子都拒绝与失败为伍，但是这一回，她被征服了。喉咙朝天露着，脖子后仰拱起。刀刃在她眼前一闪而过，他把刀贴在了她的皮肤上，里佐利闭上了双眼。

主啊，让这酷刑快点结束吧。

她听到他做了一次预备性的呼吸，感觉到他抓住自己头发的手突然收紧了。

一声突如其来的枪响把她吓了一跳。

她睁开双眼。他仍然蹲在她的上方，只是不再抓住她的头发。手术刀已经滑落，不在他手里。有些温暖的液体滴落在她的脸上。

是血。

不是她的，而是他的。

他仰头向后倒下去，消失在她的视线中。

里佐利本已听天由命，现在却目瞪口呆地躺在那里，没承想自己还能活下来。她努力在短时间内领会大量的细节。她看见头上的灯像一轮皓月，正在电线上摇摇晃晃。墙壁上，有阴影在晃动。转过头去，她看见凯瑟琳·科德尔的手臂无力地垂落回床上。

她手里的枪砰然落地。

警笛声从远处呼啸而来。

第二十七章

里佐利坐在医院的病床上，怒气冲冲地盯着电视。厚厚的绷带把她的手裹得严严实实，简直像拳击手套一般。她头部一侧有一块地方被剃得光秃秃的，那个位置有撕裂伤，医生已经将其缝好。她正在跟电视遥控器较劲，因而起初她没注意到摩尔站在门口。接着，他敲了敲门。就在她转身看向他时，有那么一瞬间，他捕捉到了一丝脆弱。随即，她惯常的防御壳子复归原位，又变成原来那个里佐利了，她警惕地看着摩尔走进房间，在病床边的椅子上坐下来。

电视里正播放着肥皂剧令人厌恶的主题曲。

“你能把这垃圾关了吗？”她懊恼地说道，用一只缠着绷带的手指着遥控器，“我没法按按键。他们指望我能用该死的鼻子或者其他什么东西。”

他拿起遥控器，按下关机键。

“谢谢你。”她喘了口气。又因为那三根被打断的肋骨疼得皱起了脸。

电视一关，两人陷入了长长的沉默中。通过大开着的房门，他们听到传呼一个医生名字的广播声，以及送餐车在走廊里滚动的嘎吱声。

“这里把你照顾得好吗？”他问。

“就一个乡下医院来说，很不错啦。可能比市里的医院还好一些。”

因为伤势更重，凯瑟琳和霍伊特都被直升机运到波士顿的朝圣者医疗中心去了，而里佐利则被救护车送到了这家小型的地区医院。虽然远离波士顿，但是凶案专办小组的几乎每一个警探都来这里探访过里佐利，都来“朝圣”过。

而且他们都带了鲜花。那些花摆放在托盘桌上、床头柜上，甚至是地板上，摩尔带来的那束几乎就要淹没不见了。

“哇，”他说，“你收获了很多的仰慕者呀。”

“是的。你敢相信吗？甚至连克罗都送了花。喏，摆在那边的百合花。我觉得他是想告诉我一些事情。看起来像不像葬礼摆设？瞧见那些漂亮的兰花了吗？弗罗斯特带过来的。天啊，应该反过来我给他送花，感谢他救了我的狗命。”

是弗罗斯特打了电话给州警察寻求帮助。当里佐利没回复他的传呼时，他联系了食品超市的迪恩·霍布斯，打听她的去向，得知她要去史德蒂农场找一个黑发女人了解情况。

里佐利继续盘点着她的花。“这个装满热带植物的大瓶子来自埃琳娜·欧提兹的家人。这束康乃馨是吝啬鬼马凯特的。还有斯利珀的妻子也带了木槿花来。”

摩尔惊叹地摇着头。“你全部都记得？”

“是的。因为，没有人送过花给我。所以我要将这一时刻铭记在心。”

又一次，他瞥见了她勇敢的面具之下闪现的脆弱。同时，他还看见一些自己此前从未注意过的东西——她的黑色眼眸里的一丝光芒。她满脸瘀青，缠着绷带，头上秃了一片，丑丑的。但是，如果你忽略掉她脸上的这些瑕疵、方块般的下巴、四四方方的额头，就会发现简·里佐利有一双美丽的眼睛。

“我刚刚才和弗罗斯特聊过，他在朝圣者医疗中心那边。”摩尔说，“他说沃伦·霍伊特会康复的。”

里佐利沉默不语。

“他们今天早上从霍伊特的喉咙里取出了呼吸管。他的胸部里因为肺萎陷还留着另一根呼吸管。但是他已经可以自主呼吸了。”

“他醒了吗？”

“醒了。”

“说话了吗？”

“说了，不是和我们说的。是对他的律师。”

“天啊，如果我有机会做掉那个狗娘养的——”

“你不会这么干的。”

“你不觉得我会？”

“我认为你是个好警察，不会重蹈覆辙。”

她直勾勾地盯着他。“你永远都不知道。”

你也不会知道。只有当机会之兽凝视我们的脸时，我们才会知道。

“我只是觉得应当让你知道这点。”他说完话，站起身准备离开。

“嘿，摩尔。”

“怎么啦？”

“你只言片语都没提科德尔。”

实际上，他是故意不提起凯瑟琳这个话题的。她是横亘在里佐利和他之间的冲突的主要来源，致使他们的搭档关系有了一道无法愈合的裂口。

“我听说她情况尚可。”里佐利说。

“她术后恢复得不错。”

“那他——霍伊特有没有——”

“没有。他没有完成切除，他还没来得及动手，你就到了。”

她往后一靠，看起来如释重负。

“我现在准备去朝圣者医疗中心探望她。”他说。

“那接下来会发生什么呢？”

“接下来，我们会让你回去，你就能继续那讨人厌的电话接听工作了。”

“不，我的意思是，你和科德尔之间会发生些什么？”

他沉默不语，目光转向窗户，阳光正透过玻璃倾泻在那瓶百合花上，使花瓣闪耀着光芒。“我不知道。”

“马凯特还在给你施压吗？”

“他警告过我，让我最好置身事外。他是对的。我不该对她产生那种情愫。但是我情不自禁。这让我怀疑……”

“你其实不是什么‘圣人托马斯’？”

他挤出一丝苦涩的笑容，然后点了点头。

“摩尔，没有什么东西比完美更无趣了。”

他叹了一口气。“要做很多的决定。艰难的决定。”

“重要的决定往往都是艰难的。”

他斟酌了片刻。“或许这根本不是我的决定，”他说，“而是她的。”

就在他走到门口时，里佐利叫住了他：“等你见到科德尔时，能否为我转告一件事？”

“我应该说什么？”

“下一次，瞄高一点。”

我不知道接下来会发生什么。

他向东驰骋，前往波士顿，车窗大开着，流进来的空气比前几周的更加凉爽了。昨夜，一股来自加拿大的冷锋席卷而下，在这个清爽的早晨，这座城市闻起来是那么干净，近乎纯洁。他想起了玛丽，他那甜蜜动人的玛丽，以及所有将他与她连结在一起的纽带。

二十年的婚姻，拥有着无穷无尽的回忆。深夜窃语，私密玩笑，种种过往。是的，过往。婚姻是由烧焦的晚饭和午夜游泳等诸如此类的细枝末节构成的，然而正是这些小事，将两个人合为一体。他们年轻时结为夫妻，携手相伴成长至中年。只有玛丽这一个女人拥有着他的过去。

他的未来还没有着落。

我不知道接下来会发生什么。但是我知道什么会让我开心。我想我也可以让她开心。在彼此生命中这样的一个时刻，我们还能祈求更好的眷顾降临吗?

每开一英里，他就剥落了多一层的不确定。当他最终在朝圣者医疗中心门口下车时，他可以迈出坚定的步伐，他知道自己已经做出了正确的选择。

他搭乘电梯来到五楼，在护士站登记后，走过长长的走廊来到523号病房门前。他轻柔地敲了敲门，然后走进去。

彼得·法尔科正坐在凯瑟琳的床边。

像里佐利一样，这个房间也摆满了鲜花。晨光透过窗户倾洒下来，床铺和躺在上面的人都沐浴在金色的光芒中。她正在熟睡。一个输液瓶悬挂在床头，发光的盐水宛如液体钻石般滴进导管。

摩尔站在法尔科的对面，好长一段时间，两个男人都沉默不语。

法尔科俯身亲吻了凯瑟琳的额头。随后他站起来，目光与摩尔相遇。“好好照顾她。”

“我会的。”

“你要遵守诺言，我会在旁边监督着你。”法尔科说完，走出了房间。

摩尔在凯瑟琳床边的椅子上坐了下来，然后伸手去握住她的手，虔诚地把它贴在自己的嘴唇上，再次轻声说：“我会的。”

托马斯·摩尔是一个信守承诺的男人，这个约定也不例外。

终 章

我的牢房冷得刺骨。外面，二月咆哮的风正在肆虐，听说又开始飘雪了。我坐在我的小床上，披着一条毯子，回味着我们漫步于里瓦的亚街头的那一天，美妙的热气是如何像一件斗篷紧紧包裹着我们。在这座希腊小城的北部，有两处自古以来就为人所知的泉水：忘却与铭记。我和你，把两股泉水都品尝了，接着我们熟睡在橄榄树丛斑驳的树荫下。

我现在回忆那时的情景，是因为我不喜欢此时的寒冷。它让我的皮肤干燥皲裂，而且我没有办法涂足够多的润肤霜来抵抗冬天的影响。只有令人愉悦的回忆，关于热气，关于你和我散步在里瓦的亚——被太阳炙烤过的石头温暖着我们的凉鞋，只有它们此刻抚慰了我。

在这里，时间漫长，度日如年。我独自一人待在牢房里，因着那些臭名昭著的案子，我被与其他囚犯隔绝开来。只有精神科医生会和我说话，但是他们正对我失去兴趣，因为我无法给他们提供激动人心的精神病窥视。小时候我没有虐杀动物，也没有纵火，从不尿床，上教堂，尊重长辈。

我涂防晒霜。

我和他们一样神志清醒，而他们也知道这一点。

只是我的幻想让我与众不同，我的幻想带我来到了这个寒冷的牢房，来到了这个狂风呼啸、白雪茫茫的城市。

当我裹紧肩膀上的毯子时，很难相信世界上会有那些地方，在那里，金色的肉体躺在温暖的沙子上，汗水闪闪发光，遮阳伞在微风里晃动。但她正是去了这种地方。

我把手伸到床垫下，伸手掏出一块纸片，这是我从今天的废报纸上撕下来的，而报纸是我从好心的看守那儿买来的。

这是一则结婚公告。2月15日下午3点，凯瑟琳·科德尔医生与托马斯·摩尔结婚。

新娘的父亲罗伯特·科德尔上校牵着她的手走过红毯，将她送到新郎面前。她身着一件高腰象牙色珠饰礼服。新郎则穿黑色西装。

随后，新人在后湾区的柯普利广场酒店举行了招待会。在加勒比海漫长的蜜月旅行之后，这对新婚夫妻将定居在波士顿。

我把这张剪报小心翼翼地折起来，悄悄塞回我的床垫下，那里很安全。

在加勒比海的悠长蜜月。

她现在就在那里。

我能看见她，双眼紧闭，躺在沙滩上，细碎的沙子在她的皮肤上闪烁。她的头发像铺散在毛巾上的红丝绸。她在炎热中昏昏欲睡，手臂放松着，柔若无骨。

然后，下一秒，她猛然惊醒，眼睛瞪得大大的，心怦怦直跳。恐惧让她直冒冷汗。

她想起我了。就像我正想着她一样。

我们将永远连接在一起，恰似两个亲密无间的爱人。她能感受到我幻想的触须，痴缠于她。而她却无法切断这种关系。

牢房的灯已熄灭，随着笼子里熟睡之人发出此起彼伏的声响——鼾声、咳嗽声和呼吸声，以及做梦时的呓语，长夜帘幕初开。但是每当夜深人静，我想到的不是凯瑟琳·科德尔，而是你。我最深处痛苦的源头，你。

为此，我会豪饮忘却之泉，那是遗忘的泉水，只为了擦除干净我们在萨凡纳最后一晚的记忆。那晚，我看见的，仍是鲜活的你。

每逢我凝视自己牢房无边无际的黑暗，那些影像总会强行飘浮在我眼前。

我低头看着你的肩膀，欣赏着你在她的映衬下显得更为黝黑的皮肤，欣赏着你一次又一次进入她身体时那收缩的背部肌肉。那晚我见证着你干她，就像在她之前你干其他人一样。完事后，你把种子撒在她的体内，然后你望着我，面带微笑。

接着你说："现在，来吧。她已经为你准备好了。"

但是药效还没有过去，当我把刀刃按在她腹部的时候，她几乎没有一点退缩。

没有痛苦，也就没有快感。

“我们有一整晚的时间，”你说，“再等等。”

我的喉咙很干，所以我们走进厨房，我接了满满的一杯水。夜的序曲才响起，我激动得双手颤抖。一想到接下来要发生的事情，我就兴奋得血脉偾张，我小口小口喝着水，提醒自己要努力延长快感。我们有一整晚的时间，要让这份快乐持续下去。

看一遍，做一遍，教一遍，你对我说。你保证，今晚，手术刀属于我。

但是，我非常渴，在你回去查看她是否苏醒过来时，我留在了厨房。枪声响起时，我还站在水槽旁边。

时间仿佛在那里被冰封了。我记得随之而来的静默。只剩厨房时钟的滴答声。我听见自己的心跳声在耳边怦怦作响。我聆听着，竭力想要听见你的脚步声。听见你告诉我，是时候离开了，马上走。我恐惧到无法动弹。

最后，我强迫自己沿着走廊走到她的卧室。在门口，我呆住了。

我花了好大一会儿工夫才能去理解眼前的恐怖。

她悬在床沿上，挣扎着想要把身体拉回到床垫上。一把枪已经从她手里滑落。我来到床边，从床头柜抓起一个手术牵开器，然后猛地击在她的太阳穴上。她倒了下去，一动不动。

我转过身，关注起你来。

你睁着眼睛，仰天躺着，死死地盯着我。一摊血泊在你身边漫延扩散。你嘴唇翕张，我却听不到任何话。你没法移动你的腿，我才意识到子弹损坏了你的脊髓。你再次尝试说话，那一刻我才领悟到你想告诉我什么：

“动手吧，完成它。”

你说的不是她，而是你自己。

我摇摇头，为你对我提出的要求感到震惊。我不能这么做。请别指望我会这么做！我被困在了你绝望的请求与我想逃离的渴望之间。

“现在就做。”你用目光恳求着我，“在他们到来之前。”

我望着你的双腿，它们大张着，已毫无用处。我考虑过，如果你活下去，摆在你面前的将是怎样的糟心事。我可以为你省去所有烦恼。

“拜托。”

我看着那个女人。她一动不动，完全意识不到我的存在。我真想拽住她的头发往后扯，让脖子露出，然后把刀刃深深地插进她的喉咙，作为针对她对你犯下的暴行的惩罚。但是，他们必须找到活着的她。只有她活着，我才能毫无顾虑地逃跑，不至于被通缉。

我在橡胶手套下的手已经是汗涔涔的，我拿起枪，感觉很笨拙，仿佛我手里抓住的是个陌生的东西。

我站在血泊边缘，俯视着你。回想起那个奇妙的傍晚，我们正在阿尔忒弥斯神庙散步。雾霭沉沉，暮色渐浓，在林间闲逛时，我一眼就瞥见了你。忽然间，你停下脚步，透过朦胧的薄雾，对我微笑。彼此的目光似乎跨过了生死世界巨大的鸿沟才得以相遇。

现在，我正越过这条鸿沟看着你，能感觉到你也在看着我。

我想，这都是为你准备的，安德鲁。我做这个是为了你。

我在你眼中看到了感激，即使我用颤巍巍的手举起了枪，即使我扣下了扳机。

你的血喷溅到我脸上，如同眼泪一般温暖。

我转过身，走向那个仍然毫无知觉地趴在床边的女人，把枪放在她手里。随后，我抓起她的头发，用手术刀在她后颈处割下一缕，那个地方不易被人察觉。有了这缕头发，我就会记住她。通过这个味道，我会永远记得她的恐惧，犹如血腥味一般令人神魂颠倒。这缕头发会帮我渡过难关，直至我与她重逢。

之后，我从后门离开，没入夜色中。

我不再拥有那缕珍贵的头发了。但是，现在我也不再需要它了，因为我已经对她的味道熟悉得深入骨髓。我熟知她血液的味道，熟知流过她皮肤的汗水如丝般的质感。所有的一切，我都放进了我的梦境之中，那里快乐尖叫得如同一个女人，带着血淋淋的足迹行走。不是所有的战利品都能握在手里，或者轻轻抚摸。有些东西我们只能储存在大脑的最深处——爬行动物的内核，我们都是从那里起源的。

有很多人会否认我们内心的那部分。

我从来不会否认它。相反，我承认我的本性，我会张开双臂拥抱它。我就是造物主所造的我，如同造物主所造的我们所有人。

正如羔羊受到祝福，狮子也受到了祝福。

猎人应该和它们一样，也受到祝福。